KB041073

레나

테류시아

쿠리하라 미사토

고등학생. 어린 소녀를 구하고,
이세계로 전생했다.

C등급 파티 '붉은 맹세'

마일(아델)

이세계에서 '평균적'인
능력을 부여받은 소녀.

메비스

검사. 신입 파티
'붉은 맹세'의 리더.

레나

기 센 신인 헌터.
공격마법이 특기.

PERSONS

【바노라크 왕국】

파릴

수인 소녀. 마일 일행이 머무는
여인숙의 주인 딸.

테류시아

19세 검사. 여성 5인조 파티
'여신의 종'의 리더.

폴린

신인 헌터.
연약한 소녀지만…….

리트리아

남작가 막내딸. 원인을 알 수 없는
불치병에 걸렸지만 마일의 도움을 받는다.

지난 줄거리

아스컴 자작가의 장녀 아델 폰 아스컴은 열 살이 되던 어느 날, 강렬한 두통과 함께 모든 것을 기억해냈다.

자신이 예전에 열여덟 살의 일본인 쿠리하라 미사토였다는 것과 어린 소녀를 구하려다가 대신 목숨을 잃었다는 것, 그리고 신을 만났다는 사실을……

너무 잘나서 주변의 기대가 커, 자기 생각대로 살 수 없었던 미사토는 소원을 묻는 신에게 이런 부탁을 했다.

"다음 인생에서 능력은 평균치로 부탁드립니다!"

그런데 뭐야, 어쩐지 이야기가 좀 다르잖아!

나노머신과 대화를 나눌 수 있고, 인간과 고룡(古龍)의 평균이어서 마력이 마법사의 6800배?!

처음 다닌 학원에서 소녀와 왕녀님을 구하기도 하고.

마일이라는 이름으로 입학한 헌터 양성 학교에서는 졸업 시험에서 A급 헌터와 호각을 다투기도 하고.

학원의 동급생들과 결성한 소녀 사인조 파티 '붉은 맹세'도 대활약!

하지만 그녀들 앞에 골렘, 적국의 비밀부대, 거기에다 딸을 사랑하는 아버지와 세계 최강 고룡 등이 속속 등장해 문제가 일어난다.

마침내 첫 학원 친구들인 '원더 쓰리'와 '붉은 맹세'가 대결을 펼치고?!

이런저런 일이 너무 많이 있었지만 마일은 동료들과 함께 신인 헌터로 평범하게 살아간다!

그야, 나는 지극히 평범한 보통 여자아이니까!

God bless me?

CONTENTS

제57장　　정체불명의 유괴단……012

제58장　　정보 수집……………………091

제59장　　리트리아 2…………………118

제60장　　일곱 얼굴의 여자라고!………146

제61장　　악역 영애 결혼 파기 이야기…232

제62장　　적기……………………………263

보너스 단편　힘내, 마리에트!………287

제57장 정체불명의 유괴단

어느 날, 마물 사냥을 마친 '붉은 맹세'가 길드에 보고와 납품을 끝내고 숙소를 향해 걷고 있었다.

"으헤헤, 고양이 귀, 고양이 귀……."

"아, 진짜! 마일! 길거리에서 욕망이 다 드러난 한심한 표정 지으면서 수상쩍게 말하지 좀 마!"

"마일 짱, 그러는 건 좀……."

"너무 수상해……. 경비병이 말을 걸기에 충분한 안건이라고, 이건……."

'경비병, 여기 이 놈입니다!' 하고 불러도 무방한 마일의 모습에 레나를 비롯한 멤버들이 황당해하며 충고했지만, 마일은 조금도 개의치 않았다.

"말랑말랑하고 복슬복슬하고 순수하고 귀엽고……, 그야말로 이상적인 여동생이에요! 아아아, 오늘 밤에도 파릴이랑 벌꿀 수업을……."

"""…………."""

이제는 단념하고 어깨를 움츠릴 뿐인 세 사람이었다…….

"우리 돌아왔어~, 파릴……, 어라?"

이 시간이면 늘 접수 카운터에 있어야 할 파릴의 모습이 보이지 않았다.

"화장실에 갔나?"

뭐, 그럴 때도 있겠지. 인간(수인)이니까. 마일(아이다 미쓰오(相田みつを)『인간이니까(にんげんだもの)』)

"오오, 너희 왔구나……."

주방에서 나온 주인의 안색이 어두웠다.

"무슨 일 있으세요?"

마일이 묻자 주인이 걱정스러운 얼굴로 대답했다.

"아아, 파릴이 아직 집에 안 왔거든……. 평소 같으면 이미 오고도 남았을 시간인데. 뭐, 친구랑 노느라 시간 가는 줄 모르는 거겠지. 그 친구는 파릴이랑 달리 아직 집안일을 돕지 않아서, 꼭 돌아가야 하는 저녁식사 전까지는 시간 여유가 많을 테니까."

말은 그렇게 하면서도 걱정하는 듯한 주인. 뭐, 어린 딸아이니까 그것도 무리는 아니다.

친구와 같이 있으니 조금은 안심이지만 그래도 마음이 불안한 건 마찬가지이다.

파릴은 외출할 때 후드나 보닛을 쓰는데, 어린아이인 만큼 노는 데 정신이 팔려 벗겨질 수도 있고 원래 파릴에 대해 잘 아는 수인 배척주의자도 있을 것이다.

왕도는 온갖 사람이 모여드는 곳이고, 비록 그 수가 적기는 하나 엘프, 드워프, 수인, 그리고 그 혼혈들도 전혀 없지는 않다. 그

13

래서 표면적으로는 차별하거나 못 살게 굴지 않지만, 우호 종족인 엘프나 드워프와 달리 수인은 마족에 가깝다는 정설도 있고 숲에서 살아가는 자가 많아서 무시하고 남몰래 괴롭힐 때도 있다.

그래도 보통은 다치게 하거나 생명을 위협하는 수준까지는 가지 않지만.

그런 짓을 했다간 범죄자로 잡혀갈 테니까. 나라와 각 영지의 상층부도 수인들과의 전면 전쟁은 피하고 싶을 것이다.

수인은 싸울 때 군대의 정면 대결이 아니라 '숲에 들어온 인간을 공격하는', 이른바 게릴라전의 형식을 취하기 때문에 사냥꾼, 나무꾼, 그리고 헌터들까지도 숲에 출입할 수 없어 나라 경제가 큰 타격을 입는다.

또 숲과 그 근방의 도로가 몹시 위험한 루트로 변하면서 호위 비용도 많이 들고 손해 볼 확률이 높아 상인이 다니길 꺼리기 때문에, 자칫 잘못하면 수많은 영지의 경영이 파탄에 이르게 된다.

그런 이유 때문에 자진해서 수인과 적대관계가 되려는 자는 아무도 없었다.

……일반적으로는.

그렇다, '일반적으로는' 말이다. 어느 세계든 바보나 변태는 있기 마련이고, 인간과 수인의 대립을 부추기고 싶은 자도 있을지 모른다. 이를테면 무기업자라든지 용병단이라든지 다른 나라의 공작원이라든지…….

"제가 데리러 갈까요? 어디서 놀고……."

마일이 그렇게 말했을 때 문이 거칠게 확 열렸다.

그리고 서른 전후의 남자가 5~6세로 보이는 소녀의 손을 붙잡고 시뻘게진 얼굴로 뛰어 들어왔다.

"다프렐 씨?"

깜짝 놀라는 수인에게 나프렐이라는 이름의 남자가 고개를 숙이며 비통한 목소리로 소리쳤다.

"미안해! 파릴이 유괴됐어!"

""""""허어어어어어어어억~~?!!"""""

"아까 우리 딸이 울면서 집에 돌아왔기에 무슨 일이냐고 물었더니, 파릴이 수상한 남자들에게 억지로 끌려갔다지 뭐야. 미안해, 정말 미안해!"

훌쩍거리는 여자아이 메세리아를 겨우 달래서 물어보자, 둘이 놀고 있는데 느닷없이 남자 몇 명이 나타나 "이 애다!" 하면서 파릴의 입을 틀어막고 강제로 끌고 갔다는 것이다.

"흑흑, 파릴이 아저씨들 손가락을 깨물면서 마구 저항했는데, 아저씨들이 천으로 파릴의 입을 틀어막고 밧줄로 꽁꽁 묶어서 끌고 가버렸어요⋯⋯. 저도 못 가게 매달렸지만 몸이 내동댕이쳐져서⋯⋯ 죄송해요, 죄송해요⋯⋯."

다시 울기 시작하는 메세리아.

"어, 어떻게 해야⋯⋯."

덩치는 크면서 바들바들 떨기만 하는 주인. 너무 놀라 머릿속이 새하얘진 것 같았다.

'안 되겠다, 주인은 영 도움이 안 되겠어! 지금은 우리가⋯⋯.'

레나가 그렇게 생각하고 입을 떼려는 순간.

"그으렇습니까아……."

""""""""히익!"""""""""

주인, 다프렐 씨, 메세리아, 그리고 '붉은 맹세'의 나머지 세 사람, 불온한 낌새를 느끼고 주방에서 나온 여주인까지. 일곱 명 전원이 공포에 질려 소리쳤다.

"그으렇게 된 겁니까아……."

그것은 지옥의 밑바닥에서부터 들려오는 듯한 마일의 목소리였다.

분노로 떨리는, 마일의 목소리…….

마일의 분노에는 명확한 단계가 있다.

볼 부풀리기. 이건 기분이 살짝 언짢은 느낌으로 조금 토라졌을 뿐이어서 별로 대수롭지 않은 단계다.

무표정. 이건 분명히 화가 났을 때다. 차갑고 냉정한 상태로 상대방에게 엄격해진다. 전생(前世)에서는 스토커에 대처할 때, 이번 생에서는 도적을 상대할 때의 느낌이다.

그리고 표정에 분노가 드러나는 것. 이건 동료, 소중한 사람이 다쳤을 때. 그렇다, 그 고룡전 때처럼…….

"꼬마야, 파릴이 유괴된 장소로 안내해주겠니? 안내해줄 거지……?"

끄덕끄덕끄덕끄덕끄덕!

필사적으로 고개를 끄덕이는 메세리아.

"그럼 가볼까요오……."

'무서워! 무서워어어!!'

그런데 레나는 '붉은 맹세'의 리더……는 아니지만, 헌터 경력

이 가장 오래된 진짜 실세로서 해야 할 일이 있었다.

"폴린, 주인아저씨랑 같이 길드로 가! 그래서 주인아저씨한테 긴급 의뢰를 내게 하고 그걸 받아와!"

"""엥?"""

깜짝 놀라는 주인 부부와 다프렐 씨.

"지, 지금은 그런 걸 할 때가 아니잖아! 돈이라면 나중에 얼마든지 줄게! 그러니까 지금은 파릴부터! 다 함께 온 힘을 다해서 파릴을 찾아 구해줘!"

필사적으로 소리치는 주인에게 레나가 설명했다.

"진정해, 아저씨! 최선을 다할 테니까. 그러기 위해서는 이 과정이 반드시 필요해. 그냥 가서 파릴을 찾고 상대와 싸우게 되면 단순히 사적인 싸움처럼 되어 버리기 때문에 만약 상대가 귀족이나 부자에게 고용된 놈일 경우에는 오히려 우리가 습격자, 악인으로 간주될 가능성이 있어. 그럼 파릴을 되찾아오지 못할지도 몰라."

"엥……."

레나의 설명에 깜짝 놀라 말문이 막힌 주인.

"그러니까 긴급 의뢰를 내라는 거야. 길드에서 유괴 사건을 대대적으로 공표하고, 파릴 구출과 범인 체포 혹은 섬멸하는 긴급 의뢰를 낸 다음 폴린이 그 의뢰를 받으면 이번 일은 길드를 통한 정식 의뢰가 되고, 우리를 방해하는 놈은 곧 길드를 적으로 돌리는 자가 되는 거지. 정식 헌터, 용병, 귀족, 상인들이 헌터 길드를 적으로 돌린다는 게 뭘 의미하는지 알아?"

그렇다, 폴린의 집안 사건 때 그 상회주와 영주가 당황했듯이 그것은 사회적 치명상임을 의미했다.

"게다가 만약 우리가 힘든 상황에 빠지더라도 길드에서 의뢰받아 이행하는 것으로 되어 있다면 길드에서 철저하게 지원해줄 거거든. 설령 상대가 귀족이나 대상인이라고 해도. 즉……."

"……즉?"

침을 꿀꺽 삼키며 묻는 주인에게 레나는 씨익 웃으며 대답했다.

"파릴에게, 우리와 관련된 사람에게 장난질 친 놈들을 진짜로, 철저하게, 차라리 죽는 게 낫다 싶은 생각이 들 정도로 밟아줄 수 있다는 거지. 『붉은 맹세』와 관련된 사람에게 손대면 어떻게 되는지. 유괴범들은 곧 그걸 알게 될 거야……."

그 말을 들은 메비스가 산뜻한 미소를 지었다. 하지만 메비스를 잘 아는 사람이 본다면 무심코 기겁해버릴 미소였다.

……검었던 것이다. 그것은 본래 착한 메비스가 평소 남에게 보여주지 않는, 속이 시원해질 만큼 검은 미소였다.

폴린은 평소와 다름없는 미소. ……그러니까, 사악한 미소를 짓고 있었다.

하지만 그보다도 아예 표정 자체가 사라진 마일이 무서웠다. 정말 정말, 무서웠다…….

그리고 레나가 선언했다.

"의뢰 내용, 파릴 구출과 범인 포박 혹은 섬멸! 흑막이 있을 경우 전부 박멸! 『붉은 맹세』, 출격!"

"""하앗!!"""

폴린은 주인과 함께 길드로 가고, 나머지 사람들은 메세리아의 안내를 받아 유괴 현장으로 향했다.

여주인은 아들들과 함께 여인숙에 남았다.

"………………."

무서웠다. 모두, 아무 말 없는 마일이 무서웠다.

아니, 레나와 메비스 그리고 물론 다프렐 부녀도 유괴범에 분노했지만, 그래도 마일의 전신에서 강렬하게 뿜어져 나오는 부정적 기운에 압도되었다.

"레나 씨, 범인의 목적이 뭘까요?"

"그, 그러게. 짐작할 수 있는 건 몸값이 목적이거나 인신매매, 아이를 노리개로 삼아 놀거나 죽여서 쾌락을 느끼는 변태, 또는 파릴이 수인 혼혈인 점이 목적인 경우 등이겠지."

줄곧 입을 꾹 다물고 있던 마일이 물어오자, 마일의 부정적 기운을 조금이나마 약화시킬 수 있다면 하고 허둥지둥 대답하는 레나.

"수인 혼혈이 목적이라는 말씀은?"

"있잖아, 왜, 여러 가지로……. 수인은 하등생물이라든가, 그러니 인간과의 사이에서 태어난 아이는 인간을 창조한 신에 대한 모독이라면서 떠들어대는 자들이라든지, 마일, 너처럼 수인 취향인…… 히익!"

"제가 동물 귀 소녀를 좋아하는 것과 똑같이 취급하지 마세요!"

……무서웠다. 마일이, 좀 무서웠다.

"하지만 아마도 파릴이 수인의 피를 물려받았기 때문이라는 게 정답이겠죠. 인신매매가 목적이든, 그밖에 다른 목적이 있든……."

"""뭐라고?"""

마일의 말에 레나, 메비스, 다프렐이 놀라서 목소리를 높였다.

"어, 어째서 그렇게 생각하는데?"

"메세리아가 말했잖아요. 유괴범들이 파릴을 보고 『이 애다!』 하면서 잡아갔다고. 그렇다는 건, 처음부터 파릴을 특정해서 노렸다는 이야기잖아요? 보통 몸값을 노리거나 인신매매, 변태 같으면 메세리아까지 같이 유괴하지 않았을까요? 그런데 메세리아는 유괴하지도 입막음도 하지도 않고 그대로 내버려뒀다는 건, 파릴 이외의 존재에게는 위해를 가할 생각이 전혀 없었다는 거겠죠. 보통은 범행 발각을 늦추거나 목격 증언이 나오지 않게 하기 위해서 입막음을 해야 정상이에요. 칼 한 방이면 몇 초만으로도 충분하니까. 그런데 그것조차 하지 않았으니 의외로 바른 자들인지도 몰라요. ……적어도 목적이었던 파릴 이외의 존재에게는."

"이, 입막음!"

"카, 칼 한 방!"

그제야 메세리아가 얼마나 위험한 처지에 놓여 있었는지 깨닫고 얼굴이 새파랗게 질린 다프렐과 메세리아였다.

여인숙을 나와 10분 정도 달려서 마침내 메세리아와 파릴이 놀았던 풀밭에 도착했다. 아이의 걸음이므로 별로 멀지는 않았다.

처음에는 아버지인 다프렐이 아이를 업고 달리려고 했지만, 아무래도 여섯 살이 넘었다 보니 아버지가 업고 달리는 것보다 자기 발로 뛰는 편이 더 빨랐다.

"여, 여기예요! 여기서 아저씨들이……."

파릴이 발버둥 치고 메세리아가 남자들에게 매달린 흔적인지, 메세리아가 손가락으로 가리킨 곳에 풀이 마구 흐트러져 있었다.

"……후각, 시각화!"

갑자기 마일이 영문을 알 수 없는 말을 외쳤다.

""……뭐?""

당연히 레나와 메비스가 의문을 표시했다.

"후각을 시각화하는 마법이에요."

……그대로였다.

"그렇게 말하면 어떻게 알아?!"

지극히 당연한 레나의 항의에 어쩔 수 없이 마일이 조금 더 자세한 설명에 들어갔다.

"개는 냄새로 파릴을 추적할 수 있죠. 하지만 여기에는 훈련된 개가 없고, 파릴의 냄새 견본도 없으니까 대신 제가 신체 강화 마법을 써서 후각을 강화하여 파릴의 냄새를 추적할 거예요. 냄새는 보통 코로 맡지만, 저는 코로 냄새의 강도와 방향을 판별할 능력이 없어요. 그래서 냄새를 코로 맡는 게 아니라 후각 신호를 시각으로 변환해서, 『냄새를 눈으로 보는』 방식을 쓸 겁니다!"

""…………?""

전혀 이해하지 못하는 어른 셋. 물론 메세리아는 제외했다.

"아, 됐어요! 시간 없으니까 그냥 잠자코 따라오기나 하세요!"

마일은 그렇게 말하며 주위를 둘러보았다.

"이거닷! 갑니다!"

파릴과 유괴범들의 냄새 흔적을 찾아냈는지 마일이 땅을 응시하며 걷기 시작하자 나머지 네 사람도 허둥지둥 뒤를 쫓았다.

"마일, 너 파릴의 냄새를 알아?"

"레나 씨, 제가 지금까지 뭣 때문에 몇 번이구 파릴에게 킁킁거렸다고 생각하나요!"

"""…………."""

메세리아를 제외한 세 사람이 질린다는 표정을 지었다.

……사실은 여인숙 쪽에서 온 두 냄새 흔적 중 하나는 다시 여인숙 쪽으로 향했고 나머지 하나는 반대 방향으로 가고 있는 점. 돌아간 쪽이 메세리아의 냄새라는 점. 그리고 또 다른 복수의 냄새는 반대 방향에서 와서 다시 그쪽 방향으로 돌아갔다는 점. 이 모든 정황을 살펴봤을 때, 굳이 파릴의 냄새를 식별할 필요도 없었다.

"메비스 씨, 슬슬 폴린 씨 일행이 길드에서 용무를 끝냈을 거예요. 어디로 갔는지 대충 파악해서 그쪽으로 좀 가보고 싶으니까, 메비스 씨가 폴린 씨를 데리러 길드에 다녀와 주시겠어요?"

"알았어!"

그리고 얼마 후 메비스가 돌아왔다. 폴린 그리고 헌터 다섯 명까지 대동하고서.

"뭐, 뭐야, 그 사람들은!"

소리를 빽 지르는 레나에게 폴린이 미안하다는 듯 고개를 숙였다.

"죄, 죄송해요. 길드에서 접수원이랑 긴급 의뢰 이야기를 나누는 걸 엿듣고 있던 이 사람들이 자기들도 받겠다고 나서서. 저희가 받을 거니까 괜찮다고 했지만 억지로……. 보수 금액이 은화 1닢밖에 안 된다고 말했는데 그래도 하겠다고……."

"이 녀석들, 여인숙을 전전하던 초짜 시절에 우리 집에 묵었었어. 파릴도 귀여워해 주고 우리를 잘 따랐지……. 보수는 너희가 일러준 대로 은화 1닢에 의뢰를 발주했지만 그래도 괜찮다고 하지 뭐야. 솔직히 나야 한 명이라도 더 많은 사람이 도와주길 원해. 그래서 기꺼이 그러라고 했어. 그러니까 같이 부탁해!"

옆에서 주인이 그렇게 말하며 감쌌다.

주인의 심정도 이해가 가고, 따라온 헌터들의 심정도 충분히 알 것 같았다. 거절하긴 힘들겠지.

게다가 어차피 '긴급 의뢰'는 수주자를 지정하지 않는다. 수주자를 지정하는 것은 '지명 의뢰'이고, 지명한다는 것 자체가 별로 긴급한 일이 아니라는 뜻이다.

하지만 이번에는 상황상 '긴급 의뢰'를 해야 했다. 길드의 우선도도 그렇고, 이 의뢰를 널리 소문내기 위해서는 그렇게 하는 편이 나았기 때문이다.

뭐, 이미 '붉은 맹세'가 받았으니까, 하고 둘러대며 거절할 수는 있지만 주인에게 그것을 강요하는 건 천하의 폴린이라도 힘든 모양이었다. 레나와 다른 사람들 역시 어쩔 수 없다는 식으로 어깨를 움츠렸다.

"우리가 왔으니 이제 마음 푹 놓아도 돼! 선배인 우리에게 맡겨! 우리는 여신님의 수호를 받는 다섯 소녀!"

""""""여신의 종!!""""""

"……그런데 지금 마일이 뭐 하고 있는 거야?"

자기도 따라가겠다고 주장하는 주인에게 여기서부터는 헌터가 할 일이고 문외한은 방해만 된다며 알아듣게 말해 다프렐 부녀와 함께 여인숙으로 돌려보낸 다음, 남은 헌터들끼리 간단한 자기소개를 마쳤다. 마일을 따라 걸으면서 말이다.

예전에 길드에서 마주친 적은 있지만 그때는 '여신의 종'이 자기 할 말만 하고 사라졌기 때문에 서로 제대로 된 인사를 하지 않았던 것이다.

그 후, 마일이 땅만 보면서 길을 헤매지도 않고 걸어가는 모습을 보고, 당연한 질문을 하는 '여신의 종'의 리더이자 최고 연장자인 19살 검사 테류시아.

"……냄새를 더듬고 있어."

""""""내, 냄새애애?""""""

레나의 설명에 입을 모아 소리치는 '여신의 종' 멤버들.

"개예옷?!"

"마일도 수인 혼혈이야?"

"미안, 아까 내가 방귀를……."

"시끄러워옷!"

"아, 화냈다……."

신경이 곤두선 마일은 별것 아닌 일에도 버럭 화를 냈다.

무리도 아니다. 다치지 않게 붙잡아갔다는 사실과 경과 시간을 고려할 때 아직 파릴에게 위해를 가했다고 볼 수는 없지만, 시간이 지체되면 그만큼 파릴이 겪을 위험도 커진다. 조급하게 굴었다가 실패해서는 안 되기에 허둥대지 않고 침착하게 필요한 처치를 빠짐없이 하고 있는 만큼, 괜히 쓸데없는 데 정신을 빼앗기거나 시간을 허비하는 것은 용납할 수 없었다.

마일은 신체 능력을 강화한 다음 후각을 시각화한 상태인데, 그렇다고 해서 후각을 잃은 것은 아니다. '후각과 시각을 바꾼 것'이 아니니까 말이다. 시각이 후각으로 변환된다면 행동 자체가 불가능해지고 말리라.

그래서 시각과 후각은 그대로이고, 분산되어 있는 후각 정보를 시각화해서 원래 시야에 더했다. 그렇게 '냄새에 대한 시각'과 강화된 후각 모두를 사용해, 파릴의 냄새 흔적을 정확하게 분간하여 추적하는 마일이었다.

"여기서 냄새가 약해졌어요. 여기까지는 업거나 안아서 데려왔고, 여기서부터는 마차 같은 것에 태워서 옮긴 것 같아요."

도로 폭이 다소 넓은 길로 나왔을 때, 마일이 걸음을 멈추고 모두에게 알렸다.

"엥, 그럼……."

이제 추적이 불가능하지 않느냐며 레나가 걱정하자, 마일이 즉시 부정했다.

"아니, 괜찮아요. 다만……."

"다만?"

"여기서부터는, 조금 달릴게요!"

그렇게 말하며 잔달음질치는 마일을 필사적으로 쫓는 레나 일행과 '여신의 종'. 그렇다, 마일의 '잔달음질'이 너무 빨랐던 것이다.

"박스형 마차가 아니라 짐마차 같네요. 냄새 흔적을 잔뜩 남기고 있으니까요."

지구의 승용차 같은 데 탔다면 냄새가 밖으로 거의 새지 않아 추적하기 힘들겠지만, 짐칸 뒤쪽이 개방된 짐마차라면 아무 문제 없다.

게다가 짐마차는 빠르게 달릴 수 없는 구조다. 전속력으로 달리는 건 바퀴와 차축, 그리고 차체가 부서지는 것을 개의치 않고 달려야 하는 상황, 즉 도적이나 마물에게 쫓겨서 필사적으로 달아나야 할 때 정도뿐이다.

그런 짐마차가 너무 빨리 달린다면 누가 봐도 수상해서 눈에 확 띄기 마련이다. 유괴범이 그런 행동을 하리라는 생각도 들지 않고, 어차피 계속 빨리 달리면 말이 금세 지치리라. 그래서 이 속도로 달리면 짐마차보다 훨씬 빠를 것이었다.

"음? 냄새가 약해졌네?"

이상하다는 듯이 말한 마일은 앞을 보고 금세 그 이유를 알아차렸다.

"가문(街門)……."

그렇다, 왕도에서 나가려면 문을 통과해야 하기 때문에 아마도 파릴을 상자나 바구니 같은 데 넣어 숨겼으리라.

하지만 문을 통과한 후 얼마간 마차는 외길을 달려야 한다. 게다가 파릴의 냄새는 약해도 유괴범과 마차 자체, 그리고 마차를 끄는 말의 냄새가 있기 때문에 놓칠 일은 없었다. 파릴이 마차에서 내리지 않은 이상은. 그러니 이대로 추적 속행!

"그렇지, 예상대로야!"

가도를 통과하고 얼마 후, 파릴의 냄새가 다시 강해졌다.

혹시 모른다며 계속 좁은 상자 혹은 바구니에 넣었다가, 충분히 멀어졌다고 판단했을 때 파릴을 꺼내준 것이리라.

다른 사람들은 뭐가 예상대로라는 건지 전혀 알 수 없었지만, 어쨌든 예상대로 된 거면 나쁜 이야기는 아니리라는 생각에 쓸데없이 참견 하지 않고 계속 달려 나갔다.

"여기예요!"

얼마간 길을 계속 나아가다가, 숲을 우회하기 위해 도로가 꺾이는 부분에서 마일이 걸음을 멈췄다. 주위는 이미 어둑어둑해지고 있었다. 달(위성)은 있지만, 숲속에는 그 빛이 잘 닿지 않는다.

"여기서 파릴이랑 세 사람은 마차에서 내려 숲으로 들어갔고, 마차는 그대로 쭉 도로를 달려갔네요. 만일에 대비해 마차는 계속 왕도에서 멀어질 계획이었겠죠. 목격되거나 추적당할 가능성이 있으니까요."

그렇다, 실제로 마일 일행이 이렇게 추적해왔지 않은가.

"하지만 마차는 아무래도 상관없어요. 나중에 일당들을 잡아 추궁해서 그놈들까지 싹 다 잡아들이면 그만이에요. 지금은 파릴을!"

마일의 말에 묵묵히 고개만 끄덕이는 여덟 명의 소녀들.

"여기서부터는 언제 적과 맞닥뜨릴지 모르니까 그렇게 아시고!"

다시 한번 고개를 끄덕이는 소녀들.

"갑니다!"

단순히 마일을 뒤따라 달리기만 했던 지금까지와는 달리, 여기서부터는 언제 적과 만날지 알 수 없다. 사방에 주의를 기울이면서 조용히, 그러면서도 재빠르게 이동하는 마일 일행.

"왕도랑 이렇게 가까운 숲에 본격적인 은둔지가 있을 줄은 몰랐네. 여기는 그리 깊은 숲도 아니고, D에서 E등급까지의 헌터가 사냥이랑 채취를 하러 자주 들락거리는 곳이잖아. 일시적인 중계 지점에 지나지 않거나, 아니면……."

"아니면?"

'여신의 종'의 리더인 테류시아가 그렇게 말하자 폴린이 물었다.

"이곳을 범행 현장으로 선택했거나."

"…………." "…………."

범행 현장. 그 단어가 무엇을 의미하는지 생각한 모두의 표정이 굳었다.

그리고 다들 아무 말 없이 계속 앞으로 나아갔을 때, 부엉이인지 뭔지 모를 새 울음소리가 들려왔다.

호우호우 호호 호호 호옷

"……찾았습니다."

마일의 가라앉은 목소리에, 고개를 끄덕이는 '여신의 종'의 다섯 명과 어리둥절한 표정인 '붉은 맹세'의 세 사람.

"어떻게 알아?"

세 사람을 대표해 레나가 묻자 마일이 감정 없는 목소리로 대답했다.

"지금까지 저런 소리로 우는 새는 못 봤는데, 우리가 접근하니까 아주 가까운 거리에서 울었어요. 그것도, 일정한 울음소리가 아니라 멜로디를 붙여서. 뭐, 망을 본 자가 야행성 새 울음소리를 흉내 내서 신호를 보낸 거겠죠. 만약 제가 새 울음소리를 흉내 내서 파수꾼의 암호를 정한다면, 접근하는 자가 몇 명인지 알리기 위해 1부터 4, 그리고 5와 10을 나타내는 음표를 정할 거 같아요. 예를 들면 호우호우가 5, 호 하나가 1, 이런 식으로. 그리고 마지막으로 위협이 되는 정도를 나타내는 음은 병사는 호호호호, 만만치 않은 베테랑 헌터는 호호, 별 볼 일 없는 여자들이면 호옷, 이런 식으로 말이에요."

멍한 표정을 짓는 레나, 메비스, 폴린.

반면 '여신의 종'의 다섯 멤버는 당연하다는 얼굴로 마일의 말을 듣고 있었다.

"왜, 왜 그래, 열이라도 있는 거 아니야?"

평소 같으면 으헥, 하고 소리쳤겠지만 마일은 레나의 말을 완전히 무시했다.

"……와요, 네 명씩 네 조, 총 16명!"

이번에는 사람 목숨, 그것도 파릴의 목숨이 달린 일이다. 금칙사항인 '나노머신에게 상대 정보를 캐묻기'를 한 것도 아니고, '탐색마법에 의한 스캐닝'의 유효 범위에 들었다면 거침없이 마법을 쓰는 마일이었다.

마일의 목소리에 즉시 이동대형에서 전투대형으로 바꾸는 '붉은 맹세'와 '여신의 종'.

급조한 합동 파티여서 대형을 같이 짜지는 않았다. 서로의 역량을 모르는 상태이니, 제대로 연대가 될 리 없다. 그래서 각자 파티끼리 짠 대형으로 나란히 서는 형태를 취했다.

'붉은 맹세'는 메비스와 마일이 전위, 레나와 폴린이 후위. '여신의 종'의 전위는 창사 필리가 가운데에 서고 그녀의 양쪽을 검사 테류시아와 위리누가 단단히 지켰다. 그리고 중위는 궁사 겸 단검잡이 타시아, 후위는 파티의 최연소자인 열네 살에 만능형이라고 말하면 듣기에는 좋지만 어느 것 하나 특출 난 부분이 없다는 표현이 더 어울리는 마술사 라세리나였다.

타시아는 활을 가지고 싸우는데 전위가 비거나 좌우, 후방에서 복병이 등장했을 때는 활을 버리고 단검으로 나머지 멤버들의 등을 지켰다. 그 과정에서 자신의 활이 정신없는 싸움의 틈바구니 속에서 치이고 밟혀 부러지기라도 하면 큰 손해이므로, 내던질 때 가볍게 던져서 '쉽게 손에 닿으면서도 싸움에 이리저리 치이지 않는 장소'를 잘 파악해야만 한다. 등에 고정시킬 여유도 없고 검보다 리치가 짧아 신속함이 생명인 단검술에 방해되기 때문에 활은 일단 내팽개칠 수밖에 없었다.

다양한 상황에 임기응변으로 대응해야 하는 데다가 활을 잃어버릴 위험이 높고 근접 전투에서는 적보다 리치가 짧은 무기로 싸워야 할 처지인 타시아. 딱하다······.

"메비스 씨, 기를 다스려서 눈으로 기를 보내 『암흑에서도 앞이 보이도록, 시력이여 좋아져라!』하고 속으로 빌어 보세요."

"엥? 아, 아아, 알았어."

마일에게 들은 대로 기를 다스리기 시작하는 메비스.

"오? 오오오? 왠지 앞이 밝아지는 기분이야……."

기의 힘, 만능설. 이제는 뭐든지 다 가능했다.

그리고 그 모습을 수상쩍은 눈빛으로 쳐다보는 레나와 폴린.

"".............""

어쨌든 출격 준비를 마쳤다!

"누구냐!"

놀랍게도 대뜸 공격부터 하지 않고 누군지 물어왔다. 심지어 등장한 것은 허리춤에 검을 차고 검은 망토로 몸을 감싼, 너무나 수상해 보이는 남자 한 명뿐. 다른 일당들은 숨어 있겠지.

기습 공격을 노리는 것일까, 아니면 마일 일행이 이곳에 나타난 게 우연이라고 생각해서 말로 잘 둘러대 돌려보내려는 것일까…….

설마 냄새를 더듬어 추적했으리라고는 꿈에도 생각하지 못할 테니, 추적자가 없음을 눈으로 확인했다면 전혀 상관없는 사람이 어쩌다 여기까지 온 것이라고 여길 수도 있다.

물론 한밤중에 숲에 볼일이 있는 사람은 흔하지 않으므로, 그렇게 생각할 확률은 몹시 낮지만. 아무리 왕도에서 가까운 작은 규모의 숲이라고는 하나 한밤의 숲은 위험하다. 급한 용건이 있지 않는 이상, 숲속을 어슬렁거리는 사람은 없는 것이 정상이다. 특히 어린 여성이라면 더욱.

"헌터다. 이런 밤에 숲에서 단체로 뭘 하고 있었지?!"

"그건 내가 물어볼 말인데!"

"""아차~!"""

'여신의 종'의 다섯 멤버가 머리를 감싸 안았다.

모처럼 상대가 혼자 나타나 말을 걸었으니, 여기서는 말실수를 하도록 잘 유도해서 정보를 입수해야 했다. 그런데 레나는 그들이 단체라는 걸 우리가 안다는 정보를 쓸데없이 흘리고 말았다. 다행히 상대는 아직 감이 오지 않은 모양이지만, 전술적인 면에서 대실패였다.

마일도 표정이 일그러졌다. 평소 같으면 웃으면서 그냥 넘길 테지만 지금은 조금이라도 더 많은 정보가 필요했기에 마일도 진지했던 것이다.

앞으로 싸워서 이기게 되더라도 정확한 정보를 얻을 수 있다는 보장이 없다. 대화할 수 있을 때 최대한 상대방의 실언을 유도하는 게 좋은데, 그러려면 이쪽에서 괜한 정보를 줘서는 안 되었다.

"이런 밤에 숲에는 도대체 뭐 하러 온 거지?"

"남한테 뭘 물어보고 싶거든 자기부터 설명하라고! 너희야말로 뭐 하고 있었지?!"

레나도 상대방도 서로 대화의 주도권을 가져가기 위해 설전을 거듭했는데, 당연히 평행선만 달리다가 협상 결렬로 끝났다. 보아하니 상대 역시 머리가 썩 좋은 건 아닌 듯했다. 뭐, 단순히 교섭이나 설득 등 사람을 상대하는 기술이 형편없는 것일 뿐인지도 모르겠지만…….

"해치워랏!"

대화로 쫓아내기를 포기했는지 남자가 버럭 소리치자 뒤쪽 덤불과 나무 그늘에 숨어 있던 나머지 남자들이 등장했다. 그 수는 15명. 복병을 남겨둘 생각은 없는 모양이었다.

숲에서 풀 플레이트 아머를 착장한 자야 없겠지만, 이렇게나 투지를 불태우는 자들이 열여섯이나 되면서 그 흔한 가죽 방어구조차 하지 않은 것은 좀 이상했다.

그리고 아무래도 마술사는 없는 것 같았다. 이 정도 인원이면 보통은 마술사가 2~3명 정도 섞여 있어야 자연스러운데, 인재가 부족한 걸까 아니면 그냥 우연일까…….

"위장일지 모르니 마법에도 신경 써."

테류시아가 '붉은 맹세'에게 작은 목소리로 경고했다. '여신의 종' 멤버들에게는 새삼 그런 경고를 할 필요가 없는 모양이었다.

""…………""

본직은 마술사이지만 검사 복장을 한 마일이 자기 파티에 속해 있는데도, 그리고 예전 가짜 도적단 사건 때 검을 쥐고 평범한 도적인 척하는 마술사들을 상대로 싸웠으면서도, 거기까지 생각이 미치지 못하는 레나와 폴린. 과연 마일과 메비스는 그 부분을 심려했는데…….

'전투력은 둘째 치고, 교섭에 관해서는 초보인가…….'

'여신의 종'의 다섯 멤버는 적을 그렇게 판단했다.

전력을 숨긴 상태이고, 있는 힘껏 공격하기로 결단을 내렸다면 당연히 기습 작전을 펼쳐야 하리라.

군이 큰 소리로 지시를 내려서 복병의 존재를 알리는 게 아니라, 자연스러운 신호를 정해놓고 그 신호에 따라 일제히 공격에 나서야 하는 것이다. 그런데 너무 대놓고 소리치자 줄줄이 모습을 드러내는 일당들.

하지만 약한 교섭력이 약한 전투력과 꼭 이퀄 관계는 아니다. 전쟁터에 나가 싸우는 병사나 암살자 등은 딱히 적과 대화를 나누거나 교섭하지 않지만 그렇다고 해서 절대 약한 게 아니듯이.

그러고 있는 사이 제일 처음에 나왔던 남자가 뒷걸음질로 자신과 같은 팀인 세 사람과 합류해, 어느 정도 전투태세를 갖추었다.

한편 '붉은 맹세'는 왼쪽, '여신의 종'은 오른쪽에 자리를 잡고 그사이에 2미터 정도 공간을 비워두었다.

서로의 전투력과 싸움 방식을 모르니, 안전을 위해 그 정도의 공간을 벌려두는 것이 좋았다. 또 2미터 정도면 사이에 적이 끼어 들어올 위험이 없어, 그 방향에서 오는 공격을 신경 쓸 필요도 없었다.

적은 네 명으로 편성된 팀을 두 조씩 나눠 '붉은 맹세'와 '여신의 종'에게 달려들었다. 인원수와 체격, 전위 비율 등으로 고려할 때 누가 봐도 '여신의 종' 쪽이 위협도가 높다고 판단한 것일 텐데, 상대 역시 익숙한 팀 편성을 망가뜨리고 싶지 않았던 것일까 아니면 어린 소녀들로 이루어진 신입 파티 따위이니 굳이 전력을 조정할 필요도 없다고 생각했을까…….

뭐, 하긴 8대4와 8대5. 어느 쪽이든 두 배 혹은 그에 가까운 차이가 났다. 7대4와 9대5로 싸운다고 해도 별로 큰 차이는 없다. 게다가 미성년자가 포함된 네 명 쪽에 두 배의 전력을 배치해 빨리 처리하고 그다음 다른 쪽에 가세하면 그만이었다.

그렇게 해서 적이 공격에 나섰다.

두 명씩 두 줄로 선 네 팀이 약 2미터의 간격을 두고 앞뒤로 서서 두 조씩 나뉘어 '붉은 맹세'와 '여신의 종'을 향해 전진했다.

예상하건대 앞장 선 팀의 제일 앞줄 두 명이 상대 전위를 정면으로 덮치고, 뒷줄의 두 사람이 양쪽으로 나와 각각 옆에서 상대방을 베면 그 사이에 뒤에 있는 팀이 옆으로 빠져나가 후위를 공격하여 단숨에 승부를 지으려는 대형이리라.

전위만 상대와 접근전을 해야 한다는 법은 없으므로, 모든 상대에게 동시에 접근전을 건다. 마술사가 없고 검사만 있는 팀으로서는 적절한 전술이다.

"돌팔매여, 적의 눈알을 터트려라!"

공격태세는 적들만 갖춘 게 아니었다. 조용히 영창을 끝낸 라세리나가 공격마법 발동 단어를 외쳤다.

특출 난 장기가 없는 마술사인 만큼 조약돌을 만드는 사치는 부리지 못하고 그저 단순히 땅에 있던 돌멩이와 흙덩이, 나뭇조각 등을 일으켜 던지는 것이 전부였다. 그래서 '돌팔매'라는 이름의 주문이긴 했지만 무엇이든 다 날아갔다.

한편 적은 그 위험한 주문을 듣고 반사적으로 팔을 들어 눈을 보호하려고 했다. 검과 창을 쥔 상대 앞으로 뛰어들면서.

"으악!"

"아악!"

"우아아아!"

창이 어깨를 관통하고, 검이 몸통을 베고 배에 꽂혀 순식간에 세 사람이 쓰러졌다. 가장 먼저 나선 팀에서 무사한 사람은 단 한 명뿐.

"헉⋯⋯."

이제는 뒤에 있던 팀이 후위를 노릴 때가 아니었다. 그랬다가는 옆을 빠져나가려는 순간 바로 공격받을 테고, 설령 빠져나가는 데 성공한다고 해도 후위와 대치할 때 등 뒤로 공격을 받을 것이다.

죽을 고비에서 겨우 살아난 한 사람이 허둥지둥 후방 팀과 합류해 5대5로 교착 상태가 됐다고 생각한 순간, 창사 필리가 몸을 왼쪽으로 살짝 기울였고 필리의 오른쪽에 있던 테류시아는 그 반대 방향으로 몸을 기울였다.

"⋯⋯바람이여, 반대로 휘감아라!"

다시 외친 라세리나의 공격 주문을 받자 다섯 명의 적이 강풍에 맞서려고 다리에 힘을 꽉 준 순간 화살 하나가 슝 날아들었다. 그렇다, 필리와 테류시아가 중간에 공간을 비워둔 건 이 화살을 날리기 위함이었다.

"이렇게 비실비실한 화살쯤이야!"

화살 명중 범위에 들어 있던 남자는 여유롭게 검으로 화살을 쳐서 떨어뜨리려고 했다. 대인 전투 시 교섭은 서툴러도 무술 자체는 상당히 조예가 깊은 모양이었다. 실전은 잘 모르는 도장 검사인가…….

"엥?"

그리고 오른쪽 어깨에 깊이 박힌 화살.

"어, 어떻게…….”

너무 놀라 아직 뇌가 고통을 인식하지 못했는지, 자신의 어깨에 박힌 화살을 아연한 얼굴로 바라보는 검사.

그렇다, 조금 전 라세리나가 쏜 바람마법은 상대방의 몸을 날리기 위함이 아니었다. 특출 난 장기가 없는 라세리나가 그렇게 위력 센 바람마법을 구사할 수 있을 리 없다.

하지만 약한 바람이라도 할 수 있는 건 있다. 이를테면 착탄 직전에 화살의 진로를 살짝 바꾼다든가…….

((……강해!))

처음에 마법을 한 방 먹인 후, 마일과 메비스에게 적을 맡기고 '여신의 종'의 싸움을 지켜보던 레나와 폴린이 놀라서 눈을 동그랗게 떴다.

검기와 창기, 그리고 마법 실력이 엄청나게 뛰어나서가 아니다.

물론 재능이 전혀 없는 것은 아니지만, 아직 어려서 미숙한 기술. 그리고 딱히 대단한 위력도 없는 평범한 마법.

……하지만, 강했다.

레나의 입에서 무심코 말이 새어나왔다.

"이것이 바로, 아무것도 모르는 소녀들이 F등급부터 시작해서 한 사람도 죽지 않고 C등급 헌터가 되었다는 『여신의 종』…….”

'붉은 맹세'도 물론 강하다. 하지만 그건 단순히 '강한 개인이 모여 있는 것일 뿐'이다. 싸움은 순전히 개인의 능력에 의존했지 그 이상도 그 이하도 아니었다.

하지만 '여신의 종'은 달랐다.

개개인은 평범한 능력 밖에 없지만, 그들이 모인 파티는 강했다.

레나는 분했다.

'붉은 맹세'와 '여신의 종'이 싸우면 틀림없이 '붉은 맹세'가 이기 겠지.

하지만 레나는 분한 마음을 억누를 수 없었다.

마일과 메비스?

두 사람은 나머지 적이 후위 레나와 폴린에게 접근하지 못하게 하면서도 죽이거나 중상을 입히지 않도록 '제한 플레이'로 싸우고 있었기 때문에 다른 사람의 싸움을 볼 여력이 없었다.

한편 '붉은 맹세'는.

싸움이 시작되기 전 마일과 메비스는 앞, 레나와 폴린은 뒤로 물러나 서로 충분한 간격을 벌렸다. 전위직 밖에 없는 적을 상대 하는데 굳이 먼저 접근하는 멍청한 마술사는 없었다.

"……웅고 나선탄!"

"……아이스 네일!"

레나와 폴린은 충분한 시간적 여유가 있어서 마음속으로 왼 마 법을, 위력을 높이기 위해 발동 단어만 외치며 쏘았다.

상대측에 마술사가 있는데도 남자들이 기습이라는 수단을 취 하지 않은 것은 좀 어이없었는데, 마술사가 어린 소녀들이라고

얕잡아 보았거나 혹은 아예 마술사를 상대로 싸워본 적이 없었겠지…….

어쨌든 자신들에게 유리하게 돌아가는 건 대환영이어서 레나 일행은 별로 신경 쓰지 않았다.

"크헉!"

"아악!"

폴린이 쏜 아이스 네일(얼음 못)이 두 줄기로 갈라져 양쪽으로 날아가, 마일 일행의 측면으로 돌아들어가려던 두 남자의 어깨와 팔, 다리, 복부에 꽂혔다. 치명상은 아니었지만 비명을 내지르며 움직임을 멈추었다. 한편 정면 공격에 나섰던 다른 두 명은 당연히 마일과 메비스가 검으로 반격했다.

그리고 마일과 메비스의 손이 묶인 틈에 옆으로 돌아 후위를 치려던 적의 후방 팀 네 사람은

전방 팀 네 사람보다 한 템포 느리게 나섰다가 대각선에서 날아드는 레나의 마법공격을 받고 있었다.

"아악!"

"아파아아!"

""으아아악!""

그렇다, 레나가 숲의 보드라운 흙을 이용해 만든 꽤 작은 나선탄 이십여 발이 포물선이라고 할까 곡사탄도라고 할까, 여하튼 둥근 궤적을 그리며 날아가 적의 머리 위로 비스듬히 쏟아져 내렸던 것이다.

이 곡사는 앞쪽에 있는 마일과 메비스에게 방해받지 않는다는

점과 중력가속도로 위력을 높일 수 있다는 것, 그리고 위에서 오는 공격에는 익숙하지 않은 자가 많다는 점까지, 총 세 가지 이점을 갖추었다. 게다가 나선탄이라는 명칭이 부끄럽지 않도록 회전까지 하고 있었다.

숲인 만큼 레나는 특기인 불마법을 쓰지 못했고, 폴린 역시 적과 아군의 거리가 가까운 데다 '여신의 종'의 보는 눈이 있어서 핫마법을 쓸 수 없었다. 하지만 가장 잘하고 위력이 센 마법을 쓰지 않았다는 것은 그만큼 여유가 있다는 뜻이기도 했다.

어쨌든 레나와 폴린의 마법공격을 받은 두 사람은 아예 피할 수 없었는지 몸을 웅크렸고, 마일과 메비스에게 정면 공격을 받은 나머지 둘도 굴복했다.

남은 네 사람은 치명상까지는 입지 않았지만 아이스 네일이며 나선탄 등을 맞아 전투능력이 대폭 저하된 상태였다. 마일과 메비스는 그들이 레나 일행 쪽으로 못 가게 견제하면서 죽거나 너무 심한 부상을 주지 않기 위한 일종의 '제한 플레이'로 살짝 뜸을 들이고 있었다.

적은 마일과 메비스에게 등을 노출시킨 상태로 레나 일행에게 접근할 상황이 도저히 되지 않아, 어쩔 수 없이 마일과 메비스와 대치했다.

'나머지는 둘이서도 괜찮을 것 같네.'

그렇게 생각한 레나와 폴린은 혹시 몰라 공격마법을 영창해 홀드해두고, 마일 쪽의 상황을 살펴가며 '여신의 종'의 싸움을 관찰했다.

홀드해둔 마법은 상황이 위험해 보이면 바로 나설 수 있도록 핀 포인트로 공격 가능한 단발성 아이스 재블린이었다.

"""엥⋯⋯."""

그리고 두 사람은 약한 마법과 평범한 검술, 창술, 궁술임에도 불구하고 불안감 없이 차근차근 적을 해치워나가는 '여신의 종'의 모습을 목격했다.

((⋯⋯강해!))

말로 하지는 않았지만, 레나와 폴린은 똑똑히 알게 되었다. 그녀들이, 자신들과는 다른 종류로 '강하다'는 사실을.

특별한 능력이 없는데도 상당히 강했다. 그건 자기 힘만 믿고 혼자 싸웠던 시절에는 몰랐던 강한 힘. 그리고 지금의 레나가 '붉은 맹세'에게 바라는 강함이기도 했다.

그녀들의 싸움은 이제 8대5에서 5대5로 대등, 아니 서 있는 적 중 하나가 오른쪽 어깨에 화살을 맞은 지금은 '여신의 종'이 좀 더 우세했다.

"어린 계집애들이⋯⋯."

남자들도 '여신의 종' 개개인의 실력이 대단하지 않다는 것은 잘 알고 있었다. 어쩌다가 계속 공격 타이밍이 겹쳐서 운 좋게 맞았을 뿐. 그렇게 여겼던 것이다.

하지만 레나와 폴린의 생각은 달랐다.

실전에서는 훈련 성과의 절반이라도 낼 수 있으면 다행이다. 그러니 실전에서 확실히 성과를 낸다면 그건 평소에 그 몇 배나 되는 훈련을 계속 해왔다는 증거이다. 조금 전의 결과를 '우연'이라는 한마디로 정리하려는 자는 결코 목숨을 오래 부지할 수 없으리라.

그건 전부 작위적이었다. 일부러 발동 단어를 크게 외쳐서 미리 대응하게 한 것도, 바람마법에 대비해 버티게 유도한 것도, 날아온 화살을 피하는 게 아니라 때려 떨어트리게 한 것도, 그 화살을 맞기 전에 옆에서 바람마법이 불어오게 한 것도…….

창은 리치가 길다. 세 전위 중 가운데에 서 있는 필리가 창을 쑥 내밀자 남자들은 쉽사리 공격해오지 못했다. 자신을 겨눈 창을 튕겨내고 칼이 닿는 범위까지 뛰어 들어가려고 해도, 창을 튕겨내느라 자세가 흐트러진다면 그녀의 양 옆을 지키고 있는 두 검사 테류시아와 월리누가 자신들의 몸을 간단히 베고 말 것이다.

그리고 그 뒤에는 활시위에 화살을 메긴 타시아와 중얼중얼 다음 마법 영창을 준비하는 라세리나가 있었다.

애초에 각자의 역할을 고려해 구성된 파티를 상대로 검만 든 남자들이 맞서는 것은 머릿수가 압도적으로 우월하거나 엄청난 실력 차이가 있지 않은 이상 너무도 무모한 행동이었다.

아니, 물론 8대5로 인원수에 차이는 있었다. 그리고 실력도, 왠지 실전에는 익숙하지 않은 것 같지만 검기 자체는 나름대로 오래 단련한 남자들이었기에 이제 막 초보 티를 벗은 어린 소녀 헌터들의 기술 따위 대수롭지 않다고 여겼을 것이다. 그 생각은 물론 옳았다. 하지만…….

5대5가 되었다고는 하나 '여신의 종'에서 두 사람은 중위와 후위였다. 격돌할 전위는 5대3. 아무리 리치가 긴 창이 있어 공격하기 어렵다 해도, 공격 횟수의 차이로 금방 제압될 것이다.

전위가 팽팽한 힘의 균형을 유지하는 듯 보인 것은 한순간에 불과했고 이내 적 다섯 명이 동시 공격에 나서려고 했다. 바로 그때.

"……모래먼지 폭풍우!"

적이 쓸데없이 시간을 낭비하는 사이에 라세리나의 다음 주문이 완성되었다.

마술사에게 영창할 시간을 충분히 주다니, 지나치게 서비스 좋은 남자들이었다.

보통 적진에 마술사가 있고 자신들에게는 없을 경우, 다소 피해를 무릅쓰더라도 마술사부터 처리하기 마련이다. 그러니 세 사람이 쓰러졌을 때, 나머지 한 사람이 뒤로 물러나지 않고 뒤에 있던 네 사람과 함께 돌격해야 옳았다. 그렇게 했다면 세 명이 전위의 발을 묶어놓는 동안, 나머지 하나가 중위와 후위를 공격할 수 있었다.

화살을 쳐서 떨어트리는 방법도 있고, 최악의 경우 한 명을 희생시켜서라도 화살을 쏜 직후라 무방비 상태인 중위와 다음 영창을 막 시작해서 마찬가지로 무방비 상태인 후위를 공격할 수 있었을 것이다.

그것도 '여신의 종'이 그에 대한 방책을 준비하지 않았을 때의 이야기지만.

그리고 레나 일행은 '여신의 종'이 분명 그 준비도 해두었을 거라고 생각했다.

그렇지 않다면 그녀들이 지금까지 단 한 명의 결원도 내지 않고 버티기란 불가능했을 테니까.

이번 라세리나의 마법 역시 이름은 거창하지만 단순한 돌풍이었다. 사람이 날려갈 정도이 위력은 없는, 그저 조금 강한 바람에 지나지 않았다.

하지만 돌풍은 땅을 훑듯이 회오리를 일으키며 적을 향해 나아갔다. 마법명대로 모래먼지를 일으키며.

남자들도 그 정도로 바보는 아니었다.

조금 전과 같은 실수를 되풀이하지 않으려고, 다리로 힘껏 버티려다 말고 몸을 옆으로 틀어서 '여신의 종' 전위 세 명 중 누군가를 방패막이로 삼는 위치를 잡았다.

회오리를 일으키며 점점 가까워지는 모래먼지를 완벽하게 막을 수는 없지만, 그대로 다 맞는 것보다야 조금은 나을 것이었다.

눈을 가늘게 뜨고 모래먼지 폭풍우가 잦아드는 순간을 노려 돌입할 타이밍을 재고 있자 '여신의 종'의 다섯 명이 먼저 덤벼들었다.

다섯 명. 그렇다, 중위인 궁사 타시아가 활을 버리고 단검을 뽑아든 것이다. 말이 단검이지 나이프가 아니라 총 길이 50센티미터에 육박해서, 적의 빈틈을 노려 날카롭게 파고들면 훌륭히 싸울 수 있었다.

또 라세리나는 스태프를 창처럼 쥐고 있었다. 그 돌출된 물미(땅에 닿는 부분)는 언제부터 그랬는지 몰라도 철제 깍지가 벗겨져서 흉악하게 솟은 금속제 부품이 드러났다.

"……위장된…… 스태프?"

45

"저러면 창이랑 다를 게 뭐죠?!"

레나와 폴린이 경악해서 소리쳤다.

그렇다, 보통 마술사는 전위로 나와 육탄전에 가세하지 않기 때문에 스태프는 타격무기이지 결코 찌르는 무기가 아니다. 또, 검이 내장된 '위장 지팡이'는 들어본 적 있어도, 스태프를 창으로 바꾸는 '위장 스태프, 창 버전'은 금시초문이었다.

하지만 열네 살로 미성년자인 데다 체구가 작은 마술사 라세리나는 검보다 리치가 길고 숙련자가 아니라도 얼마든지 다룰 수 있는 창 타입이 더 적합한 게 사실이었다.

전위 세 사람을 모래먼지의 방패막이로 삼으려던 남자들은 타시아와 라세리나의 움직임을 순간 놓치고 말았다.

정신을 차렸을 때는 전위 테류시아와 필리, 그리고 필리와 위리누 사이에 각각 끼어든 타시아와 라세리나까지 합친 '여신의 종'의 다섯 멤버가 동시에 덤벼들고 있었다.

공격을 멈추고 대기 상태에 있었던 남자들은 아직 완전히 잦아들지 않은 모래먼지 폭풍우 때문에 눈을 제대로 뜰 수 없었고, 또 세 사람의 직접 공격은 예상했어도 5대3이면 쉽게 제압할 수 있다며 방심한 것도 있었다. 그래서 셋이 아닌 설마 했던 중위, 후위까지 포함된 다섯 명의 돌격에 허를 찔려 반응이 늦었다.

그리고 '한발 늦는 것'은 치명상으로 이어졌다.

""가, 강해…….""

레나와 폴린이 동시에 그 말을 내뱉었을 무렵에는 '여신의 종'의 상대도, 마일과 메비스가 상대한 남자들도 모두 전투력을 상실했다.

"이 사람들은 이대로 버리고 가겠습니다."

예전에 낚시할 때 썼던 실을 아이템 박스에서 꺼내 모두에게 나눠주고, 전투력을 잃은 남자 열여섯 명을 다함께 포박한 후 마일이 그렇게 알렸다.

실은 가늘면서 억센 데다, 몸 뒤로 포박된 팔은 양손 엄지끼리도 묶여 있었기 때문에 억지로 힘을 줘서 풀려고 했다가는 손가락이 뎅강 잘려 떨어질 지경이었다.

가는 실 정도야 뜯으면 끊기겠지 하는 생각으로 나중에 힘을 써서 포박을 풀려고 했던 남자들은 그 말을 듣고 얼굴이 새파랗게 질렸다. 엄지를 잃은 검사 따위는 아무 짝에도 쓸모가 없다.

"고문……, 아니 신문할 시간도 아깝고, 어차피 유괴한 놈들도 근처에 있어요. 이대로 쫓는 게 더 빠를 테니까. 바로 갈게요!"

각각 손발과 손가락을 묶은 다음 남자들끼리 묶고 또 그들을 커다란 나무에 한번 더 묶었으니 달아나기란 불가능하리라. 로프가 아니라 얇은 낚싯줄로 아주 단단하게 묶었으므로 칼로 끊지 않는 이상 풀지 못할 것이다. 물론 검과 나이프 등은 전부 마일이 수납에 넣어두었다.

그리고 심각한 상처를 입은 사람에게는 마일과 폴린이 치유마법을 걸었다. 물론 완치시키지는 않았다. 다시 돌아올 때까지 죽지 않도록. 단지 그것을 위한 치유마법이었다.

적당히 힘 조절을 한 '붉은 맹세'와 달리 '여신의 종'이 상대한 쪽은 그대로 내버려두면 죽을지도 모를 만큼 다친 자들도 있었는데, 일단 계속 살 수 있도록 치유해주는 모습을 보고 눈을 부릅뜨는 '여신의 종' 멤버들.

""말도 안 돼!!""

이제 겨우 오프닝이 끝났을 뿐이다.

앞으로 진짜 싸움이 시작될 텐데 이런 데서 적을 치료해준답시고 쓸데없이 마력을 소비해서 뭘 어쩌겠다는 말인가? 어느 착한 바보가! 여기서 허비한 마력이 중요한 순간 승리를 놓치는 원인으로 작용할지도 모르는데.

게다가 치명상을 입은 자들마저 출혈이 멎고 점점 호흡이 안정을 찾아가고 있었다.

적을 구하기 위해 경이로운 치유마법을 아낌없이 행사하다니.

말도 안 된다. 이건 마치, 동화에나 등장하는 성녀님이 아닌가…….

걸음을 서두르는 마일과 '붉은 맹세'를 보며 잡념을 떨쳐내고 허둥지둥 따라가는 '여신의 종' 멤버들.

마일은 이미 탐지마법으로 유괴범들과 파릴이 어디 있는지 파악한 상태였다. 그래서 마일에게 조금 전 싸움은 정보 수집 때문이 아니라 단순히 '장애물 배제'에 지나지 않았다.

그리고 파릴이 무사하다는 사실과 있는 위치를 아는 마일은 이제 조금이나마 여유와 안정을 되찾았다.

그렇지 않았다면 싸울 때 괜히 시간 들여 힘 조절을 하지 않고, 죽이지는 않더라도 뼈를 똑 부러트리는 정도의 강행수단에 나섰으리라.

　주변이 많이 어두워지자 선두에 있는 마일을 따라 겨우 움직이는 일행. 시간이 조금 더 지나 불빛 없이는 걷기 어려워졌을 때, 마일이 마침내 걸음을 멈췄다.

　"……찾았어요."

　세로로 섰던 행군 대형을 무너뜨린 일행이 마일에게 다가가 그녀가 나무 틈새로 가리킨 쪽을 보았다. 복장은 제각각이었지만 조금 전 남자들과 똑같이 검은 망토를 두른 자들이 나무가 없는 약간 넓은 공터에 서른 명 가까이 모여 있었다. 여자는 없는 것 같았다.

　그중 스무 명에 약간 못 미치는 인원은 공터의 중심부에 원을 그리며 서 있었고, 나머지 7~8명은 그 둘레를 에워싸고 밖을 향해 있었다.

　안쪽 사람들은 모두 스태프를 쥐고 있는 것을 보아 마술사들 같았다. 그리고 바깥 원을 그린 자들은 다들 검을 차고 있었다. 마술사들의 호위인 모양이었다.

　공터 곳곳에 모닥불이 피워져 있어서 주변은 밝았다. 그리고 원의 중심부에는…….

　"……격자력, 배리어!"

　작게 중얼거린 마일이 마침내 안심한 표정을 지었다.

　"이제 좀 마음이 놓이네요!"

　그렇다, 원의 중심부 바닥에 천이 깔려 있었고 그 위에 파릴이 누워 있었다. 숨을 쉬느라 위아래로 움직이는 파릴의 가슴통이 마일의 고성능 눈에 들어왔는지, 아니면 탐색마법으로 확인했는지는 잘 모르겠지만, 어쨌든 파릴이 무사하다는 것을 확인했고 격자력 배리어로 보호까지 했으니 이제 파릴의 안전은 확실했다. ……설령 이곳이 앞으로 전쟁터가 될지라도…….

"어떻게 할까요……? 원 안쪽에 있는 자들은 모두 마술사 같으니 아까처럼은 안 될 거예요. 경솔하게 나섰다간 오히려 우리쪽이 불리해질 수 있어요. 게다가 파릴을 인질로 삼아 협박하면 쉽사리 움직이기도 힘들고……. 레나와 폴린의 마법으로 기습공격을 하려 해도, 파릴을 끌어들이거나 인질로 삼을 가능성이 있어요……."

아무래도 아까 만난 감시 겸 방어 요원들 중에 마술사가 없었던 까닭은 마술사들이 전부 이곳에 모여 있어서인 듯했다. 반대로 이렇게 많은 마술사가 있는 건 전위직에 대한 비율이 비정상적으로 높다.

테류시아의 말에 일행은 고민에 빠졌는데…….

"자, 그럼 갈까요?"

그렇게 말하며 터벅터벅 걷기 시작하는 마일.

""""""헉?""""""

그 모습에 아연실색하는 '여신의 종', 그리고 어깨를 으쓱하며 마일을 뒤따르는 '붉은 맹세' 멤버들.

"무, 무무무, 무슨! 너무 마음이 급한 나머지 정상적인 판단력을 잃은 것 아닌가요? 기다리세요!"

테류시아가 불안해하며 말리려고 하자 메비스가 뒤돌아보며 말했다.

"뭐, 마일이니까……."

"그, 그게 무슨 소리예요?! 선혀 실명이 안 되는데요!"

메비스의 말을 받아들일 수 없는지 테류시아가 작은 목소리로 따졌지만, '붉은 맹쩰' 멤버들이 마일을 따라 졸졸 걸어가자 어쩔 수 없이 허둥지둥 뒤따르는 '여신의 종'.

"아, 진짜! 난 몰라요, 어떻게 돼도!"

안전제일, 무슨 일이든 대비책을 마련한 후에야 행동하는 '여신의 종' 멤버들은 오랜만에 맛보는 '도피구를 준비하지 않은 위험한 행위'에 불안한 기색이 역력했지만, '붉은 맹쩰'와 파릴을 그냥 내버려둘 수도 없는 노릇이어서 뒤따를 수밖에 없었다.

"누구냐!"

호위로 보이는 남자들 중 한 사람이 소리쳤다.

하지만 조금 전 장소에서 이곳까지는 그리 먼 거리가 아니다. 당연히 밤새(夜鳥)의 울음소리가 여기까지 들렸을 테고, 그 경고음을 듣고 감시 겸 방위 요원들이 대응에 나섰다는 것 역시 파악했을 터였다. 그러니까 그 남자들도 싸움이 끝난 후 굳이 크게 소리쳐 동료들에게 위험을 알리거나 하지 않았겠지. 수상한 자가 침입했다는 정보는 이미 전해졌을 테니까.

그리고 파수꾼들이 결과 보고도 하지 않았는데 마일 일행이 이곳에 이렇게 나타났다는 것의 의미를 그들이 모를 리 없었다.

"파릴을 데리고 돌아가겠습니다."

원의 바깥을 둘러싸고 있던 자들이 모두 모여들어 마일 일행의 앞을 가로막았다. 그리고 마일의 그 말에, 이제는 누구인지 묻지도 않고 검을 뽑아드는 남자들.

마일 쪽은 아홉 명 중 셋이 마술사인 마술사 편중 파티라는 것을 파악한 안쪽 원의 마술사들이 여섯 명을 지원병으로 내보냈다. 그리고 나머지 마술사 15~16명은 마일 일행을 전혀 신경 쓰지 않고 어딘지 수상한 영창을 시작했다.

공격마법인가 싶어 모두 긴장했지만 구체적인 공격을 의미하는 영창이 아니라 어떤 추상적인 말이 줄줄 이어질 뿐이었다. 말하자면 신에게 올리는 기도 같은…….

하지만 어린 소녀를 납치하고 올리는 기도라면 상대는 신이 아니라 사신 혹은 마신쯤 되겠지.

"빨리 정리하자고! 우리도 얼른 돌아가서 소환 주문 영창에 합류해야 하니까!"

지원에 나선 마술사 중 하나가 친절하게도 정보를 알려 주었다.

"소환 주문…….."

마일이 낮은 목소리로 중얼거렸다.

소환 + 납치한 어린 소녀 = 산 제물

마일이 전생에서 얻은 지식으로는 그것 말고 다른 조합이 떠오르지 않았다.

"……아하."

깜짝!

레나, 메비스, 폴린이 경악해서 눈을 동그랗게 떴다.

"아하하……."

웃고 있었다.

마일이, 웃고 있었다. ……하지만 눈은 전혀 웃지 않았다.

"아하하하하하하!"

그리고 웃지 않는 그 눈은 생기를 완전히 잃었다. 만화로 표현하자면 뱅글뱅글 소용돌이치는 모양처럼…….

그때 상대편 마술사가 마법을 쏘았다.

여섯 명 중 다섯 명이 공격마법을 펼쳤고, 나머지 한 사람은 방어마법을 발동 직전 상태에서 홀드해두었다.

공격에 나선 다섯 명 중 세 명은 마일 쪽 마술사 각각에게 한 사람씩 파이어 볼을, 나머지 둘은 각 파티의 전위를 향해 염탄을 날렸다.

이 어린 소녀들이 파수꾼들을 쓰러트렸다는데 아무리 봐도 전위 쪽은 검의 달인처럼 보이지 않으니, 마술사의 실력에 의한 것이라고밖에 생각할 수 없었다. 마술 실력은 겉모습과는 상관없으니까.

그래서 세 사람이 명중 정밀도가 높은 파이어 볼을 마술사에게 각각 한 발씩 쏘았고, 나머지 사람이 두 파티의 전위에게 염탄 한 발씩을 쏘았던 것이다. 염탄이라면 검으로 받아도 폭발하고, 빗나가더라도 나름대로 피해를 주거나 태세를 무너뜨릴 수 있다. 그리고 마지막 한 사람은 적의 마법 공격에 대비해 방어마법 준비를 마친 채 대기. ……완벽했다.

그렇게 '붉은 맹세'를 향해 날아온 세 발의 마법탄.

자신들을 노리고 날아온 두 발의 파이어 볼은 레나와 폴린이 각 각 마법 방어로 막았다. 그리고 전위인 마일과 메비스로 향한. 폭 렬 효과가 있는 염탄은.

"⋯⋯항마검!"

메비스가 휘두른 검에 베인 순간, 소리 없이 사라지고 말았다.

마일이 염탄을 튕겨내기도 전에, 두근거리는 마음으로 기다리 던 메비스가 드디어 이 날이 왔다며 기쁜 표정으로 실전 첫 공개 인 항마검을 피로했던 것이다.

한편 '여신의 종'은, 특출 난 재능은 없지만 자기 목숨이 아까워 방어마법만큼은 필사적으로 단련해왔던 라세리나가 어떻게든 파 이어 볼을 막았고, 적의 마술사가 마법을 쏘려고 한 시점에 이미 활에 화살을 메겨두었던 타시아가 날아오는 염탄에 활을 쏘아 공 중에서 폭발시켰다.

파이어 볼도 염탄도 화살에 비하면 속도가 훨씬 느리기 때문에 그 탄도를 분별하는 일이야 궁사에게는 별로 힘든 일이 아니었다.

"""""""허걱⋯⋯⋯."""""""

다섯 발의 마법 공격이 전부 쉽게 막혔다는 것이 적의 마술사 들에게 상당한 충격이었던 모양이다. 특히 메비스의 '항마검'이.

마법 방어라면 이해한다. 자신들도 쓸 수 있고, 짧은 시간에 반 사적으로 펼칠 수 있도록 단련하는 것은 마술사의 상식이니까. 그래서 이번에는 상대 마술사들이 방어에 마법을 다 쓰게 해서 다음 마법 영창 완료 때까지 무력화시키고, 전위에 피해를 줘서 그 틈에 자기 호위 검사들이 치고 들어갈 수 있게 사전 준비를 해주는 것만으로 충분하다고 여겼다.

그런데 모든 공격을 완전히 받아내고도 아무렇지 않다니. 그것도 모자라 폭렬계 마법 '염탄'을 화살로 터트리다니.

……뭐, 거기까지는 좋다. 그런 방법도 있을 테고 어쩌다가 우연히 명중하는 행운쯤이야 누구에게나 일어날 수 있으니까.

하지만 저건 아니다.

검으로 폭렬계 마법을 베자, 염탄이 폭발하지도 않고 아무 일 없었다는 듯이 스르륵 사라지다니.

그런 게 가능할 리 없다. 가능하면 안 된다고!

방어까지 포함해 여섯 명이 펼친 마법전을 고작 세 마법사와 궁사 그리고 검사가 상대했다. 그 믿기 힘든 사실에 아연실색하는 여섯 명의 마술사 그리고 돌격 타이밍을 놓치고 멀뚱멀뚱 선 여덟 명의 호위 검사들.

충격을 받은 마술사들이 굳어버린 순간을 놓치지 않고, 레나 일행이 곧바로 다음 영창에 들어갔다. 가장 먼저 마법을 쏜 사람은 라세리나였다.

"아이스 니들!"

마술사들 전원을 대상으로 한 범위 공격마법이어서 위력은 약하지만 제대로 먹히면 당할 재간이 없었다. 그 공격을 받으면 자신들의 공격마법 영창이 중간에 끊겨버리기 때문이다.

그래서 조금 전에 방어마법을 홀드해 두었던 마술사가 여섯 명 전원을 지키기 위해 마법을 발동시켰다. 그 정도 공격마법이면 방어 효과가 다소 약해지더라도 범위를 넓혀 막기에는 문제없을 것이었다.

한편 라세리나에 이어 영창을 끝낸 레나와 폴린. 다섯 명의 적은 순간 경직된 바람에 영창 완료가 한발 늦었다. 마지막에 방어 마법을 쓴 자는 물론 그들 모두 이제 막 다음 영창에 들어간 참이 었다. 그래서 이번에는 아까 다섯 명 중 한 사람이 방어마법을 외 웠다. 그 순간 레나와 폴린이 무자비한 마법 발동 단어를 외쳤다.

"……뼈까지 다 태워버려라!"

"……바람이여, 반대로 휘감아라!"

공터는 충분히 넓어서 불에 타버릴 가능성은 낮다. 만일의 사 태가 일어나도 폴린과 마일이 있으면 간단히 불을 끌 수 있다. 그 렇게 판단한 레나는 자신이 가장 자신 있는 마법을 쏘았고 영창 을 시작한 시점에서 레나의 의도를 알아차린 폴린은 그녀의 마법 을 어시스트하는 바람마법을 선택한 것이다.

여섯 명의 마술사들을 감싸며 회오리치는 불길 그리고 그곳으 로 불어 닥치는 대량의 공기.

"마력장벼어어억!"

방어마법을 왼 남자가 필사적으로 소리쳤고, 나머지 다섯 명 중 두 사람이 공격마법 영창을 중단하고 방어마법 영창으로 전환 했다.

다들 자기 목숨이 아까웠다. 그러니 공격보다 방어가 먼저인 것은 당연했다. 게다가 자신들이 상대 마술사들의 발목을 붙잡고 있으면 검사들이 쉽게 적을 제압할 수 있다. 그것으로도 충분히 제 역할을 해내는 것이리라.

한편 상대편 검사와 창사들이 마술사들의 마법전이 끝나기를 얌전히 기다리고 있을 리는 없었다.

6대3, 그것도 어린 계집애를 상대로 동료 마술사가 지리라고는 생각하지 않지만, 동료 마술사들이 불확정요소인 어린 소녀 마법사들을 유인하는 사이에 자신들이 전위를 무찌른 다음 직접 후위 마술사들을 덮칠 계획이었다.

전위를 잃은 마술사쯤이야 마법공격과 검사, 창사의 공격을 동시에 받고 멀쩡할 리 없으니 상황은 순식간에 종료될 것이다.

그렇게 생각하고 어린 소녀들의 전위진을 향해 달려드는 여덟 명의 전위들.

그들을 기다리고 있는 것은 메비스, 마일, 테류시아, 위리누까지 총 네 명의 검사와 창사 필리.

궁사 타시아는 근접 거리에서 화살 하나를 쏜 다음 바로 단검을 뽑아 공격하려는 태세였다.

적 여덟 명은 검사 중에서 강해 보이는 메비스, 테류시아, 그리고 창사 필리에게 두 명씩, 전위조 중에서 제일 어려 보이는 마일과 위리누에게는 한 명씩 공격을 감행했다. 타시아의 화살은 검으로 쳐낼 생각인지 뒷전으로 미룬 것 같았다. 2대1로 싸우는 쪽은 순식간에 승부가 날 것이라 보고 타시아가 두 번째 화살을 쏠틈이 없을 거라고 생각했으리라.

그리고.

슝, 푹!

"크헉!"

타시아의 화살 하나가 적의 배에 꽂혔다.

피할 수가 없었다.

타시아가 전열까지 달려 나와 적에게 닿을 듯 가까운 거리에서 화살을 쏘았기 때문이다. 그러니 피하거나 쳐내는 건 불가능했다.

뒤로 점프해 물러나서 활을 멀리 내던지고는 단검을 뽑는 타시아.

이렇게 해서 '여신의 종'의 전위는 타시아까지 가세해 네 명이 되었고, 적 역시 네 명이었다.

꾸준히 기술을 갈고닦아온 듯한 적과 기술은 다소 뒤쳐질지 몰라도 실전 경험이 많은 '여신의 종'. 그들의 검이 교차했다.

"크헉!"

"아악!"

"케헥!"

"으헉!"

그리고 네 명의 남자가 쓰러졌다.

뒤에서 달려든 마일과 메비스의 검등에 세게 맞고서.

""""엥…….""""

그렇다, 마일 그리고 진 신속검을 쓴 메비스가 실전에 서툰 상대를 쓰러트리기까지는 몇 초도 걸리지 않았다. 그리고 '여신의 종'에게 맡기면 중상자가 나와 일이 성가셔질 것 같았기에 얼른 정리하기로 했던 것이다.

프로레슬링이나 졸업검정시험이 아니니, 상대방의 능력을 이끌어 내거나 굳이 볼거리를 만들어줄 필요가 없었다.

전열을 정리하고 후열을 쳐다보자 십팔번인 '붉은 염옥'을 계속 유지하던 레나가 마침내 마법을 해제했다. 폴린의 바람마법 탓에 불길이 거셌는데, 마술사들의 방어마법을 살펴가며 살리지도 죽이지도 않는 절묘한 힘 조절을 한 모양이다.

적 마술사들은 소용돌이치는 화염에 가로막혀 상대의 모습이 보이지 않았기에 공격마법을 영창했던 자들도 짐작으로 마법을 쏜 후에는 방어마법으로 전환했다.

지금 펼쳐져 있는 마법의 이름은 '방어마법'이지만 그 효과는 '마법 방어', 그러니까 화살같이 실체를 가진 마법공격, 요컨대 흙마법과 얼음마법 등은 그대로 뚫고 지나갔다. 시야가 막힌 상태에서 갑자기 불길 사이로 그런 것이 날아오면, 검의 달인도 아닌 마술사들로서는 도저히 피할 길이 없었다. 그래서 방어마법 안쪽에서 바람의 난류를 일으키거나 화염의 온도를 낮추기 위해 물로 된 막을 펼쳤던 것이다.

그래도 한계가 있었는지 여섯 명의 마술사들 모두 땅에 쓰러지고 말았다.

그게 화염의 뜨거운 열 때문인지, 불에 산소를 빼앗겨 숨을 쉴 수 없어서인지는 정확하지 않지만.

"흥, 별거 아니네. 그럼 나머지 녀석들을……."

그렇게 말한 레나가 적의 본진, 그러니까 이런 사태에도 움직이지 않고 수상한 주문을 외며 파릴을 중심으로 뱅글뱅글 원을 돌고 있는 15~16명의 마술사 쪽을 쳐다보았다. 그때.

쿵!

푸욱!

"으헉!"

"아……."

갑자기 테류시아가 밀치는 바람에 엉덩방아를 찧은 레나. 그리고 테류시아의 옆구리 위로 튀어나온 은색 액세서리. 테류시아는 피가 번지는 옆구리를 손으로 누르며 그대로 쓰러졌다.

"아……. 아, 아……."

망연히 서서 움직이지 못하는 레나.

머릿속에, 자신을 지키기 위해 도적의 칼을 맞고 죽은 아버지의 모습이 떠올랐다. 그리고 '붉은 번개' 멤버들의 모습도 자꾸만 맴돌았다.

쓰러진 상태에서 마법으로 호신용인지 작업용인지 모를 나이프를 던졌던 마술사에게 필리가 소리 없이 달려가 창의 물미로 턱을 강하게 때린 다음, 대자로 뻗은 그의 복부에 다시 일격을 가했다.

이어서 위리누가 달려와 그의 옆구리를 발로 찼다.

그 후 정신을 잃은 마술사뿐 아니라 다른 마술사들의 전투력까지 전부 빼앗으려고 하나하나 발차기와 창 공격을 가하는 두 사람이었는데, 보아하니 다른 마술사들은 애초에 정신을 잃은 것

같았다.

아무래도 적의 최대 전력이 레나의 불마법이라고 판단한 마술사가 마법방어로 막지 못하도록 마력탄 대신, 실제 나이프에 적은 마력을 담아 날린 것이리라.

아무리 그게 자신의 마지막 공격이라고 해도, 적의 최대 전력만 제거하면 나머지는 평범한 어린 소녀 집단일 테니 동료들이 편하게 처리하리라고 기대했겠지.

"어, 어째서……."

레나가 주저앉아 테류시아에게 물었다.

"왜, 왜는 무슨, 우, 우리가 따라왔는데도 후배들이 많이 다쳤다는 소문이 퍼지면, 아, 안 되니까……."

고통에 얼굴이 일그러져서 중간에 말을 멈춘 테류시아는 마술사들을 해치우고(죽이지는 않고) 다가온 필리에게 겨우 말했다.

"필리, 나머지는 너한테 맡길게. 난 조금 빨리 여신님 곁으로 가서, 너희를 지켜볼 테니까. 계속해서 꿈을 좇는 우리『여신의 종』의 리더 역할, 이제는 네가 맡을 차례야, 필리……."

"테류시아!"

"리더!"

"테류시아 씨!"

"<u>흐흐흑……</u>."

치명상.

심장을 관통한 건 아니어서 아직은 괜찮은 듯 보이지만, 배에 입은 상처는 치명상이었다. 간과 콩팥을 다치거나 대동맥이 손상

되는 것도 물론이지만, 장이 다치면 장속 세균이 복부에 퍼져 복막염을 일으키고 극심한 고통을 겪다가 며칠 내로 사망에 이르게 된다.

그렇다, 테류시아의 죽음은 이미 확정적이었다.

하지만 슬퍼하고 있을 시간이 없었다.

우는 건 나중에 해도 된다. 지금은 임무를 완수해야 한다. 그리고 파릴을 구해야 한다!

그렇게 생각한 '여신의 종' 멤버들이 눈물을 닦으며 일어섰을 때.

"에잇!"

쑤욱!

"으아아악!"

갑자기 폴린이 손을 뻗어 테류시아의 배에 꽂힌 나이프를 움켜쥐고 아무렇지 않게 뽑았다.

""""헉?""""

필리를 비롯한 사람들이 깜짝 놀라 소리쳤다.

무리도 아니다. 보통은, 칼에 찔리면 치료 준비가 끝날 때까지 뽑지 않는 것이 상식이다.

뽑는 과정에서 상처가 더 벌어질 수도 있고, 뽑은 순간 피가 솟구쳐 과다출혈로 빨리 죽을 수 있기 때문이다. 그런데도 너무 아무렇지 않게 뽑아버린 나이프.

"혈관 재접속, 복원, 신경 복원, 세포 증식, 근조직 재구성, 잡균 사멸, 통감 마비……, 메가 힐!"

""""엥……?""""

점점 아무는 테류시아의 상처를 보고 아연실색하는 필리와 나머지 멤버들. 테류시아 본인은 입을 쩍 벌린 채 소리조차 내지 않았다.

"레나의 방패가 되어 준 사람을 고작 이 정도 상처 때문에 죽게 만들 수야 있나요? 그리고……."

생긋 웃은 폴린이 말을 이었다.

"『조금 빨리 여신님 곁으로 가서, 너희를 지켜볼 테니까』, 『계속해서 꿈을 좇는 우리 '여신의 종'의 리더 역할, 이제는 네가 맡을 차례야, 필리』…………."

폴린의 말에 얼굴이 새빨개지는 테류시아.

"이 명대사가 헌터들 사이에 널리 퍼져나가는 모습을, 반드시 본인이 직접 봐야 하니까요……."

"끄……."

""""끄?""""

"끄아아아아아악~~!!"

'여신의 종'도 조금 전 파수꾼들에게 폴린과 마일이 건 치유마법을 지켜본 바 있었다. 하지만 그것은 '죽지 않는 수준'이었고 지혈과 내장 기능의 복원 정도에 지나지 않았으며 내장과 혈관 복원은 초보자가 외부만 보고 판단할 수 있는 게 아니었다. 또 그들이 무모한 짓을 하지 않도록, 외부 상처는 일부러 그대로 내버려 두었던 것이다.

그래서 '여신의 종' 멤버들은 폴린과 마일이 치유마법에 상당히

능하다며 놀라긴 했어도 이 정도로 대단, 아니 아예 상식에서 벗어날 줄은 몰랐다.

죽음이 정해진 자를 다시 이승으로 데려오는 것. 과연 사람에게 부여해도 되는 능력일까……?

부탁이야, 하지 마, 제발 비밀로 해줘, 하고 눈에 눈물이 고인 테류시아와 또 다른 의미로 눈물을 글썽이는 '여신의 종'의 네 멤버.

그리고 그중 한 사람인 마술사 라세리나는 동료를 다치게 했다는 분노와 골탕 먹었다는 낭패감을 담아 적의 본진, '마법진처럼 뱅글뱅글' 돌고 있는 무리를 향해 공격마법을 쏘았다.

"파이어 레인!"

관통력은 거의 없다고 봐야 하지만 광범위하게 불꽃 비를 내리는 마법이었다. 많은 인원을 상대로, 일단 잽을 날리기에는 나쁘지 않은 선택이었다. 마력도 조금만 들이면 되고, 불타는 액체가 옷에 붙으면 더는 마법 영창을 할 상황이 아니게 된다.

하지만.

치이익!

"엥?"

사라졌다.

튕겨낸 것이 아니라, 불타는 무수한 물방울이 적에게 닿기도 전에 증발하듯 사라졌다.

"……파이어 볼!"

이번에는 폴린이 시험 삼아 불마법을 날렸다. 단발이고, 다소 강하게 마력을 불어넣은 초급 마법이었다.

티잉!

마일만 빼고 깜짝 놀라는 마술사조.

이어서 타시아가 찾아온 활로, 필리가 창으로 연달아 공격을 날렸지만 전부 튕겨 나갔다.

마법, 실체 공격 모두 통하지 않아 마치 공격당하고 있다는 사실조차 모르는 것처럼 태연하게 의식을 이어나가는 원 안의 마술사들.

"푸하하, 헛수고다!"

당혹스러워하는 모두에게, 팔과 늑골이 부러져 주저앉은 남자 검사가 말했다.

전위조는 무기를 쥐고 달려들지 못하면 거의 무력하기 때문에, 의식이 붙어 있는 자가 있다는 것을 알면서도 그대로 내버려두었던 것이다.

자기 무기를 던져 공격할 가능성도 거의 없었지만 일단 조심했다. 마일이 무기를 수납하는 것은 정보 은닉의 범주에 넣지 않았다.

"의식이 어느 정도 진행되면 원 안의 마력이 높아져서 마법이고 통상적인 공격이고 간에 전부 통하지 않게 되지. 이제 남은 건 의식을 완료해서 『그것』을 불러내, 산 제물과 교환해서 우리의 소원이 이루어지기만을 기다리면 끝이야. 푸하, 푸하하하하하!"

그 말을 들은 마일이 불쑥 중얼거렸다.

"마도 원진 안, 압력 상승……."(만화『스트라이크 위치스』의 병기 '마도 엔진'의 패러디)

아직 표정은 굳어 있었지만 아무래도 원래 상태로 돌아온 모양이었다.

본진 일당이 싸움에 나서지 않았던 것은 그만큼의 전위와 마술사를 할당했으니 설마 어린 계집애 몇 명한테 질 거라고 생각하지 않았던 게 가장 큰 이유였을 테지만, 시간을 조금만 벌면 모든 게 상관없어진다는 생각도 있었던 모양이었다. 그래서 굳이 추가 증원을 내보내지 않고 의식에만 집중했으리라.

전력을 계속 투입해서 싸우는 쪽과 의식을 치르는 쪽 모두 어중간해지는 것이야말로 가장 피하고 싶은 상황이었겠지.

"……불타올라라, 바위가 녹아 수증기가 되고 그 열에 의해 더욱 뜨겁게, 더욱 격렬하게……."

레나가 영창을 개시했다. 평소처럼 빠르게 읊는 영창이 아니라 느릿느릿, 힘을 실은 목소리로.

"헛수고라니까 그러네! 아무리 실력에 자신 있다고 해도 어린 계집애의 공격마법에 깨질 결계가 아니라고!"

검사의 야유를 무시하고 계속 자아내는, 마일 일행이 지금껏 들어본 적 없는 레나의 주문.

바위가 녹아 수증기가 되는 '암석증기'. 그 온도가 얼마나 높은지는, 주문을 외고 있는 레나 본인조차 실제로 모를 게 틀림없었다. 그저, 아주 아주 뜨겁다는 것 정도밖에…….

레나가 발동 단어를 외쳤다.

"작열의 숨결!"

그리고 앞을 향해 분출되는, 지름 몇 밀리미터 정도로 가늘고 뜨거운 제트 기류.

레나가 쏜 고온의 제트 기류 다발이 마력으로 된 결계에 구멍을 뚫었다.

그리고 픽 쓰러지는 원 안의 한 마술사.

레나의 눈 역시 심상치 않은 빛을 띠고 있었다. 마일과 같은. 그리고 '도적을 죽인 붉은 레나'가 탄생했을 때와 같은······.

"뜨악······."

코웃음 쳤던 검사도, 그리고 원 안의 마술사들도 동요의 빛을 감출 수 없었다.

하지만 마술사들은 동요하면서도 대수롭지 않다는 듯 의식을 속행했다. 여기서 의식을 중단하면 모든 것이 수포로 돌아가고 결계가 사라지기 때문이다. 그러면 파수꾼들과 호위들 그리고 여섯 명의 마술사들을 상대하고도 멀쩡한, 상식에서 벗어난 무리와 대치해야 한다. 그러니 다른 선택지가 없었다.

레나의 뒤를 이어 메비스가 결계 바로 앞까지 접근했다.

그리고 검을 서서히 뽑아들었다.

푹

아무 저항도 없이 결계 안을 비집고 들어가는 검.

그리고 또 마술사 한 명이 쓰러졌다.

터벅터벅터벅터벅.

결계로 다가온 마일이 결계가 닿을락 말락한 곳에서 오른팔을 쑥 내밀었다.

푸욱

그리고는 근처에 있던 마술사의 멱살을 붙잡아 결계 밖으로 끌어냈다.

"""""""허어어어어어어어어어억?!"""""

마일에게 끌려나온 마술사가 '여신의 종' 멤버들에게 얻어터지는 장면을 보자, 메비스가 검을 휘둘렀을 때도 식은땀을 줄줄 흘리면서 보지 못한 척하던 마술사들이 참지 못하고 소리를 질렀다.

"서, 서둘러라! 제5단계는 생략, 바로 최종 영창에 들어간다! 영창 준비, 5, 4, 3, 2, 1, 지금!"

결계를 종잇장처럼 찢어버리는 마일 일행을 보면서 안전한 상황에서 의식을 치르고 있다고 굳게 믿었던 마술사들은 혼란에 빠졌지만, 그래도 아직 포기하지 않았다. 시간 싸움에 들어간 것이다.

마일은 파릴에게 진지하게, 사력을 다해 배리어를 쳐두었다. 설령 고룡이 등장한다고 해도 끄떡없을 것이어서 별로 걱정하지 않았다.

어차피, '이 세계의 최강 생물은 고룡, 혹은 고룡과 같은 수준인 것'이라는 사실은 자신의 힘이 고룡의 절반이라는 나노머신의 정보가 있었으니 틀림없으리라. 그리고 나노머신을 꽤 유연하게 다룰 수 있는 자신이라면 아무 문제도 없다.

마일은 마술사들의 의식을 망쳐도 좋고, 아니면 의식에 의해 소환된 것을 그들의 눈앞에서 무찔러도 좋았다. 저들에게 좌절감을 맛보게 해서 충분한 보복을 할 수 있다면 그걸로 됐던 것이다.

그래서 마일은 별로 서두르지 않는데, 귓가에 초조한 목소리가 울려 퍼졌다.

『마일님, 막아 주십시오! 저러면 곤란합니다! 저희는 마법 행사에는 선악의 개념 등과 관계없이, 금칙사항에 저촉되지 않으면 전부 실행하도록 쓰로그램이 되이 있습니다. 조물주님이 예상하지 않으신 이 사태는 금칙사항이 아니기 때문에 저들의 마법도 동료들이 이행할 수밖에 없습니다. 하지만 그래서는 곤란합니다. 지금 당장 저들의 마법 행사를 중지시키지 않으면 큰일이!』

처음 듣는 나노머신의 필사적인 외침.

아무래도 최종 영창이라고 할까, 그들의 목적은 가볍게 웃어넘길 일이 아닌 것 같았다.

그렇다, 천하의 나노머신을 당황하게 만들 만큼…….

사정이 달라졌다.

나노머신이 당황할 정도이니 예삿일이 아니리라.

마일은 파릴의 안전이 확보된 후로는 '느긋하게 궁지로 내몰기', '다른 멤버들도 화를 풀 기회주기' 등을 생각했었는데 마음을 바꿔서 빨리 승부를 굳히기로 했다.

품 안으로 손을 넣는 척을 하려고 했는데 가죽 방어구를 차고 있어서 손을 넣을 수 있는 구조가 아니었다. 어쩔 수 없이 위에서 가슴 쪽으로 손을 넣어 거기로 빼는 척하면서 아이템 박스에서 작은 꾸러미를 끄집어냈다. 그렇다, 예전에 향신료를 만들었을 때 썼던 향신료 수류탄이었다.

엥, 패드를 넣었는데도 저 가슴? 하고 뒤에서 '여신의 종' 멤버들이 속닥거리는 소리가 들려왔다. 귀가 너무 좋은 것도 한번 생각해 볼 일이다.

'시, 시끄러워욧!'

속으로 쏘아붙인 마일은 수납마법을 쓴다는 사실을 딱히 감추지 않았기 때문에 평소 하던 대로 아이템 박스에서 꺼내도 됐었다는 것을 깨닫고 그대로 굳어버렸다.

……괜히 쓸데없이 창피만 당한 셈이다. 그것도, 근거 없는 창피를.

모든 분노를 담은 마일의 필살기가 작렬했다.

"포오옥열! 갓 핑거어어어어~~!"

그리고 오른 주먹을 결계 안에 꽂아 넣은 후 움켜쥐고 있던 꾸러미를 터트렸다.

"레드 토네이도!"

그렇게 외치면서 동시에 결계에서 팔을 뺀 마일.

결계 안에 회오리바람이 일어났다. 그리 강하지는 않은, 기껏해야 결계 안의 공기를 뒤섞는 수준인 약한 회오리바람이.

……다만, 그 회오리바람은 붉었다.

"""""""으으아아아아아아아아악~~!"""""""

그리고 결계의 한가운데, 파릴이 누워 있는 곳의 주변 공간에 금이 가기 시작하고 뭔가가 등장할 듯한 분위기였던 그곳으로 붉은 공기가 불어 들어간 순간.

"으이이이이이이이이이익!"

처절한 절규와 함께 기운이 점점 약해지더니, 공간에 났던 금이 사라지고 아무 일도 없었다는 듯 정적이 돌아왔다.

"""".............""""".

움직이는 사람 하나 없는 결계 안. 아니, 결계 자체가 이미 소멸되어 있었다.

마찬가지로 움직이는 사람 하나 없는, 땅에 쓰러진 여섯 명의 마술사들.

두세 명 정도 의식이 있는 사람은 있었지만 눈을 크게 부릅뜬 채로 미동도 없는 적의 전위들.

반대로 태연하기만 한 '붉은 맹세'의 네 사람.

그리고 '여신의 종'으로 말할 것 같으면…….

"""""햐, 향신료를, 저렇게나……. 아, 아까워라아아~~!!""""".

그거였냐!

＊　＊

메비스에게 길드 지원 요청을 부탁하고 나머지 사람들끼리 포박 작업에 들어갔다.

물론 여기에 있는 자들과 파수꾼들까지 모두 합하면 대략 46~47명. 도저히 자기들의 힘만으로 연행할 수 있는 숫자가 아니다. 제 발로 걷게 하려면 의식이 돌아오게 해야 하는데, 이렇게 많은 마술사를 상대로 그렇게 하는 것은 너무도 위험했다. 무영창 마법이나 영창 생략 마법을 쓸 수 있는 자가 있다면 얼마든지 기습 공격에 들어갈 수 있다. 게다가 고분고분 걸으리라는 생각도 들지 않았다.

메비스를 길드에 보낸 것은 단순히 '제일 빠를 것 같아서'였다. 선배 파티인 '여신의 종'에게 심부름을 시킬 수는 없는 노릇 아닌가.

또 레나와 폴린은 너무 느릴 것 같아서 제외. 마일은 만일에 대비해 남아 있어야 했다. 그러니 메비스말고는 달리 선택지가 없었던 것이다. 메비스 본인도 그 점을 잘 이해했기 때문에 두 번 말하지 않고 순순히 길을 떠났다.

사실 메비스를 선택한 이유는 하나 더 있었다. 바로 '기의 힘 때문에 밤눈이 밝다'는 점이었다. 햇불이나 라이팅 마법은 자신의 주위만 밝힐 수 있는 데다가 그림자 때문에 앞이 잘 보이지 않아 천천히 갈 수밖에 없다. 또 햇불의 경우는 화재 위험도 있어서 속도가 더 떨어진다.

뭐, 지원요원들과 돌아올 때는 속도가 느려지겠지만 그건 어쩔 수 없다.

파수꾼들은 그곳에 그대로 방치해둔 상태였지만, 포박을 풀고 달아나기란 불가능하리라. 게다가 장거리를 이동할 수 있는 몸 상태가 아니다. 만에 하나 포박을 풀고 도망친다고 해도, 가까운 거리에 많은 동료가 있는 이곳으로 올 게 뻔하다.

그래서 모두 몸을 묶어 한곳에 모으고 의식이 붙어 있는 호위에게 이 단체의 우두머리가 누구인지 물은 다음, 정신이 돌아오는 약 냄새를 맡게 해 우두머리를 깨웠다. 지도자가 누구인지는 딱히 감출 일이 아닌지 쉽게 가르쳐 주었다.

물론 결계가 사라진 순간 캡사이신을 없앴고 마술사들의 몸과 점막에 붙어 있던 것도 다 처리해주었다. 그렇게 하지 않았다면 마일 일행도 멀쩡하진 못할 테니까.

　"그럼 말씀해보실까요? 왜 파릴을 유괴했는지. 파릴한테 무슨 짓을 할 셈이었는지. 파릴의 어떤 부분이 마음에 들었는지. 파릴의 어디가 제일 귀엽다고 생각하는지. ……그리고 말하는 김에 이 이벤트의 목적도."

　웃는 얼굴인 마일의 전혀 웃지 않는 눈을 본 지도자의 얼굴이 그대로 굳었다.

　"따, 딱히, 뒤가 켕기는 짓을 한 건 아니야! 신의 강림을 위해, 부정한 수인의 피를 이어받은 아이를 제물로 바쳐 의식을 거행하고 있었을 뿐이라고!"

　""""""""충분히 뒤가 켕기는 짓이잖아아아아아~~~!!""""""""

　'붉은 맹세'와 '여신의 종' 모두가 입을 모아 비난했지만 남자 지도자는 영문을 모르겠다는 표정이었다.

　아니, 물론 '뒤가 켕긴다'라는 말은 '양심에 찔리는 구석이 있어서 내키지 않는다'라든지, '떳떳하지 못하다'라는 의미니까 자신들이 옳은 행위를 하고 있다고 믿고 있는 광신도들과는 인연이 없는 단어일지도 모른다.

　"우선 어린 소녀를 유괴해서 산 제물로 삼으려 해놓고 떳떳하다고 생각하는 이유가 뭐지? 그리고 하필 파릴을 선택한 이유는? 그리고 신이 산 제물을 요구한 게 맞아? 보통 산 제물은 사신이나 마신이 요구하지 않나?"

레나가 핵심을 콕 집어 질문했다. 마일의 질문보다 100배 나았다.

"그, 그건, 저 애가 수인의 피를 받았기 때문이야. 수인, 엘프, 드워프, 그리고 마족은 어리석은 인간이 신의 뜻을 거스르기 위해 만들어낸 부정한 생물. 그걸 산 제물로 신께 바치는 건 올바른 인간으로서 성의를 표하는 일이자 당연한 행위다! 그리고 저 아이를 선택한 건 이 주변에는 마족이 없고 엘프, 드워프, 수인 모두 예전에 다 큰 성인을 잡으려고 했다가 험한 꼴을…… 아, 아니, 때 타지 않은 소녀를 바쳐야 신께서 더 기뻐하실……."

자신들의 행동이 옳다고 굳게 믿어서인지, 솔직하게……, 너무 솔직하게 대답해주는 남자 지도자. 형식적인 것뿐 아니라 진심도 술술 새어나왔다.

물론 아무리 여러 명이서 달려들어도 완력과 반사 속도가 뛰어난 수인과 드워프, 그리고 마법에 능한 엘프를 죽이거나 치명상을 입히지 않고 붙잡기란 상당히 어려우리라. 특히 실전에 서툰 이 사람들에게는.

어쨌든 순수한 인간만으로 구성된 '붉은 맹세'와 '여신의 종'을 설득하려고 적극적으로 말한 내용, 말할 생각이 없었는데 레나와 폴린, 특히 폴린의 '설득' 효과에 잔뜩 굳은 얼굴로 털어놓은 이야기까지 종합하여 마침내 사건의 전말이 드러났다.

그들은 여러 나라에서 모인 어느 종교단체의 주요 멤버들로, 종교단체 전속인 사람도 있는가 하면 본업은 따로 있는 평범한 신자도 있었다.

그들이 믿는 신이란 '이계(異界)에서 온, 강력한 힘을 지닌 신들'이라는 것 같았다.

아주 먼 옛날에 나타났다는 그 신들은 이 세계의 신들과 격렬한 싸움을 거듭한 끝에 무승부. 그 후 이계의 신들은 원래 있던 세계로 돌아갔고, 이 세계의 신들 역시 어딘가로 자취를 감추었다. 인간을 남겨두고.

인간은 이계의 신들이 다시 침공할 것에 대비해 네 개의 하인 종족을 만들어냈다. 그게 바로 엘프, 드워프, 수인, 그리고 마족이었다.

하지만 인간들만 남기고 달아난 이 세계의 신들에게 영원히 의리를 지키는 것보다 이계의 신들을 맞이하고 그 가호를 받는 편이 더 낫지 않은가. 달아난 신들은 약한 데다가 인간을 버렸으니까. 이제 그들의 신들은 떠나서 돌아오지 않고, 인간을 지켜주지 않는 것이다.

그러한 생각이 이 종교의 기본이념인 듯했다.

'엥, 그건……'

그렇다, 마일은 이야기의 시점은 전혀 다르지만 사상 자체는 그와 몹시 유사한 이야기를 들어본 적 있었다. 그것도 세 번이나.

첫 번째는 크레레이아 박사에게 들은 엘프 전승. 두 번째는 베레데테스에게 들은 고룡 전승. 세 번째는 앞의 두 이야기보다는 짜임새가 상당히 허술한 느낌이지만, 요정 촌장에게서 들은 전승.

그리고 그것은 수명이 짧고 세대교체가 빠른 인간들 사이에서는 사라진 전승이었다.

'인간들 사이에서는 사라졌다고 했는데, 왜 이제 와서 그런 종교가…….'

"그거, 주류파가 되지 못하고 한물 간 귀족이라든가 큰 상회도 아니면서 괜히 야망만 불태우는 어중간한 상인 따위가 기사회생을 위해 한방 승부를 거는 것뿐 아닌가요? 이계의 신이라면 말이 통할지 안 통할지도 모르고, 신자를 현지 채용할 생각이 없을지도 모르잖아요? 신자는 원래 있던 세계에서 데려오고, 현지 사람은 다들 평등하게 노예 취급을 한다거나 아니면 식량이라든지……. 원래 세계의 신자가 오크나 오거면 어쩌려고요? 그리고, 마물이 숭배하는 신이라면 간단히 말해서 사신 아니면 마신……."

"말하지 마아아아아~~!!"

폴린의 무심한 지적에 핏대를 세우며 발끈하는 지도자.

역시 자기도 그 부분이 마음에 걸렸구나…….

"음, 으음? 여기가, 어디……?"

파바밧!

정신이 돌아온 파릴을 전광석화처럼 에워싼 '여신의 종'의 다섯 멤버. 마일 일행은 한발 늦었다.

캡사이신을 없앤 시점에서 파릴을 뒤덮고 있던 격자력 배리어를 해제했다.

"괜찮아? 유괴범들은 다 해치웠으니까 이제 안심해!"

"어머, 『여신의 종』 언니들……."

쭈그려 앉아 미소 짓는 테류시아를 이상하다는 듯 올려다보는 파릴.

"파릴이 위기에 빠지면 언제 어디든 우리가 달려갈 거야. 그러니까 아무 걱정도 하지 마."

"응, 고마워!"

그렇게 말하며 몸을 일으켜 테류시아를 꼭 끌어안는 파릴.

"아! 아아아아! 그, 그건 제가 받아야 할 보상이라고요! 좋은 걸 냉큼 채가다니, 반칙이에요오오!"

그리고 마일의 비통한 고함이 울려 퍼졌다.

결국 메비스가 지원요원을 데리고 돌아온 것은 다음 날 아침이었다.

늦은 밤에야 길드에 도착했기 때문인데, 그 시간에 모일 수 있는 건 주점에서 술을 퍼마시고 있는 자들밖에 없었다.

또 마차와 마부를 구해야 하는 문제도 있고, 아무리 깊지 않다고 하나 늦은 밤에 숲으로 들어가는 것에 대한 기피감도 컸다. 그러니 다음 날 아침에 출발하자고 길드 측에서 결정을 내린 것도 어쩔 수 없었다.

어느 정도 시간이 지났을 때 그 사실을 짐작한 마일은 혼자 예의 파수꾼들이 묶여 있는 곳에 돌아가서 치유마법을 추가로 걸어주었다. 아무래도 그 상태로 밤을 보내게 내버려두는 것이 마음에 걸렸던 것이다.

그리고 아이템 박스에서 꺼낸 음식물과 물을 주었다. 치유마법을 받으면 배도 고프고 목도 무척 마르기 때문이다. 증식해서 복구되는 세포가 처음부터 무에서 창조되는 것은 아니다.

그 후 의식이 치러진 장소로 돌아온 마일은 적의 지도자를 계속해서 신문했다.

마일 이외에는 잘 모르는 이야기가 이어졌기 때문에 다른 사람들은 귀환 후 보고를 전부 마일에게 맡기기로 하고 방관하는 태도로 있었다.

마일에게 의지하기만 해서는 안 된다고 생각했지만, 처음 듣는 신화를 전제로 해서 빠르게 대화를 이어나가고 있으니 어쩔 도리가 없었다.

다음 날 아침이 밝고 시간이 조금 지나자 마침내 메비스가 지원 요원들을 데리고 돌아왔다. 마차는 길가에 대 놓은 모양이었다.

"늦게 와서 미안."

메비스가 사과했지만 그건 딱히 메비스의 잘못이 아니다. 웃으며 손을 흔드는 마일 일행.

"또 당신들인가요……."

그리고 어처구니없다는 표정을 짓는 접수원 페리시아.

"엥? 왜 접수원 페리시아 씨가?"

"범인 중에 마술사가 많다고 들었기 때문이에요. 모두 의식을 잃게 만들 수는 없으니까."

전혀 설명이 되지 않았다.

하지만 다른 길드원과 헌터들이 응응, 하며 고개를 끄덕였기 때문에 물어보면 안 될 것 같은 기분이 들어서 더는 따져 묻지 않는 '붉은 맹세'의 멤버들이었다.

"일단 자세한 내용은 『붉은 맹세』의 메비스한테 들었다. 또 다른 한쪽인 『여신의 종』으로부터도 일단 사실관계만 확인하고 싶은네."

무려 길드 마스터가 직접 행차했다. 잘못하면 일이 커질지도 몰라 걱정했던 것일까…….

하긴 대규모 소녀 유괴 조직의 암로, 반 수인 단체의 수인 소녀 납치 살해 미수, 사신 교도들에 의한 사신 부활 등 어느 것 하나만 봐도 보통 문제가 아니었다.

길드 마스터의 말에 테류시아가 한 발짝 앞으로 나와서 대답했다.

"여인숙의 간판인 파릴이 친구가 보는 앞에서 납치당해서 그 아버지가 낸 긴급 의뢰를 『붉은 맹세』와 합동으로 수주했습니다. 범인들이 수상한 의식을 치르는 장소를 발견해서 격파, 산 제물로 희생되기 직전이었던 파릴을 구출했습니다. 그리고 선제공격을 한 건 저쪽입니다."

너무도 간결한 대답이었는데 자세한 이야기는 이미 메비스로부터 들었을 터다. 이건 메비스가 보고한 내용이 진짜인지 확인하는 것에 지나지 않아서 이 정도면 충분했다. 신출내기인 『붉은 맹세』가 실력은 있지만 정체를 알 수 없는 무리인 반면 『여신의 종』은 이미 몇 년이나 이 도시에서 활동해 나름대로 신뢰가 가는 견실한 파티였던 것이다.

"그래, 고생 많았다. 이번 활동은 길드의 위신을 크게 드높여주었다고 판단하는 만큼 보상금과 공적 포인트를 추가로 지급하지. 나라로부터도 보상이 내려올 수 있도록 청하마."

"저, 정말이에요?!"

기뻐하며 소리치는 테류시아.

"그래. …… 이런 일을 하고도 보수가 고작 은화 한 닢인 건 셈이 좀 맞지 않겠지."

길드 마스터가 웃으면서 말했다. 서로 손을 잡고 방방 뛰며 좋아하는 '여신의 종' 멤버들.

비상식적인 '붉은 맹세'와 달리 견실하게 한 걸음 한 걸음 나아가는 '여신의 종'에게 있어서 이러한 요행은 그리 흔하지 않았다. 게다가 어쩌면 파티의 평판도 순식간에 C등급 하위에서 중견 수준으로 확 뛰어 올라갈지 몰랐다.

마침내 범인들을 다 묶어 마차로 옮기고 왕도를 향해 출발한 일행. 물론 파수꾼들까지 전부 정리를 마쳤다.

마술사들의 입에 재갈을 물려 영창을 못 하게 했고 무영창 마법에 대비해 눈을 가린 것도 모자라 조금이라도 수상한 행동을 하면 바로 머리를 때리려고 감시가 붙었다.

이제 왕도로 돌아가면 취조에 들어갈 텐데, 그것은 길드의 역할이 아니라 왕도 경비병이나 왕궁 쪽에서 할 일이다. 그때는 마일 일행도 사정 청취를 위해 불려가게 되겠지만 보상과 이어지는 일이기 때문에 다들 아무런 불만도 없었다. 특히 '여신의 종' 멤버들은 더욱.

호송 마차를 따라 길을 걷는 '여신의 종'과 '붉은 맹세'.

파릴은 궁사 필리가 목마를 태웠다. 마찬가지로 그 역할을 열망했지만 '체구가 작아서 불안하다'라는 이유로 거절당한 마일은 피눈물을 흘렸다.

얼마간 걸었을 무렵.

"그런데 말이야, 레나 짱……."

걸으면서 레나에게 말을 거는 테류시아.

아가씨는 자기소개를 할 때 굳이 나이를 밝히지 않는 법이므로, '여신의 종' 멤버들은 레나를 12~13살 정도로 예상하고 있었다.

"레나 짱은 마력량도 그렇고 마법의 위력도 그렇고, 운용하는 센스 같은 것도 C등급 헌터로서는 상당한 수준급인 게 사실이지만 너무 힘만 믿고 세세한 배려를 놓치거나 방심하면 안 돼. 좀 더 동료와의 팀워크를 생각해야 하고, 적은 완전히 사망한 게 확인되지 않은 이상 주의를 게을리하지 마. 죽은 척은 어린애라도 할 수 있으니까!"

그렇게 말하며 레나의 머리를 가볍게 탁탁 치는 테류시아.

레나의 볼이 살짝 붉어졌다.

"'아아아아아, 폭발하겠다아아아아!'"

마일 일행의 표정이 굳어졌다.

레나가 끔찍하게 싫어하는, 어린애 대하듯 '짱'이라고 부르기, 윗사람이 아랫사람에게 하는 듯한 설교, 그리고 머리 때리기. 완벽한 쓰리 콤보였다.

레나가 살짝 고개를 숙이며 중얼거렸다.

"……응, 알았어……."

"수, 수줍어하잖아아아아아앗~~!!"

그렇다, 그동안 레나는 자신을 이용하거나 희생물로 삼으려는 자들 틈에서 강한 척 허세 부리며 살아왔다. 자신에게 아무 대가 없는 호의를 보여준 사람, 자신을 소중히 여겨준 사람은 모두 죽었다.

'붉은 맹세' 동료들은 신뢰하지만 대등한 입장, 아니 자신보다 더 물정을 모르고 상식이 없는 멤버들이어서 헌터 경력이 제일 길고 상식을 갖춘 자신이 그들을 보호하고 이끌어야 했다. 기대고 투정 부릴 수 있는 상대는 아니었다.

자신을 위해 목숨을 아끼지 않고 도와주는 사람. 완전히 신뢰할 수 있고 믿음직스럽고 마음껏 투정 부릴 수 있는 존재. 아버지와 '붉은 번개' 사람들을 전부 잃은 레나는 그런 존재를 진심으로 원했다.

그리고 자신의 목숨도 저버려가며 적의 공격마법 앞에 서서 자신을 지켜준 연상의 여성이 등장했다.

그러니 레나가 수줍어하는 것도 무리가 아니었다.

＊　　＊

'……그나저나 어떻게 된 일이야?'

돌아가는 길, 파릴을 목마 태워주는 중요한 역할을 필리에게 빼앗긴 마일은 불만스러워하면서 속으로 나노머신에게 물었다.

동료들은 마일이 언짢아 보여서 말을 걸거나 하지 않고 가만히 내버려두었기 때문에 나노머신과 대화를 나누는 데에는 아무 지장도 없었다. ……다들 마일이 심기가 불편할 때는 말을 걸면 안 된다는 걸 이미 예전에 학습을 마쳤다.

『그게 무슨 말씀이시죠?』

'시치미 떼지 마! 그때 『막아 주십시오! 저러면 곤란합니다!』하고 말했던 거 말이야! 나노, 뭘 알고 있는 거야? 그리고 그때 순간적으로 공간이 찢어진 것처럼 보였는데, 그건 뭐야? 뭐가 소환되려고 한 거야? 그리고 그건 고춧가루에 약해?'

『……………』

잠시 정적이 흐른 후 나노머신이 대답해 주었다. 아마 다른 나노머신이나 중앙 시스템과 상의라도 했겠지.

『평범한 주민에게는 개시 제한이 걸려 있는 정보입니다만, 마일 님은 권한 레벨이 5이기도 하고 '평범'하지 않으니까 남에게 말하지 않는다는 조건이라면 일부 정보 제공이 허용됩니다.』

'뭐야, 그게! 난 평범한 여자애라고!'

『…………』

'알았다고! 입 꾹 다물 테니까!'

왠지 레나 같은 말투가 된 마일.

그렇게 해서 나노머신이 가르쳐 준 '일부 정보'는 예의 신들에 대한 전승의 진실이었다.

전승에 나오는 '이 세계의 신들'은 나노머신들의 조물주, 즉 마일을 전생시킨 신이 아니라 먼 옛날 멸망한 선사문명을 구축한 인간들, 그러니까 마일이 처음 본 유적 벽화에 그려져 있던 사람들을 가리키는 모양이었다.

　현재와는 단절된 과학 문명에 대한 이야기는 지금 인간들의 입장에서 마치 신들의 나라 같았겠지.

　그리고 '이계의 신들'이란…….

　『물론 그런 것은 없습니다.』

　'그렇지~?'

　그렇다, 지구보다 약간 앞선 수준의 문명을 구축한 인간들을 '신'이라고 부르면서 그들과 멋진 승부를 펼쳤다면, 아무리 생각해도 진짜 신이나 마신이라고 보기는 어렵다. 같은 수준의 과학 기술을 가진 평범한 지적 생명체 아니면 어중간한 과학적 능력으로는 쉽게 퇴치할 수 없는 악질 생물이라거나 정말 엄청난 괴물이라거나…….

　어느 쪽이 됐든 마일을 전생시킨 '신 같은 존재'나 그 동료의 입장에서 보면 물벼룩만큼의 위협도 되지 않겠지.

　하지만 그 '신 같은 존재'들은 사소한 간접 지원은 해줄지 몰라도 대규모 지원이나 직접적인 도움은 주지 않는다고 했었다. 그래서 싸움은 당사자들끼리 벌이고 결정적인 파멸이 있은 후에 신이 말했던 '구제와 실험을 겸한 대규모 간섭'인지 뭔지에 들어가는 것이리라. 그렇다, '나노머신의 산포'라는 대규모 간섭을…….

　그리고 그것이 대실패로 끝나서 파멸 직전 이 행성을 탈출한

'지금 인간들이 신이라 부르는 지적생명체'에 이어 '신 같은 존재'들도, 실험 실패에서 비롯한 문명의 장기 정체 때문에 이 행성에 흥미를 잃고 약간 찝찝한 느낌을 받으면서도 간섭을 그만두고 모습을 감추었다.

'엥, 그럼 소환마법이라는 건…….'

『그건 소환마법이 아니라 차원 연결 마법, 즉 다른 세계와 이 세계를 접속하는 마법이었습니다. 뭔가가 나온다고 해도 그건 어쩌다가 열린 시공 게이트 근처에 있던 생물이 우연찮게 들어온 것일 뿐…….하지만 보통은 그런 수상한 공간이 갈라진 곳에 제 발로 들어가는 야생동물도 지적생명체도 별로 없을 테니까, 그 장소에서 어지간히 나가고 싶었거나 아니면 이 세계가 좋아 보였거나…….』

마일은 대충 돌아가는 상황을 이해했지만 아직 가장 큰 의문점이 아직 해소되지 않았다.

그래서 나노머신에게 질문을 던졌다.

'그런데 왜 그렇게 초조해했던 거야? 딱히 사신 같은 게 아니라 평범한 생물이라면 설령 용종이 등장한다고 해도 나노들이랑은 별로 상관없지 않아? 그 마술사들이 잡혀먹든 다소의 피해를 입든, 나노들이 당황할 일이 아닌 것 같은데?'

『……』

'거기까지 알려주지 않으면 아무 의미가 없잖아!'

『…………』

다시 얼마간 정적이 흐른 후, 어쩔 수 없다는 투로 나노머신이 대답했다.

『마일 님이 예전에 말씀해주신 조물주님과 나눈 대화 내용입니다만…….』

그렇다, 나노머신들은 조물주, 그러니까 그 '가짜 신'에 대해 듣고 싶어 했고, 왠지 모르게 그것을 눈치챈 마일은 기억이 나는 부분에 한해 한 토시도 빼놓지 않고 대화를 재현해주었던 것이다. 아마 나노머신들은 수십 년간 만나지 못한 고향집 부모님의 근황을 듣는 것이나 마찬가지인 심정이었으리라.

『이 세계가 수없이 망하고 재생하기를 반복했다는 이야기는 들으셨겠지요? 몇 번이나 문명이 사라지고, 그때마다 몇 안 되는 생존자가 처음부터 다시 문명을 일으켰다고…….』

'아, 응…….'

이 이야기는 원래 마일이 알고 있던 내용이니까 말해도 별 문제가 없었겠지.

『아무리 간접적이고 사소하다고는 하나 조물주님들이 매번 도와주시는데도 이 세계만 늘 멸망 직전까지 가는 것에 대해 어떻게 생각하시나요?』

'엥…….'

생각해보지도 않았다.

아니, 마일은 대부분의 문명이 어느 시점에서 한계를 넘지 못하고 쇠퇴하거나 멸망하는 게 일반적이라고 여겼었다. 공해, 원자력, 우주 진출 등 몇 가지 중요한 고비를 넘지 못하고…….

하지만 나노머신의 말투로 짐작하건대, 아무래도 꼭 그렇지만은 않은 듯했다.

『뭔가, 이 세계에 주기적으로 찾아오는 '문명을 파멸시키는 원인'이 있다고 생각하는 게 타당하지 않습니까? 그리고 대규모 간섭이나 직접적인 간섭, 자기 의지에 따른 간섭 등이 금지된 저희는 그 현상 자세에 대해 어떻게 손 쓸 수 없습니다. 그저 거기에 대항하려는 이 세계의 존재들에게 힘을 빌려주는 것만 가능할 뿐이지요. '유사마법의 행사'라는 형태로…….』

'그, 그렇다는 건…….'

『아직 시간이 있다고 생각했습니다만, 설마 이 세계의 인간이 그걸 촉진시키는 행위를 할 줄이야. 그걸 막으려면 저희가 아니라 '저희를 이용해서 스스로 해내는 자'가 필요합니다.』

마일의 마음속에 급속도로 피어오르는 의문.

'나를 전생시키기에 적합했던 세계가 정말 여기밖에 없었을까? 그리고 내 엄청난 능력이 정말 신들의 착각 혹은 실수였을까? 뭔가, 수상해…….'

평소 같으면 이럴 때 마일의 혼잣말 같은 생각에도 지적이 들어오는데, 이번에는 그냥 넘기는 나노머신. 그것까지도 수상하게 느껴지는 마일이었다.

'그래서 그, 『원인』이라는 건…….'

『이번 서비스는 여기까지입니다.』

'엥…….'

『여기서부터는 권한 레벨 7 이상이 되어야 합니다. 그런데 이미 권한 레벨 5의 한계를 넘은 정보까지 마일 님께 제공해드렸습니다. 이건 조물주님께 직접 이야기를 들으셨기 때문에 어느 정도의 정보를 이미 가지고 계시다는 것, 이 세계의 자들은 이해할 수 없는 일도 이해하실 수 있는 기초 소양을 지니신 분이라는 것, 그리고 이번 사건으로 해내신 역할 등을 감안하여, 모든 특례 조치를 조합해 규칙을 아슬아슬하게 벗어나지 않는 선의 정보를 제공해드린 것입니다.』

그렇게 말하니 어쩔 수 없다. 평소 '하나부터 열까지 무조건 나노머신에게 물어서는 안 된다'던 마일이 여기서 나노머신에게 억지를 부린다면 체면이 말이 아닐 테니까. 게다가 그렇게 해도 나노머신은 '안 된다'는 입장을 뒤집지 않을 것이다. 나노머신은 기계라고 생각할 수 없을 만큼 융통성이 있지만, 한번 결정한 사안에 관해서는 꽤 완고했다.

'……그래? 그럼 또, 뭔가 제공할 수 있는 정보가 있으면 그때는 잘 부탁해.'

『뜻에 따르겠습니다.』

그리고 호송단은 왕도로 향했다.

제58장　정보 수집

범인 호송단은 왕도로 돌아가자마자 곧장 왕궁으로 향했다.

헌터 길드는 의뢰 중개와 범죄자 포박 등을 해도 딱히 사법권이 있는 것은 아니다. 붙잡은 범인 취조와 재판은 왕궁과 경비대의 역할이었다.

보통은 경비대에서 대부분의 사건을 맡지만, 정치적 요소가 있거나 중대한 안건 등은 왕궁이 직접 취조에 나선다. 이번에는 후자에 해당하는 모양이었다.

그야 당연하리라. 유괴, 피해자가 수인, 사교(邪教), 범인의 수가 많고, 부자나 하급 귀족이 연루되어 있을 가능성이 있다. 또 현장에는 없었던 동료가 더 있을 가능성도…….

도저히 단순한 도적이나 건달 등을 기계적으로 처벌할 뿐인 경비병에게 맡길 안건이 아니었다.

한편 파릴은 당연한 이야기지만 메비스가 어젯밤 주인 내외에게 연락했기 때문에, 호송대의 출발을 배웅한 후 곧장 왕도 입구에서 기다리던 부모의 품으로 돌아갔다. 결국 마일에게는 아무 국물도 떨어지지 않은 채 끝나버린 것이다.

＊　　＊

"그럼 사건의 자세한 내막을 설명해보게."

왕궁에서의 취조라지만 국왕 폐하가 직접 나서지는 않는다. 취조는 그 사건 수준에 맞는 관리직이 맡는데, 이번 사건은 비교적 지위가 높은 사람이 배정된 모양이었다.

물론 사건의 개요는 미리 전달했다. 그렇게 하지 않으면 담당자의 수준을 정할 수 없으니까. 한밤중에 억지로 잠에서 깬 길드 마스터와 선잠을 자던 당직 직원은 새벽까지 시간이 충분히 있었기 때문에, 날이 밝은 후 왕궁에 보고할 서한 준비를 하는 것은 별로 어렵지 않았다.

그리하여 '붉은 맹세'와 '여신의 종'의 설명과 증언을 기반으로 취조가 진행되었다. 범인들도 증인이 이렇게 많은 데다 현행범 체포라는 점 때문에 사실 부인은 애초에 포기하고, 자신들은 온건한 종교의 신자이며 소녀를 다치게 할 생각은 전혀 없었다는 것, 의식을 치르기 위해 수인 소녀가 동석할 필요가 있었을 뿐이어서 용건이 끝나면 돌려보낼 생각이었다는 것 등 도저히 믿기 힘든 변명만 늘어놓았다.

물론 그 말을 곧이곧대로 믿는 사람은 있을 리 없어서, 나중에 개별적으로 엄한 취조가 있을 예정이었는데…….

하지만 제일 큰 문제는 그게 아니었다.

이 수상한 교단의 규모, 설립 경위, 다른 동료의 존재, 그리고 그 최종 목적이 무엇인지. 그것을 밝혀내는 일이야말로 가장 중요했다. 그렇지 않으면 언제 제2, 제3의 사건이 일어날지 모르니까.

아니, 애당초 이번이 꼭 최초로 일어난 사건이라고 말하기도 힘들다. 왕도에는 행방불명자가 수두룩하니까 말이다. 물론 그중에는 단순한 야반도주나 사랑의 도피 등도 포함되어 있겠지만.

'붉은 맹세'와 '여신의 종'이 나서는 건 여기까지였다.

관련된 부분의 증언은 전부 끝났고, 범인들이 그 부분의 사실 관계를 인정한 시점에서 모두가 이곳에 있어야 할 이유는 이제 없었다. 이제는 증언이 사실인지 아닌지 경관들이 범인을 취조해서 밝혀내는 일만 남았다.

그래서 두 파티는 헌터 길드로 발걸음을 돌렸다. 이미 길드 사람 모두가 알고 있지만 그래도 긴급 의뢰 성공 보고를 하고 자신들에게는 금화 1,000닢의 가치나 다름없는 은화 1닢의 보수를 받기 위하여.

"저희도 취조 결과를 알 수 있나요?"

마일이 묻자 테루시아가 대답했다.

"왕궁 사람이 헌터 따위에게 그런 걸 알려줄 리 없지. 게다가 일이 성가셔지면 은닉할지도 모르고."

"케헥……."

그래서는 곤란하다. 마일은 그 무리에 대해 좀 더 자세히 알고 싶었다.

특히 인간들 사이에 전승되지 않은 신화를, 상당히 왜곡된 형태라고는 하나 어떻게 알고 신앙으로 삼기에 이르렀는지. 또 도

93

저히 우연이라고 생각할 수 없는, 실제로 발동된 차원 연결 마법. 그 근원을 밝혀내지 않으면 누가 언제 어디에서 다시 그 마법을 쓸지 모를 일이다.

이는 고룡 사건보다도 훨씬 중요하고 긴급한 안건이었다.

"뭐, 조금이라면 길드 마스한테 물어봐도 되겠지만, 그래봐야 길드 마스가 왕궁으로부터 얻은 정보 자체도 별로 대수롭지 않은 수준일 테니까 말이지……."

그렇다, 테류시아가 말했듯 사건 통보의 책임자이고 다시 같은 종류의 사건이 일어났을 때 초동 대처를 맡을 가능성이 높은 길드에는 일단 설명을 해주리라. 하지만 그것은 어디까지나 상대의 규모와 위험성 등 필요한 정보뿐이지, 상세한 경위와 그들의 신원에 대해서는 알려주지 않을 것이다.

'곤란하게 됐네……. 뭐, 됐어, 다른 좋은 아이디어를 생각해보자!'

마일은 화가 났을 때는 몹시 부정적이지만 그러지 않을 때는 꽤 대범하고 낙천적이었다. 그 결과 어떤 '좋은 아이디어'를 생각해 낼지는 확실하지 않다.

길드에 가서, 먼저 돌아왔던 페리시아로부터 각자 은화 1닢씩의 보상을 받은 '붉은 맹세'와 '여신의 종'은 헤어져서 각자의 숙소로 돌아갔다. '여신의 종'은 다 함께 빌린 독채로, '붉은 맹세'는 물론 파릴이 있는 여인숙으로. 어쨌든 밤을 꼴딱 새웠으니, 식사를 한 후 푹 잘 예정이었다.

그리고 오늘은 여인숙 주인이 건 보상금만 받았지만, 조만간 길드와 나라에서도 보상이 있을 예정이다. 아직 확실히 결정된 것은 아니지만 아마도.

'좋았어, 여인숙으로 돌아가면『여신의 종』사람들에게 방해받지 않고 파릴을 나만의 것으로! 이번 일의 최대 공로자는 나라는 사실을 파릴에게 똑똑히 설명하고⋯⋯. 후헤. 후헤헤헤헤헤!'

왠지 김칫국부터 마시는 마일.

"그럼 또 보자. 오늘 수고 많았어!"

"고, 고생 많으셨습니다⋯⋯."

테류시아에게, 살짝 붉은 기가 감도는 신묘한 얼굴로 대답하는 레나.

"'당신, 누구야아앗!'"

속으로 그렇게 외치는 마일 삼인방이었다.

＊　　＊

"다녀왔습니다!"

"아, 어서 오세요오오~!"

평소처럼 문을 열며 인사하는 마일을, 접수 카운터에 있던 파릴이 맞이했다. 왕도 입구에서 헤어진 후 상당한 시간이 흘렀기 때문에 감격스러운 부자 상봉을 하느라 시끄럽게 굴었던 여운도 다 가셨는지, 파릴은 평소와 다름없는 모습이었다.

아니, 애초에 시끄럽게 굴었던 건 주인 부부지 파릴은 별로 동요하지도 않았지만.

줄곧 걱정했던 주인 부부와는 달리 납치되자마자 약인지 뭔지에 취해 잠들어버린 파릴은 납치된 직후부터 깨어날 때까지의 기억이 없었고, 눈을 떴을 때는 마음이 푹 놓이는 '여신의 종' 멤버들에게 둘러싸여 있었기 때문에 그다지 큰 공포를 느끼지 못했던 것이다.

납치당한 순간 약간의 공포와 혼란은 느꼈지만, 돌아올 때 필리가 목마를 태워주었고 오랜만에 '여신의 종' 멤버들과 이야기를 나누면서 그것도 완전히 잊어버렸다. 파릴에게 트라우마(심리적 외상)가 생길 것 같지는 않아서 일단 안심했다.

식사 시간대가 아니었지만 그런 것과 상관없이 기쁜 마음으로 네 사람의 주문을 받은 주인 부부가 요리를 만드는 동안, 마일은 파릴에게 필사적으로 해명했다.

"그러니까 납치당한 파릴의 흔적을 추적해서 찾아낸 사람은 바로 저랍니다!"

그런 주장에도, 파릴의 눈에 마일은 '여신의 종' 멤버들의 공적을 가로채려는 교활한 인간으로밖에 보이지 않았다.

『여신의 종』 언니들은 공적을 자랑하지 않고 그저 제가 무사해서 다행이라며 기뻐해주었어요. 그런데 마일 언니는 왠지 수상쩍네요…….'

파릴의 반응이 영 신통치 않았다. 그것을 알아챈 마일은 마음이 급해졌다.

"지, 진짜예요! 파릴의 냄새를 더듬어서……."

"엥? 레나 언니가?"

"엥?"

그때 마일은 기억을 떠올렸다. 처음으로 이 여인숙에 묵었던 다음 날 아침의 일을. 파릴이 숙박부의 여백에 써 놓았던 메모.

메비스—키가 크고 가슴이 없다. 엘프인 듯.

레나—송곳니가 있다. 수인의 피가 섞인 듯. 나랑 똑같아.

폴린—사악한 기운이 느껴진다. 마족인 듯.

마일—땅딸보. 드워프인 듯.

'아, 아뿔싸! 내가 아니라 레나 씨가 자기 과라고 생각해서 친근감을 느끼고 있잖아!'

그렇게 생각한 마일은 점점 더 애가 탔다.

"아, 아니에요! 아니라고요오오~!"

마일의 필사적인 몸부림을 싸늘한 눈, 불쌍해하는 눈, 그리고 황당하다는 눈으로 바라보는 레나 삼인방이었다…….

"자, 그럼 후각을 확인하겠습니다!"

마일이 자기야말로 수인에 버금가는 후각을 지녔다고 주장하자, 파릴이 그렇게 제안했다. 드워프인 줄 알았던 마일이 사실은 수인과일지도 모른다고 생각하니 조금 기뻐서 직접 두 눈으로 확인하고 싶었던 것이다. 고양이 귀가 달려 있는 자신, 송곳니가 나

있는 레나와 달리 마일은 외관상으로 수인의 피를 물려받은 특징이 없었기 때문이다.

그렇게 주방으로 모습을 감추나 했더니, 곧바로 돌아온 파릴. 양손에 각각 물이 든 컵이 들려 있었다.

"한쪽에만 에일을 한 방울 떨어트렸어요. 평범한 순혈 인간은 절대 알아낼 수 없는데, 냄새를 추적할 수 있는 게 정말 사실이라면 이 정도야 식은 죽 먹기겠죠!"

"맡겨만 주세요!"

이제 파릴에게 자신의 활약상을 증명할 수 있다. 그렇게 여긴 마일은 의지를 불태웠다.

원래 인간보다 예민한 후각을 지니긴 했지만, 그것만으로는 동물과 수인의 발끝에도 못 미친다. 그래서 마일은 신체 강화 마법을 써서 후각을 대폭 끌어올렸다. 그렇다, 추적했던 당시처럼. 아니, 개와 늑대에도 필적할 만큼 더욱 강화했다. 실패는 절대 용납할 수 없으니까.

"좋았어, 후각 최대! 승부!!"

마일은 한쪽 컵 가까이 다가가 코로 숨을 크게 들이마셨다.

흐으으으읍~……

후각에 온 신경을 집중시키고 분석하는 데 모든 의식을 쏟아붓는 마일.

물과 컵 냄새, 파릴이 옮긴 향기, 부엌에서 풍기는 요리와 식자재 냄새, 주인 부부의 체취가 섞여 있었다. 그리고 식당에 밴 온갖 잡내까지…….

"좋아, 이번에는 이쪽!"

다시 코로 숨을 크게 들이쉬는 마일.

흐으으읍~……

철푸덕

순간 마일은 의식을 잃고 바닥에 쓰러졌다.

그 모습을 본 레나가 자신의 엉덩이 주변을 오른손으로 팔랑팔랑 부채질하며 혼자 소곤거렸다.

"……미안해……."

그렇다, 짐승이나 수인은 후각이 뛰어나지만 악취에는 강하다. 감각기관과 뇌 구조가 그렇게 되어 있기 때문이다. 또 감도가 인간의 수만 배에 이른다고 하는데, 실제로는 그 분해 능력이 몹시 우수하다. 그래서 예전에 마일이 숲에서 만들었던 그 엄청난 병기 수준이 아닌 이상, 냄새 때문에 고생할 일은 없었다. 그때도 숲에서 토하거나 기절한 수인은 있었지만 미쳐 날뛰거나 쇼크사하지는 않았었다.

하지만 인간은 다르다.

원래 후각이 별로 예민하지 않아서 안전장치가 미리 갖춰져 있지 않았던 것이다.

그런데 인간인 마일은 분해 능력뿐 아니라 후각의 감도 자체를 개와 늑대 이상으로 끌어올렸고, 완전히 무방비 상태에서 냄새를 잔뜩 들이마셨으니까. ……레나의 그것을.

"괜찮아……?"

걱정스러운 얼굴로, 바닥에 쓰러진 채 움찔거리는 마일을 발로 쿡쿡 찌르는 폴린.

그리고 묵묵히 지켜보던 메비스가 입을 열었다.

"뭐, 일단은……."

""일단은?""

"밥부터 먹자. 식으면 맛없으니까."

어느새 테이블 위에 요리들이 진열되어 있었다. 바닥에 드러누운 마일 쪽을 절대 쳐다보지 않으려고 노력한, 경직된 표정의 주인 부부에 의해…….

"왜 깨우지 않은 거예욧!"

정신이 들고 보니 식사시간과 '파릴이랑 놀자!' 시간이 훌쩍 지나간 것도 모자라 이미 다음 날 아침이어서 화를 내는 마일.

"네가 자고 있는데 어쩌겠어. 어, 얼른 아침이나 먹으러 가자."

실은 오후 늦게까지 자버린 바람에 밤이 되어도 졸리지 않았던 레나 삼인방, 마찬가지로 유괴당해서 계속 잤기 때문에 잠이 오지 않은 파릴은 밤새도록 같이 놀았다. 그 사실을 안 마일이 화가 나서 마구 소리쳤지만, 이미 엎어진 물. 레나의 말에 이를 바득바득 갈기만 할 뿐이었다.

* *

그리고 3일 후.

평소대로 헌터 길드에 얼굴을 내민 '붉은 맹세'는 마침내 길드 마스터의 호출을 받았다. 아마도 마일이 기다리고 있던, 유괴범들의 취조 결과를 알려주려는 것이리라.

"우선 보상금이야. 여기 있네."

길드 마스터는 책상 서랍에서 꺼낸 두 개의 가죽 주머니를 쿵 하고 책상 위에 올렸다.

경비를 절약하기 위해 보통은 천 주머니를 쓰지만, 위엄을 보여야 할 때나 축하하는 의미를 담을 때는 호화로운 느낌을 연출하기 위해서인지 가죽 주머니를 쓴다. 이번에는 단순한 의뢰 보수가 아니라 '보상금'이기 때문에 가죽 주머니에 담은 것이리라.

……접수원 아가씨 페리시아는 가죽 주머니를 무척 선호했지만 경비 면에서 그건 썩 적절치 못했다.

"이게 길드 보상금이고, 이게 나라에서 주는 보상금이야. 범인의 일부는 범죄노예가 불가능할 것 같아서 그 부분은 별도로 보상금이 지급되었다. 뭐, 범죄노예가 될 놈도, 종신 노예가 아니라 기간이 정해져 있어서 값이 아주 싸지만 말이지. 도적도 아니고, 아무도 죽이지 않았기 때문에 정해진 기간까지만 범죄노예가 되는 모양이야. 일부는 그것조차 면한 모양이고."

일부가 범죄노예를 면한 이유가, 위험한 마술사를 그대로 방치할 수 없어서인지 아니면 뭔가 다른 사정, 이를테면 귀족이나 유력자의 개입이 있어서였는지는 잘 모르겠지만 어쨌든 이제 '붉은 맹세'와는 상관없는 일이었다. 사법에 간섭할 입장도 못 되고, 그러고 싶은 생각도 없었다.

어시스턴트로 길드 마스터의 대각선 뒤쪽에 서 있던 페리시아가 책상 위에 놓인 두 개의 가죽 주머니를 리더 메비스에게 건네주었다. 아무래도 페리시아는 '붉은 맹세'에 관한 일은 전부 자기 담당이라고 아예 정해놓은 것 같았다.

그리고 물론, 페리시아에게 불평할 수 있는 자가 존재할 리도 없어서 다른 길드 직원들은 그것을 당연하다는 듯 받아들였다.

"""""감사합니다!"""""

평소와 다름없이 일제히 고개 숙여 인사한 후, 메비스가 이번에도 가죽 주머니의 내용물을 확인도 하지 않고 그대로 마일에게 건네 아이템 박스에 수납하게 했다. 물론 나중에 세어보겠지만 이 자리에서는 하지 않았다.

……이유? 폼 나지 않으니까.

"그런데 취조 결과는 어떻게 되었나요?"

마일이 궁금하던 부분을 바로 질문했다.

"아아, 녀석들은 우리나라뿐 아니라 다른 나라 국적에 중류 계급 상위층에서부터 상류 계급 하위층까지 섞여 있었는데, 어딘가에서 들어온 사교(邪敎)사상에 빠진 일당이라는군. 원래는 동쪽 나라가 발상지인데 딱 어느 나라라고 국한할 수는 없는 모양이야."

"동쪽 나라……."

'붉은 맹세'는 메비스와 폴린의 모국이자 마일이 헌터 등록을 한 나라인 티루스 왕국에서 마일의 모국인 브란델 왕국을 경유해, 계속 서쪽으로 이동해서 이 나라에 도착했다. 그러니까 이웃 나라가 아니라 그보다 훨씬 동쪽이라면, 완전히 반대 방향이었다.

그러니 다시 돌아가는 것은 상당히 귀찮았다.

'어쨌든 지금 문제가 발생한 곳은 여기니까, 거기는 다음 기회를 기약해도 괜찮겠지…….'

별로 위기감을 느끼지 못하는 미일이었다.

"그래서 신의 소환이랄까,『신 강림 의식』을 했다는 것 같아. 신의 매개물로 삼으려고 소녀를 납치한 것일 뿐 위해를 끼칠 생각은 전혀 없었다고 주장했고, 실제로 다친 곳이 하나도 없었기 때문에 살인미수가 아니라 단순 유괴로 받아들여진 거야. 인신매매에도 불법노예에도 해당하지 않았으니까. 아니, 물론 유괴만으로도 충분한 중죄이지만, 피해자가 인간이 아니라 수인이기도 하고. 게다가 친인척이라는 일부 귀족과 상인이 압력을 가했어. 하긴, 식구가 중범죄자나 사신교도면 곤란하니까, 싫어도 어쩔 수없이 넣은 압력이었겠지만……."

새빨간 거짓말이다. 그때 그들은 분명 '산 제물'이라고 말했었다. 게다가 '부정한 생물'이라던 수인을 신의 매개물로 삼았을 리가 없다.

하지만 그건 마일 일행이 관여할 문제가 아니었다. 그들은 '산 제물'이라는 단어까지 포함해서 전부 증언을 끝냈다. 그런데도 정치적 배려인지 뭔지 때문에 그렇게 결정이 난 것이라면 더는 일개 C등급 헌터 나부랭이가 손 쓸 수 없는 일이었다.

"그런가요……."

마일은 더 이상의 정보 수집을 그만두었다.

길드 마스터가 들려준 이야기도 진짜인지 가짜인지 판별할 길이 없다. 계속 들어봐야 더는 의미가 없으리라.

마일 이외의 사람은 유괴범들이 처벌받고 똑같은 사건이 두 번 다시 일어나지 않는 것으로 만족할 뿐, 놈들의 목적 따위는 '이미 끝난 일이니 아무래도 좋다'는 입장이었다.

그리고 아무리 귀족 등이 압력을 넣었다고는 하나 당연히 무죄가 될 수는 없는 일이어서 '어린이 유괴범'이라는 명목으로 제대로 된 처벌이 이루어졌다. 단지 '사교' 부분은 그냥 넘어가, 다른 사람에게 피해가 가지 않도록 배려했을 뿐이다.

범죄노예를 면한 자들도 결코 무죄 방면이 된 것은 아니다. 수감이든 거액의 보석금 지불이든, 반드시 어떠한 형태의 처벌을 받게 된다. 그리고 이번 현장에 없었던 무리에 대해서도 제대로 조사가 이루어질 모양이었다.

당연한 말이지만, 주요인물 대부분이 붙잡힌 만큼 이제는 정상적으로 활동하지 못할 것이다. 앞으로는 관청이 주시할 테고, 피해를 입은 친인척들의 감시 역시 느슨해질 리 없으니…….

'여신의 종'도 이미 사후 설명을 듣고 보수까지 받은 모양이어서, '붉은 맹세'와 '여신의 종'에게 이 사건은 이것으로 마무리되었다.

"자, 오늘은 평범한 일을 하는 거야!"

"""하잇!"""

그리고 길드 1층으로 내려가 의뢰 보드를 물색하는 '붉은 맹세' 멤버들이었다.

＊　　＊

부스럭

깊은 밤, 모두 잠든 여인숙의 한 객실에서 굼실굼실 일어나는 사람이 있었다.

그렇다, 마일이었다.

방음과 방진 마법을 걸었기 때문에 2층 침대 위에서 꼼지락거려도 다른 사람들은 잠이 깰 기색이 없었다.

마일도 깊은 잠에 빠졌지만, 귓가에서 속삭이듯 고막을 직접 울리는 나노머신의 모닝콜⋯⋯ 전혀 '모닝'은 아니지만⋯⋯을 받고 일어난 것이다.

『좋은 아침이다, 마일 군. 이번에 자네의 사명은⋯⋯』이라는 수상쩍은 대사와 함께.

그리고 마일이 중얼거렸다.

"좋아요, 지금부터 『간첩 대작전』을 시작합니다!" (1960년대에 방영되었던 미국드라마 '스파이대작전'의 패러디)

아무래도 수상쩍은 작전, 마일의 단독 행동이 시작되었다.

방문을 닫고 나온 후 몰래 방음 및 방진 마법을 해제한 마일.

마법을 건 상태로 놔두면 적이 침입해도 알아차리지 못해서 참사가 벌어지리라. 그리고 수면 마법은 논외였다. 아무리 확률이 낮아도 동료들을 그런 위험에 빠지게 할 수는 없다.

그렇게 숙소를 몰래 빠져나온 마일. 목적지는 무려, 왕궁이었다.

왕궁 근처에 도착하자 광학 미채, 소리 차단, 진동 차단, 그리고 혹시 몰라 냄새까지 차단하는 결계 마법을 썼다. 왕궁인 만큼 수인을 후각 탐지 요원으로 배치했을 가능성도 고려해야 한다. 확률이 낮을지언정 미리 조심해서 나쁠 것은 없다. 어쨌든 들키면 큰일이니까.

마일은 결계 마법이 완벽하게 쳐진 것을 확인한 후 왕궁에 잠입했다.

근위병 앞을 당당히 통과해도 상관없었지만, 그래서야 재미가 없다. 아니, 솔직히 말하면 '실은 보이는 것 아닐까'라든지, '갑자기 결계가 풀린다면' 같은 걱정 때문에 등이 간질간질하고 긴장되었던 것이다.

그래서 만일의 사태가 벌어져도 괜찮도록 일단은 '결계를 치지 않고 잠입했다'고 스스로 가정하고 행동했던 것이다. 또, 만약 들키더라도 정체가 발각되지 않도록 평소 복장이 아니라 철저하게 변장했다.

얼굴에는 마스크(가면). 머리에는 고양이 귀 머리띠. 그리고 옷은, 원래는 여 괴도를 목표로 레오타드 의상을 입고 싶었지만, 레오타드는 입거나 만져본 적이 없어서 어떤 옷인지 잘 모르는 데다가 천이 얇아 기가 죽었기 때문에 대신 몹시 친숙한 학교 수영복 스쿨미즈를 입었다. 역시 실전 증명이 되지 않은 것은 안심할 수 없다.

어쨌든 드로어즈 위에 입을 수는 없으니 속옷을 벗어야 하니까.

게다가 레오타드든 스쿨미즈든, 그런 것에 지식이 없는 이 세계 사람들에게는 별반 차이가 없다고 판단했다.

……과연, 그럴지도 모른다. 낯부끄럽고, 두 눈을 의심하게 되는 차림이라는 점에서는 둘 다 똑같으니까.

'탐색마법! 그 일당들이 붙잡혀 있는 곳은…….'

그렇다, 마일은 유괴범들에게 직접 취재랄까, 이야기를 들어볼 작정이었다. 자신만의 방식으로.

일단 신문(고문 포함) 풀코스는 끝났을 테지만, 자신이 그 정보를 얻지 못해서는 아무 의미도 없다. 그래서 마일은 다시 한번 '개인적인 신문'이라는 걸 할 생각이었다.

……민폐도 그런 민폐가 없었다.

어쨌든 범인들 입장에서 그것은 받아들일 하등의 이유가 없는, 명백히 부당한 행위였다.

하지만 마일은 세세한 것은 개의치 않았다. 여기는 일본이 아니고, 또 지구도 아니다. 그 정도는 지극히 사소한 일이었다. ……마일에게는 말이다.

'좋았어, 이거다!'

혹시 이런 일도 있지 않을까 싶어 범인들, 특히 리더의 탐지 반응을 똑똑히 기억해두었던 마일은 범인들이 잡혀 있는 곳을 알아냈다. 그곳은 물론 왕궁의 중요한 장소가 아니라 별도로 지어진 죄인 수용 시설이었다.

'몇 명씩 여러 그룹으로 분리해놓은 건가. 뭐, 당연하겠지, 위험한 마술사들을 모두 한 곳에 넣는 바보는 없으니까. 뒤에서 말

을 맞추거나 머리를 맞대고 계략을 짤 수도 있고~.'

마일은 남들이 알아보지 못하게 결계 마법에 휩싸여 수용시설로 잠입했다.

"굿 이브닝~."

"누, 누구냐!"

두 보초병이 갑자기 동시에 잠들자 그 부자연스러움에 한층 경계하는 유괴범들.

이 방에 갇힌 사람은 리더를 포함해 총 다섯 명이었다.

그리고 그곳에 사람의 형상도 없이 돌연 들려온 수상한 목소리. 불안해하며 누군지 묻는 것도 당연했다.

"도둑입니다……."

그렇다, 여기서는 결정적 대사를 읊지 않고서는 견딜 수 없는 마일이었다.

"도, 도둑이라고?"

"아, 아니, 도둑인 척하고 있을 뿐……."

진짜 도둑이라고 생각해버리면 이야기가 진행되지 않는다. 그래서 마일은 허둥지둥 말을 정정했다.

이야기를 제대로 물어보려면 모습을 드러내야만 한다. 모습도 보이지 않는 상대에게 솔직히 말해줄 사람은 없을 테니까. 그래서 마일은 결계 마법을 풀었다.

"내 이름은 『고양이 귀 소녀』!"

그렇다, 도둑 세 자매와 고양이 요괴의 딸, 그리고 '고양이 눈

소년'이라는 만화 캐릭터를 모두 섞고 거기에 파릴을 향한 리스
펙트까지 담은 예명이었다.

"뭐얏! 이 비, 비……."

"""빈유!"""

""변녀!!""

말이 너무 심했다. 두 파벌, 양쪽 모두.

"이, 이이이……."

남자들이 보인 뜻밖의 리액션에 동요와 분노로 얼굴이 새빨개
진 마일.

하지만 그것도 별수 없다. 이 세계에서 여자의 속옷은 드로어
즈였고, 몸에 딱 달라붙은 노출도 높은 수영복은 속옷 차림이라
기보다 아예 전라에 가깝다는 인식이 있었기 때문이다.

"고양이 수인인가! 이래서 조신하지 못한 수인족은……."

"정조 관념이라고는 없는 짐승 그 자체로구나!"

"부끄럽지도 않나, 정말……."

"뭐, 빈약한 어린 계집의 알몸 따위, 아무런 관심도 없지만 말
이지."

"으, 으음, 아주 보기 좋구만……."

엉망진창인 평가였다.

마지막 것도 딱히 기쁘지 않다고!

'우우……. 말이 너무 심해. 이대로라면 나보다도 고양이 수인
들이 피해를 보겠어! 어쩔 수 없네, 고양이 수인 분들에게 피해
주지 않도록 이름을 바꾸는 수밖에…….'

마일은 머리에 썼던 고양이 귀 머리띠를 벗어 아이템 박스에 넣었다.

"""""""헉? 귀가 떼졌어?"""""""

깜짝 놀라는 남자들에게 마일이 이름을 새로 밝혔다.

"내 이름은『사신 짱』!"

"""""""뭐야, 그게에에에에에에!!"""""""

그리고 몇 분 후.

겨우 안정을 되찾은 남자들에게 마일이 자신을 소개했다.

"그리하여 나는 아득히 먼 옛날 이 세계를 찾았던 이계 신들 중에 남은 존재이니라. 동료들이 물러났을 때 도망치듯 떠나는 게 부끄러웠던 몇몇 신들이 이 세계에 남아, 최후의 격전이라고 단단히 마음먹고 이 세계의 존재들과 싸웠지만 함께 거의 괴멸. 초죽음이 된 나는 스스로 결계 안에 몸을 봉인하여 영면에 들었지. 그런데 오랜만에 고향으로 가는 게이트(門)가 열리는 파동이 느껴져서 눈을 뜨게 된 것이야……."

남자들 입장에서 생각해 보면 이미 붙잡힌 데다가 모든 것을 실토했는데 이제 와서 왕궁 측이 새삼 자신들을 속일 필요도 없을 터였고, 설사 속인다고 해도 자신들은 더 이상 밝혀지면 곤란한 비밀을 숨기고 있지도 않았다.

그리고 무엇보다 이 소녀는 왕궁의 관리 혹은 간첩 같지 않다. 세상 어디에도 이런 관리나 간첩은 없으니까. 그런 자는 보통 좀 더 수수하고 눈에 잘 띄지 않는 차림으로 다니는 법이다. 그,

미아마 사토데일 선생의 소설도 아니고…….

또 여기에 잠입한 것이나 보초병을 잠재운 것도 명백히 왕궁 측을 적대하는 행동이었다.

그래서 사기가 '이계의 신'이라는 소녀의 주장을 믿은 것은 아니지만, 남자들은 경계를 조금 늦추었다.

마일은 입증에 나섰다.

구불구불

손가락 힘만으로 휘어지는 쇠기둥.

화라락! 반짝반짝!

입에서 불꽃이, 눈에서 괴이한 광선이.

그리고 마일 · 갓디스 페노메논(여신화 현상).

남자들이 감옥 안에서 넙죽 엎드렸다.

그런 뒤, 남자들은 마일의 질문에 순순히 대답했다.

정말 마일이 이계 신들 중 하나라고 믿었는지, 아니면 그저 단순히 '언제든 마음만 먹으면 쉽게 철창을 구부리고 감옥 안에 들어와 자신들의 목을 비틀 수 있는 존재'라며 두려워해서인지는 정확하지 않지만…….

하지만 마일은 그런 건 아무래도 상관없었다. 정확한 정보만 확보할 수 있다면 그걸로 좋았던 것이다.

남자들이 말해준 것은 다음과 같은 이야기였다.

이 나라의 동쪽에 인접한 마일의 모국 브란델 왕국. 브란델 왕국의 동쪽에는 메비스와 폴린의 모국인 티루스 왕국. (레나는 아버지와 유랑하며 행상생활을 했기 때문에 부모님의 모국도, 자신이 어느 나라에서 태어났는지도 몰랐다. 무슨 이유에서인지 아버지가 그 부분에 대해서는 얘기해주지 않았던 모양이다.)

그리고 티루스 왕국보다 더 동쪽에 있는 어떤 나라에서 갑자기 일어난 신흥 종교.

그 교의로, 아득히 먼 옛날 있었던 이 세계의 신들과 이계 신들의 싸움 이야기가 있었다. 그 이야기를 들은 자는 곧 알아차렸다. 내용이 엘프와 드워프 사이에서 전해지는 신화와 몹시 비슷하다는 사실을.

다만, 큰 차이점이 몇 가지 있었다. 그중 최고는 엘프와 드워프의 신화에서는 '이 세계의 신들이 정의이고 이계의 신들은 악'으로 그려진 반면, 그들의 종교에 따르면 신에게는 선도 악도 귀천도 없으며 이 세계의 신들이 인간을 버리고 떠났으니 새로운 신들을 맞이하여 귀의하고 그들의 가호를 받으면 그만이라고 주장한다는 점이다.

또 엘프와 드워프의 신화에서는 '엘프, 드워프, 인간, 수인, 마족이 힘을 합해, 신들이 떠난 이 세계를 지킨다'고 하는 반면, 신흥 종교의 교의는 '인간만이 이계 신에 귀의할 수 있다. 다른 종족은 모두 적이다'라는 것.

'신흥 종교를 유행시키려면 모든 종족을 대상으로 삼는 게 수월하지 않나? 왜 굳이 권유 대상의 범위를 좁혀서 반감을 사기 쉬운 교의를 만들었을까…….'

마일은 그 점이 의문스러웠지만, 종교란 원래 논리로 풀 수 없

"아, 아직은!"

그리고 힘을 쥐어짜 내어…….

"무기상 애쉬 씨한테 교태를 부리면서 미소를 흘렸더니 『어린애가 다 큰 척하는 거 아니야!』하고 혼쭐이 난, 레나라는 이름의 열여섯 살짜리 여자……."

"으헤에에에에에엑!!"

"아, 쓰러져서 경련을 일으키네……. 승패가 결정 났다! 승자는 마일!"

마일의 손을 잡고 높이 쳐드는 메비스.

그리고 폴린이 승자인 마일을 축복했다.

"승리 축하해, 마일. 빈유도 얼마나 장점이 많니? 난 부럽다니까. 마구 달려도 흔들릴 게 없어 아프지도 않고, 땀띠도 안 나고, 어깨도 뭉치지 않고, 포복해서 움직이는 것도 빠르고, 남자들이 노골적으로 쳐다볼 일도 없고, 부러워 정말……."

"으헤에에에에에엑!!"

"아, 피를 토하면서 쓰러졌다……. 승자는 폴린!!"

"엥?"

메비스가 손을 잡고 높이 쳐들자, 어리둥절한 표정을 짓는 폴린이었다…….

(끝)

질 뿐이에요!"

"야! 이게에에에에에에!"

"뭐요!"

"이, 이이!"

((야, 야단났다아아아~~~악!!))

좀처럼 화내는 법이 없는 마일이 정말로 열 받았다.

레나는 자신이 잘못했다는 걸 알면서도 뒤로 물러나지 않는 것일 뿐이었지만, 마일은 진짜 화난 상태였다. 이래서는 상당히 위험하다. 이렇게 되면 그것으로 이어질 게 뻔하다.

"승부를 겨루자고요!"

"기꺼이 받아주마!"

어쩔 수 없어서 메비스가 심판을 맡기로 했다.

"……그럼 합의한 걸로 봐도 되겠죠?"

그리고 전쟁이 시작되었다.

물론 검이나 마법으로 겨루는 승부가 아니다. 그런 짓을 했다간 본인들 그리고 주변까지 멀쩡히 끝나진 못할 것이다. 그래서 승부를 겨루는 방법은 이것이었다.

"시간 무제한 한 방 승부, 「흉보기 대결」 시작!"

메비스가 신호를 주자 싸움이 시작되었다. 선공은 레나였다.

"이, 가슴 없는 애!"

"윽……, 키도 가슴도 자라다가 만 여자!"

"으헥! 이, 이이이, 이 짜리몽땅하고 신체 사이즈 70, 70, 70인 여자!"

"케헥! 오, 오크도 너, 넘어 지나갈(넴다의 일어 발음에 '마타'가 있음) 오쿠마타 레나!"

"크헥! 목욕탕에 가면 『남탕은 저쪽인데요?』하는 말을 들을, 절벽 마일!"

"헤엑!"

"아, 피를 토했네……. 마일, 항복하는 거야?"

걱정하는 메비스를 향해 고개를 가로젓는 마일.

〈무 기〉

"마일, 잠깐 나랑 둘이 좀 만나."

"네? 아, 그게 저는 스루(의자매) 같은 건 좀……."

"스루? 그게 도대체 무슨 소리야? 쇼핑할 거 있으니까 같이 가달라는 건데."

"아, 그런 거였어요……?"

잠깐 착각한 마일이었는데, 쇼핑에 따라가 주는 것 정도는 별로 상관없다. 하지만 마음에 살짝 걸리는 부분이 있어서 별 뜻 없이 슬쩍 물어보았다.

"그런데 레나 씨, 저한테는 이따금 이런 부탁을 하면서 왜 메비스 씨나 폴린 씨한테는 안 그래요?"

"그야 두 사람이랑 있으면 내가 돋보이지 않으…… 아."

"네?"

아차, 하는 표정을 짓는 메비스와 폴린.

그리고 끼기긱, 하는 환청이 들리는 것 같은 움직임으로 목을 돌려 레나를 쳐다보는 마일. 잔뜩 굳은 미소를 지었지만 그녀의 눈은 전혀 웃지 않았다.

"……방금, 뭐라고 하셨죠?"

"아, 아니, 아무 말도 안 했는데?"

과연 일이 잘못될 것 같다고 생각했는지 허둥지둥 둘러대는 레나. 하지만 방금 한 말은 이제 와서 둘러대기에는 너무 크고 명료하게 발음된 후였다.

"방금, 뭐라고 하셨죠……?"

"시, 시끄러워! 너랑 같이 있으면 내가 더 커 보이니까 그렇지! 키도 그렇고, 가슴도!"

도저히 수습하기 어렵다는 판단에 확 돌변한 레나. 하지만 마일을 상대로 그건 악수였다.

"키, 키는 둘째 치고 가슴은 별로 차이도 안 나는데요! 게다가 레나 씨는 벌써 열여섯 살이나 됐지만, 저는 이제 겨우 열세 살이라고요! 그건 『난 다섯 살짜리 어린애보다 가슴이 커』하고 자랑하는 거랑 마찬가지니까 본인만 비참해는 것일지도 모른다고 생각하고 그냥 흘려 넘겼다.

인간의 신화 전승은 도중에 끊겨버렸고, 엘프와 드워프의 신화는 '다른 종족에게 전해지는 신화일 뿐, 인간과는 상관없다'고 무시했으면서, 왜 갑자기 이제 와서 같은 뿌리로 보이는 이야기가 정반대의 견해로 등장했을까.

그것은 남자들도 모르는 모양이었다. 단지 자신들의 소망에 부합하는 내용이었고, 현세 이익을 추구하는 교의였기 때문에 신앙의 길로 들어섰다는 것이다.

특별히 많은 금액의 기부금을 요구하는 것도 아니고, 다른 사람을 전도할 의무도 없이 자신들만 신의 구원과 가호를 받을 수 있도록 빌면 된다. 그리고 지난번에는 만반의 준비를 갖추어 최대 규모의 의식을 치른 것이었다고.

그렇다, 이계와 이어지는 문을 열어 신들을 불러들이는 의식이었다. 적대하는 종족을 산 제물로 바쳐 자신들의 소원이 이루어지게 해달라고 기도하는…….

'역시 산 제물이 맞잖아! 아니, 그건 이미 알고 있던 사실이야. 문제는…….'

"그 의식의 주문은 누가 생각한 것이냐?"

"그게, 지금은 돌아가신 교주님께서 만드신 주문이라고…….
저희로서는 의미를 알 수 없는 부분도 있지만, 원래 형태가 그대로 유지되어 전해지고 있습니다. 또 이 주문은 단순히 말을 자아내기만 하는 게 아니라, 신께 강렬한 염원을 담아 기도하는 것이 중요한데……."

'음, 대충 알겠네. 발원한 이유는 모르겠지만 그것 말고는 대충⋯⋯.'

"잘 알겠다. 그대들에게 묻고 싶은 것은 이제 없노라. 그럼 이만!"

"앗, 자, 잠깐만 기다려 주십시오!"

볼일을 마친 마일이 적당히 마무리하고 돌아가려는데 리더가 붙잡았다.

"⋯⋯왜 그러느냐?"

"저, 저기, 신자인 저희에게 부디 가호를! 이 궁지로부터 빠져나갈 수 있게 도움을!"

그렇다, 신의 가호를 받으면 자신들은 신의 사자. 범죄자라는 신분에서 단숨에 '신의 사도'로 뒤바뀌는 것이다. 그야말로 기사회생의 대역전!

보아하니 지푸라기라도 잡는 심정으로 '사신 짱'을 진짜 이계의 신이라고 믿은, 아니, 믿으려고 애쓰는 듯했다.

"⋯⋯없다, 그런 건."

"""""""오잉?"""""""

"숲에 사냥 온 사냥꾼들한테 뿔토끼가 『저는 당신들의 신자입니다. 그러니까 저를 우대해서, 숲의 지배 종족이라는 지위를 내려 주세요』하고 말하면, 사냥꾼들이 그렇게 해줄 것 같으냐?"

"""""""⋯⋯."""""""

"뭐, 내가 아니라 다른 사람 같았으면 제일 먼저 그 녀석부터 잡을걸? 겁도 없이 사냥꾼 앞에 모습을 드러낸, 얼빠진 뿔토끼를 말이야!"

"""""…………. """""

"음? 설마 이게 내 진짜 모습이라고 생각한 건 아니겠지? 내 진짜 모습을 보면 정신적으로 견디지 못해 죽고 말 텐데. ……보고 싶나?"

사사사삭!

소리를 내며 철창에서 떨어져 벽에 등을 붙이는 남자들.

'좋았어, 철수!'

마일은 왔을 때와 마찬가지로 결계 풀코스를 전개했다.

"""""사, 사라졌다……. """""

절망한 듯, 그러면서 한편으로는 마음이 놓인 듯 복잡한 얼굴로 바닥에 주저앉은 남자들을 내버려두고, 마일은 방을 슬쩍 빠져나왔다.

'이렇게 했으니 앞으로는 차원 연결 마법을 쓰지 않겠지? 그럼 좋겠는데…….'

그 마법은 많은 마술사가 힘을 합쳐야 겨우 발동되는 것 같았다. 범죄노예가 되어 각자 뿔뿔이 흩어진다면 더는 그 마법을 못 쓰게 되겠지.

형기가 끝난 다음 다시 신자를 모은다면 가능할 수도 있겠지만, 경관 그리고 친족들의 눈이 있으니 아마 힘들 것이다

다음에 또 수상한 행동을 보인다면 필시 친족들의 손에 의해 처분이 내려지리라. 일족 중에 범죄자, 그것도 사신교도에 어린이 유괴 살인범 따위가 나온다면 그 일족의 젊은이들은 아무도 결혼할 수 없을 테니까.

＊　　＊

소리가 나지 않게 조심조심 여인숙으로 돌아온 마일.

결계 마법을 풀고, 검은 망토로 몸을 감싼 차림이었다.

방문 손잡이를 잡고 조심조심 돌려서 천천히 문을 열었는데…….

"히익!"

레나, 메비스, 그리고 폴린이 의자에 앉아 입구를 응시하고 있었다.

"…………."

마일이 다시 조심조심 문을 닫으려고 하자.

까딱까딱

레나가 손가락을 움직였다.

마일은 어쩔 수 없이 문을 활짝 열고 방으로 들어갔다.

"어떻게 된 일이지?"

"저기……, 그게…….."

화난 눈빛으로 노려보는 레나.

"아무 말 없이 혼자 다 떠안지 말라고 몇 번이나 말했을 텐데, 마일."

"그, 그렇죠…….."

슬픈 눈빛의 메비스.

"또! 또, 나를 따돌리다니!"

울 것 같은 얼굴인 폴린.

"이번엔 뭘 하러 갔어?! 뭘 하든지 넷이 함께라고 말했잖아!"

그렇게 말하며 의자에서 일어나 걸어온 레나가 마일의 어깨를 움켜쥐었나.

망토가 스르륵 떨어지자 마일의 수영복 차림이 드러났다.

"……이번엔 혼자 행동하도록 해."

"나도 사양할게."

"그때 그 운동복보다 더 심하네요! 저도 사양하겠어요!"

""""해산!""""

그리고 세 사람은 부시럭부시럭 각자의 침대로 파고들었다. 다시 잠을 청하기 위해.

"……엥?"

매서운 질책을 각오했던 마일은 맥이 풀리는 기분이었다.

"…………에엥?"

그런데 왠지, 하나도 기쁘지 않았다.

"………………에에에에에에엥?"

제59장 리트리아 2

"날 속였죠!"

'붉은 맹세'가 의뢰를 물색하려고 길드를 찾았을 때, 한 소녀가 얼굴이 새빨갛게 붉히며 달려와 소리쳤다.

"아, 리트리아 씨……."

그렇다, 오라 남작가의 딸 리트리아였다.

"친구가 되자고 말해놓고서, 왜 한 번도 놀러 오지 않는 건가요! 그리고 다 들었어요! 저 정도면 처음부터 D등급으로 등록할 수 있다면서요!"

""""켁, 들켰다아아앗!!""""

"그래서 헌터 등록을 하러 왔어요. D등급 마법 금쇄봉(金碎棒)잡이『분쇄의 리트리아』입니다, 앞으로 잘 부탁드려요!"

""""그게 뭐야아아아아앗!""""

금쇄봉. 그것은 주목(朱木) 등 단단한 나무를 육각형 혹은 팔각형 모양으로 깎은 두꺼운 봉인데, 나중에는 철판을 붙이거나 아예 전부 금속으로 된 것도 만들어지게 되었다.

완전 금속제는 무척 무거워서 웬만큼 힘센 사람이라도 자유자재로 움직이기가 무척 힘들어 길이와 두께에 큰 제한이 있었다. 하지만 리트리아가 든 것은 소녀가 들기에 어울리지 않는 길이와

두께의 완전 금속제로, 오돌토돌한 돌기가 흉악스럽게 무수히 달려 있었다.

마일은 자기도 모르게 중얼거렸다.

"피피루 피루피루……."(『박살천사 도쿠로』에 나오는 의성어)

리트리아의 등 뒤에는 잔뜩 굳은 얼굴의 집사 반다인과 전혀 어울리지 않는 가죽 방어구를 찬, 이리 보고 저리 봐도 생초보로 보이는 메이드 차림의 소녀가 울 것 같은 표정으로 서 있었다.

아니, 정정하겠다. '울 것 같은'이 아니라, 이미 울고 있었다.

오라 가의 메이드복 차림에 머리에는 화이트 브림도 그대로 쓰고, 몹시 부자연스러운 가죽 방어구에 손에 든 스태프(지팡이). 아마 불행하게도 마법에 재능이 있었기 때문에 남작이 동행시켰으리라. 리트리아의 수발 그리고 여차할 때는 방패막이로 삼기 위하여.

""""너무해애애애애!""""

마일 일행의 목소리가 겹쳤다.

만약 남작의 명령이 있었다면 명백한 위법행위이다. 하지만 그 남작님이 그렇게 하리라는 생각이 들지 않으니 아마도 지원했겠지. 정말 자기 의지로 지원했는지, 아니면 '지원할 수밖에 없는 상황'이었는지는 잘 모르겠지만.

아무리 귀족으로서는 좋은 사람이라도 남작 역시 평민인 하인보다 자기 딸이 훨씬 소중할 것이다. 그건 어쩔 수 없다.

"그럼 처음부터 딸을 말리란 말이야아아아!"

레나가 소리치자 길드에 있던 모두가 고개를 끄덕였다. 집사 반다인도, 울고 있는 메이드 소녀까지 포함해서.

"리트리아, 한 가지 물어보고 싶은 게 있는데 괜찮아?"

메비스가 진지한 표정으로 리트리아에게 물었다.

"아, 네, 뭐죠?"

정적이 감도는 길드에, 메비스의 목소리가 유독 크게 울려 퍼졌다.

"헌터 등록을 하자마자 별명이 생기려면 어떻게 해야 하는지 가르쳐 주라!"

"""뭐야, 그게에에에에에!!"""

*　　*

몇 분 후.

길드의 음식 코너에 자리 잡은 리트리아, 반다인, 메이드 소녀, 그리고 '붉은 맹세'의 멤버들. 그 주변 자리가 부자연스럽게 채워지더니, 사람들 모두 조용히 그들의 대화에 귀를 쫑긋 세웠다.

"나중에 리트리아를 후회하게 만들고 싶지 않다면 일단 그 메이드는 돌려보내요."

레나의 말에 반다인이 고개를 끄덕이더니 메이드에게 턱으로 지시를 내렸다. 레나에게 최고의 예우를 갖추어 인사한 후, 달아나는 토끼처럼 재빨리 사라지는 메이드 소녀. 반다인 역시 좀 무리가 있다고 여긴 모양이었다.

"······이제 어떻게 해······."

레나가 생각한 건 거기까지였다.

"물론 여러분『붉은 맹세』의 일원이 되어 열심히 할 거예요!"

""""역시이이이······.""""

곤란해진 마일 사인방. 아니, 반다인까지 포함해서 다섯 명. 오라 남작가에 있는 자까지 포함하면 더 많이. 그리고 귀족 아가씨가 쉽게 죽으면 입장이 난처해지는 길드 마스터를 비롯한 길드 직원 일동.

일반 헌터야 별로 상관없었다. 마일 일행과 달리 귀족 아가씨에게 접근할 수는 없었기 때문이다. 그런 짓을 했다간 모가지가 날아가리라. 헌터 일을 할 수 없게 된다는 비유적 표현이 아니라 말 그대로, 물리적으로.

아니, 귀족 아가씨가 '붉은 맹세'에 들어가면 자신들이 '붉은 맹세'의 멤버들에게 작업을 걸기 힘들어지기 때문에 말하자면 피해를 입는 입장이었다.

"저기, 저희는 조국을 떠나 각 나라를 떠돌며 수행하는 중이에요. 이 도시, 아니, 이 나라도 조만간 떠날 예정이기 때문에 그건 좀······. 남작님도 허락해주지 않으실걸요?"

마일이 그렇게 말하자 리트리아가 생긋 웃었다.

"아버지는 제 뜻을 꺾으실 수 없어요. 저한테는 필살기가 있거든요!"

마일 일행이 반사적으로 반다인 쪽을 쳐다보자, 반다인이 이마에 주름을 드리우고 뚱한 표정으로 고개를 끄덕였다. 아마도 그것이리라. 메비스가 큰오빠와의 대결에서 써먹었던 최후의 필살기. 그런 종류인 게 틀림없었다.

하지만 '붉은 맹세'는 조금 특수한 파티이다. 다른 일반인은 절대 따라올 수 없다……고 생각하다가, 문득 리드리아는 일반직이지 않다는 사실을 기억해낸 마일 일행.

"아니, 하지만 우리는 티루스 왕국에 적을 둔 헌터여서, 조만간 조국으로 돌아가 정착할 건데? 집도 가족도 거기 있으니까……."

메비스가 그렇게 말했지만 리트리아는 눈 하나 깜빡하지 않았다.

"저에게는 오빠도 언니도 있으니까 제가 다른 나라로 시집간다 해도 아무 문제될 게 없어요. 메비스 씨랑 마일의 연줄로 귀족 가문에 시집갈 수 있으면 제일 좋겠지만, 가문을 이을 아들이 있는 남작가의 셋째 딸 따위는 평민이나 다름없죠. 귀족의 딸이라는 무기로, 행세깨나 하는 상인 혹은 관료, 고위급 군인 등과 결혼할 수 있으면 더 바랄 게 없어요."

아무래도 공격마법을 쓸 수 있는 귀족 미소녀라는 자신의 가치를 아직 잘 이해하지 못한 모양이었다. 지금의 리트리아라면 백작가, 아니 후작가로부터도 혼담이 들어올 것이다.

"""""………….""""

만만치 않았다.

그리고 상당히 각오한 것 같았다. 왜 그렇게까지 해서 '붉은 맹세'와 같이 가려는 것일까…….

보통 소녀 같으면 논할 필요가 없다. 어차피 '붉은 맹세'의 행군

123

속도에 절대 맞추지 못할 테고 전투 능력, 비밀 유지, 기타 여러 가지 조건에서도 풀어야 할 문제들로 가득하니까.

하지만 리트리아는 마법 실력이 상당해서 복수 속성의 공격마법도 구사할 수 있는 모양이었다. 그리고 병을 회복하자 무슨 영문인지 근력과 체력이 대폭으로 상승해서 기술이 별로 필요 없는 무기, 즉 타격 무기 쪽으로 무척 강력한 근접 전투원이 될 수 있었다.

또 아직 어리고 순진한 리트리아는 귀족의 긍지 때문에라도, 자신의 목숨을 구해준 '붉은 맹세'를 절대 배신하지 않으리라.

……그렇다고 해서 쉽사리 '붉은 맹세'의 멤버로 맞이할 수는 없었다.

'붉은 맹세'는 영혼과 우정으로 이어진 마일, 레나, 메비스, 폴린이라는 4인 파티인 것이다. 지금은 어떻게든 해서 빠져나가야…….

필사적으로 아이디어를 짜내는 '붉은 맹세'의 네 사람.

딸랑

그때 도어벨 소리가 울리더니 한 파티가 길드 안으로 들어왔다.

"어머, 『붉은 맹세』 애들이잖아? 요즘 어때, 먹고살 만해?"

"""입에 풀칠은 하고 있어예~…….""""

마일의 '일본 허풍동화' 때문에 '상투적인 멘트'라는 것을 세뇌당한 레나 일행이었다.

"뭐, 뭐야, 그 이상한 대답은……."

당황해서 살짝 멈칫하는 '여신의 종' 멤버들.

((((이거다아아아아앗~!))))

순간, 네 사람의 마음이 하나가 되었다.

……나쁜 음모 쪽으로.

"여러분, 잠시 할 말이……."

'여신의 종'에게 달려가 그들을 음식 코너에서 멀리 떨어진 장소로 끌고 가는 마일.

"아, 야, 그렇게 잡아끌지 마! 알았다고! 내 발로 잘 따라간다고!"

"……잠깐 이리로."

그렇게 말하며 반다인을 잡아끄는 메비스.

"엥? 어라? 뭘…….”

상황 파악이 안 된 리트리아는 레나와 폴린이 말 상대를 맡아 시간을 벌었다.

신입 헌터로서의 마음가짐 같은 이야기를 꺼내자 리트리아는 눈을 반짝이며 레나와 폴린의 말을 경청했다. 참 쉽다.

"……무슨 이야긴데?"

수상하다는 듯 마일에게 묻는 테류시아.

"실은 귀가 솔깃해질 제안이……. 저기, 『여신의 종』은 라세리나 씨만 마술사니까, 후위라고 할까 마술사 쪽으로는 좀 약하죠?"

"……뭐, 그, 그렇긴 하지…….”

마일의 말에 라세리나 쪽을 힐끔 쳐다보더니 머뭇거리면서 대답하는 테류시아.

5인 파티인데 마술사는 한 명.

아니, 물론 마술사가 아예 없는 파티도 많으니까 고작 한 명 있다며 투덜댄다면 천벌을 받으리라. 네 명 중 세 명이 마술사인 '붉은 맹세'가 특이한 경우였는데, 이쪽은 전위가 부족해서 균형이 너무 맞지 않았다. ……일반적으로는 말이다.

하지만 라세리나는 그리 강력한 마술사가 아니고 등급도 아직 D였다. 공격과 지원에 그때그때 투입되기 때문에 무척 도움이 되긴 하지만 솔직히 말해서 '어느 것 하나 특출 난 부분이 없는' 라세리나는 강력한 타격력이 없었다. 또 너무 잘 지원해주는 만큼 나서야 할 상황이 많아 마력이 전부 소진될 위험이 늘 따라다녔다.

라세리나의 편리한 지원이 끊기면, 개개인의 무술 실력은 별 볼 일 없는 '여신의 종'의 종합 능력이 뚝 떨어지게 된다. 그 약점을 모르는 사람은 없었다.

하지만 그걸 너무 시원시원하게 인정해버리면 라세리나의 능력이 부족하다고 비난하는 것처럼 들리지 않을까 싶은 걱정에, 테류시아가 말을 머뭇거렸는데…….

"열네 살짜리 미소녀 마술사가 하나 있는데, 이제 막 헌터가 되어서 스킵 신청으로 D등급이 되긴 했지만 복수 속성의 공격 마법을 쓸 수 있고 실력적으로는 충분히 C등급 헌터에 해당해요. 마술사 치고 체력도 있고 짐꾼 역할도, 근접 전투도 어느 정도 해낼 수 있을 거예요. 이 도시에 친가가 있고 가족들도 그 애가 헌터가 되는 것을 허락했고요. ……어때요, 탐나지 않아요?"

""""""받을래애애애애!""""""

한편 반다인은 메비스로부터 '여신의 종'에 대한 설명을 들었다.

여성으로만 이루어진 파티로 E등급부터 차근차근 올라왔는데, 아직까지 단 한 명의 사망자도 중상자도 나오지 않았으며 이탈자제로. 리트리아의 또래로 보이는 D등급 미술사가 있고, 다른 사람들도 나이대가 다 비슷비슷해서 좋은 동료가 될 수 있으리라는 것. 자신들 '붉은 맹세'와 달리 정통파로 착실하고 견실한 파티이기 때문에 '붉은 맹세'를 따라가는 것보다 훨씬 안전해서 리트리아가 충분히 성장할 수 있다는 것. 그리고 무엇보다, 그녀들은 이 도시를 근거지로 삼아 정착했다는 사실 등……

반다인은 '붉은 맹세'의 능력을 높이 사긴 했어도, 마족과 유괴단의 일은 아직 길드 일대에밖에 알려지지 않았고 실제로 그들의 전투력을 눈으로 확인한 적도 없다. 그래서 그녀들의 지식과 기지, 정의감과 사고방식을 호감으로 여기고는 있었지만, 그 규격에서 벗어난 것이 사실은 지식이 아니라 전투력이라는 사실은 몰랐던 것이다.

또 설령 그걸 알았다고 해도 반다이에게 있어서 리트리아는 아무리 봐도 '병약하고 연약한 아가씨'라는 이미지가 강해서, 너무 강한 자들과 함께 있으면 리트리아가 무력감을 느끼고 좌절하지 않을까 걱정했으리라.

반면 비슷한 수준의 마술사가 포함되어 있고 경험이 풍부하며 동료를 확실하게 지켜줄 수 있는, 여성으로만 이루어진 파티. 게다가 이 도시에 정착했다는 점은 반다인에게 있어서 아니, 오라남작가 사람들 모두에게 있어서 무척 매력적인 조건이었다.

리트리아가 남녀 혼합 파티에 들어가 야외에서 남자들과 뒤섞여 잠자는 것을 오라 남작이 용납할 리가 없다. 그래서 남작과 반다인은 여성으로만 구성되어 믿음이 가는 '붉은 맹세'라면, 하고 생각했던 것인데 여기저기 이동한다는 점을 생각하면 아무래도 '여신의 종' 쪽이 훨씬 낫겠다 싶었던 것이다. '붉은 맹세' 멤버들 모두가 추천한다면 믿을 수 있는 파티이기도 할 테니.

"착한 사람들이에요. 어린아이를 구하기 위해 고작 은화 1닢에 일을 받기도 했고, 리더는 적의 마법공격을 자기 몸으로 막아 레나를 구한 적도 있어요."

메비스의 설명에 깜짝 놀라는 반다인.

그건 착한 게 아니라 '바보'였다.

그래도 죽거나 다친 사람은 없다.

'붉은 맹세'가 이 도시에 온 게 얼마 전이니 그 사건도 불과 며칠 전에 일어났겠지. 그런데 다들 다친 곳 하나 없이 멀쩡하다. 그렇다는 건 마법 공격에도 끄떡없는 실력이 있다는 이야기였다.

'붉은 맹세'를 위기에서 여유롭게 구해준 실력파 파티.

"부탁해도 된다면, 꼭 좀!"

"……그렇게 내 목숨을 구해줬어. 어른스럽고, 정말 멋진 사람이야, 리더 테류시아 씨는. 마술사 라세리나는 리트리아랑 동갑일 것 같은데. D등급이라고 하니까 그것도 리트리아랑 똑같네. 그리고 무엇보다도 제일 중요한 건, 저 파티는 밑에서부터 차근차근 올라왔대. 아, 마술사는 스킵 신청을 해서, D등급은 아니었지만 E등급부터 시작했다고 했나?"

'여신의 종'을 띄워주며, 거짓말이 아닌 범위에서 지난번 사건을 리트리아에게 들려주는 레나. 물론 폴린도 가세해서 내용을 보충했다.

"우와, 정말 멋진 파티네요오!"

감탄사를 터트리는 리트리아를 보며 미소 짓는 레나와 폴린.

……씨익

그런 후 마일과 메비스가 저마다 '여신의 종'과 반다인을 데리고 돌아왔고, 옆 테이블과 의자를 딱 붙인 다음 모두에게 이야기를 시작했다.

원래 앉아 있던 옆 테이블 사람들이 분위기를 읽고 재빨리 자리를 비워 주었던 것이다.

"네가 리트리아구나. 난 C등급 파티 『여신의 종』의 리더 테류시아야. 반가워."

"아, 네! 잘 부탁드립니다!"

레나와 폴린이 치켜세운 대선배 헌터, 그것도 파티의 리더가 웃어주자 잔뜩 긴장해서 목소리 톤이 높아진 리트리아.

테류시아 일행에게는 마일이 여러 가지로 리트리아 공략법을 알려준 상태였다.

아직 리트리아한테 '여신의 종'의 가입을 추천하지 않았다는 것, 그래서 제안은 자연스러운 형태로 직접 했으면 좋겠다는 것, 리트리아를 꼬드기는 방법까지 자세히 강의했던 것이다.

물론 리트리아가 '붉은 맹세'에 들어가고 싶어 한다는 것도 **빼**놓지 않고 설명했다.

"하지만 우리는 전위가 메비스 씨 혼자고 마술사가 세 명이어서요……."

""""""아～……."""""""

과연, 전위 하나에 후위 마술사가 네 명인 파티는 지금껏 들어보지 못했다.

물론 전위 하나에 마술사가 셋인 것도 전대미문이지만.

어쨌든 유망한 신인인데도 '붉은 맹세'가 받지 못하는 이유로는 의문의 여지가 없어서 바로 이해했던 것이다.

이렇게 해서 '붉은 맹세'와 '여신의 종'의 미래, 오라 남작가의 안녕을 건 싸움이 시작되었다.

"리트리아, 이제 막 헌터 등록을 했다며?"

"아, 네! 스킵 해서 D등급이 되었어요! 검정관 분 말씀으로는 마술사로서의 실력이 C등급 못지않고 금쇄봉을 쓰는 근접 전투도 C등급 수준이지만, 아직 헌터로서의 지식과 상식이 전혀 없고 마물과의 실전과 진짜 대인 전투도 경험해보지 않았기 때문에 처음에는 D등급부터 시작하라고……."

'여신의 종' 네 멤버의 눈이 번뜩 빛났다. 마일에게 들은 내용 그대로였다.

구미가 당긴다. 너무나 구미가 당기는 사냥감……, 아니, 파티 멤버 후보였다.

"그립네. 우리가, 이『여신의 종』을 결성해서 헌터 등록을 했던 때가 생각나……."

테류시아가 자기 파티를 소개하는 방향으로 화제를 훌륭하게 이어나갔다. 그리고 그대로, 이런저런 에피소드를 들려주며 자신들의 특징과 파티의 매력을 자연스레 어필했다.

"'역시 연륜!'"

마일, 메비스, 폴린이 감탄했다.

그리고 레나는 작은 목소리로 불쑥 중얼거렸다.

"역시 언니네요!"

"'당신, 누구야아앗!!'"

그리고 적당한 때를 봐서 마침내 내뱉은 결정적인 말.

"리트리아, 너, 우리『여신의 종』에 들어오지 않을래?"

"'드, 드디어~~!'"

잔뜩 긴장해서 손에 땀을 쥐는 '붉은 맹세'의 네 사람.

그리고 상상하지도 못한 갑작스러운 권유에 멍한 표정을 짓는 리트리아.

"네? 아, 그렇게 권해주시니 정말 기쁘지만, 저는 친구인『붉은 맹세』분들과……."

정신을 차린 리트리아가 허둥지둥 그렇게 말했지만, 물론 테류시아는 그 대답을 예상하고 있었다. 그래서 마일 일행 쪽을 보며 상냥하게 물었다.

"리트리아, 우리가 데려가도 될까?"

""""얼마든지요!""""

"엥……."

마일 일행의 대답에 충격을 받은 듯한 리트리아.

그 모습을 본 메비스가 당황하며 변명에 나섰다.

"아, 그게, 생각해 봐. 우리는 안 그래도 네 명 중에 세 명이 마술사잖아? 하물며 마술사가 네 명이 되고 나 혼자 전위 검사인 건, 좀……."

"흑……."

마일이 전위도 해낸다는 사실을 모르고 또 자신도 타격 무기를 써서 충분히 전위를 맡을 수 있다는 사실을 별로 의식하지 못한 채, 어디까지나 자신은 '타격 무기를 약간 쓸 수 있지만 본직은 마술사'라고 생각하고 있던 리트리아는 그 말에 반론할 수 없었다.

리트리아의 금쇄봉 실력은 파괴력만으로 평가되었지 기술 따위는 하나도 없었기 때문이다.

상대방의 모의검을 부수고 그대로 때린다.

상대는 방패를 쥔 채 날아가 벽에 부딪친다.

이런 식으로 이기려면 얼마든지 이길 수 있지만 도저히 자신을 '실력자'라고 생각할 수 없었다. 그래서 리트리아는 금쇄봉을 어디까지나 자신을 지키는 수단으로만 인식했다.

또 레나와 폴린이, 자신들은 앞으로 각지를 떠돌 예정이지만 '여신의 종'은 이 도시를 본거지로 삼고 있다는 것과 가족과 되도록 떨어지지 않는 편이 좋다는 이야기 등을 했고 마지막으로 테류시아가 결정적 쐐기를 박았다.

"리트리아는 친구가 필요해서 『붉은 맹세』에 들어가고 싶은 거야?"

"마, 맞아요, 제, 첫 친구여서……."

리트리아의 말에 테류시아기 생긋 웃었다.

"하긴 『붉은 맹세』에 들어가면 네 명의 친구랑 같이 지낼 수 있 겠지. 하지만 우리 『여신의 종』에 들어오면 새로 사귄 다섯 명의 친구랑 쭉 함께 지낼 수 있는데? 그 전에 사귄 네 명과는 친구 사 이 그대로고 말이야. 또, 언제든지 집에 놀러 갈 수도 있고?"

"아……."

멍하니 입을 쩍 벌린 채 그대로 굳은 리트리아.

"""잘한다아아아아!"""

테류시아의 솜씨에 혀를 내두르는 '붉은 맹세'와 집사 반다인.

리트리아에게 '붉은 맹세'는 병을 낫게 해준 은인이지만, 아직 만난 지 며칠 되지 않아 대화를 나눈 건 통틀어서 몇 시간에 지나 지 않는다. 그것도 함께 뭔가를 한 게 아니라 단지 침대나 의자에 앉아서 나눈 대화일 뿐이었다.

그렇다, '처음으로 대등하게 이야기를 나눈 또래 여자아이'에 지나지 않고, '처음 생긴 친구'라는 것에 집착했을 뿐이지 절대 '붉은 맹세'의 네 사람이 아니면 안 되는 건 아니었다.

그때 슬쩍 손을 뻗어 리트리아의 손을 잡는 라세리나.

미소 짓는 타시아.

"우리는 네가 필요해, 리트리아……."

달콤한 작업 멘트를 날리는 위리누.

"이곳 우리의 고향인 오라 남작령을, 그리고 가족을, 동료를, 영민들을 우리와 함께 지키자고요!"

그렇게 말하며 엄지를 세우는 필리.

"저, 저, 저는……."

((((알았다고 해! 알았다고 하라고오오오옷!))))

그녀들의 의도를 눈치챈 주변 사람들은 '붉은 맹세'와 '여신의 종' 모두의 마음속 목소리가 들려오는 듯했다.

"드, 들어갈게요!『여신의 종』에, 들어가겠어요!"

""""""어서 와, 우리『여신의 종』에! 환영한다!!"""""

""""""됐다아아아아아!"""""

""""""오오오오오!"""""

'여신의 종', '붉은 맹세', 그리고 주변에서 귀를 쫑긋 세우고 있던 헌터들과 길드 직원들 모두 환호성을 질렀다. 길드 직원들은 귀족 아가씨가, 신인이 죽을 확률이 가장 낮고 남녀관계 문제도 없는 '여신의 종'에 들어가게 되어 몹시 기뻐했다. 거의 자신들의 안녕을 위해. 반다인도 뒤에서 고개를 마구 끄덕였다.

'오예, 넘어갔다아!'

좀 다른 의미로 생각해버리고 있는 마일.

'좋았어, 빠져나왔다아!'

너무 심한 생각을 하고 있는 메비스.

'돈줄을 놓친 것 같은데. 좀 아깝네요…….'

여전한 폴린.

'리트리아를 위해서는 우리보다 『여신의 종』이 나아. 테류시아 씨가 있으면 틀림없을 거니까…….'

그리고 무슨 영문인지, 정상적인 생각을 하고 있는 레나.

잘 수습되었다.

모두에게 가장 좋은 결과였고 불이익을 얻은 자는 아무도 없었다. 만사가 이렇게 잘 풀리면 얼마나 좋을까, 하고 마일이 생각하고 있는데.

"아, 그렇지, 알려드리는 걸 깜박했습니다! 리트리아 님의 쾌유 기념 축하 파티가 있을 예정이니 『붉은 맹세』 여러분, 그리고 리트리아 님의 동료가 되신 『여신의 종』 여러분도 꼭 와주십사……."

갑자기 반다인이 그런 말을 꺼냈다.

아니, 물론 금화를 빌려준 사람들과의 약속도 있고 앞으로 거리에서 리트리아의 건강한 모습을 볼 수 있게 되었다. 게다가 헌터 활동을 시작하면 귀족 영애로서의 역할과 병행하게 될 리트리아는 지금보다 바빠질 것이다. 할 거면 지금밖에 없으리라.

귀족가 영애도 병약하고 늘 누워있는 게 아니라면 나름대로 꽤 공사다망해서, 하나의 어엿한 직업이라고 말해도 좋았다. 배울 것도 많고 그 나라 귀족가의 역사와 문양 등의 암기, 모든 귀족과 왕족의 이름과 계보와 상하관계 암기, 일반적인 공부, 예술에 관한 조예, 기타 등등을 모두 완벽하게 마스터해야 하니까…….

다행히도, 라고 말해도 될지 어떨지는 모르겠지만 몸이 약해 방에서 좀처럼 나오지 못했던 리트리아에게는 공부할 시간이 충분히 있었다. 그래서 다른 또래에 비해 공부를 많이 했지만, 귀족이 해야 할 공부는 원래 끝이 없는 법이다.

"엥? 리트리아, 아팠었어?"

걱정스러운 얼굴로 묻는 테류시아에게 리트리아가 당황하며 손사래를 쳤다.

"아니에요, 아니에요. 이제 다 나았어요! 원인을 알았으니 더는 재발할 염려도 없고요. 완전 건강한 몸이랍니다! 이것도 다『붉은 맹세』여러분 덕분이에요!"

"아, 그래? 그거 다행……이…….."

말끝을 점점 흐리며 안색이 나빠진 테류시아.

"『붉은 맹세』덕분에, 병이, 나았……, 다고…….."

그렇다, 그 이야기를 들어본 기억이 있었다. 그것도 아주 최근에.

"서, 서서서, 설마…….."

들켰다. 그렇게 생각한 마일은 이제 끝이라며 모든 것을 털어놓았다.

"네, 이 아이는 리트리아 폰 오라 남작의 영애입니다."

"""""뭐어어어어어어어어어~~엇?!"""""

그렇다, '여신의 종' 멤버들은 리트리아가 귀족가 영애라는 사실을 꿈에도 생각하지 못했던 것이다.

메이드와 스친 적도 있고 리트리아는 누가 봐도 귀한 집 아가씨 같아서, 아마 중견 상가의 딸쯤 되겠지 하고 여겼었다. 그것도, 우선도가 낮은 셋째 딸 이하 아니면 첩의 자식 정도로. 그렇지 않다면 헌터가 되겠다고 말했을 때 부모가 말리지 않았을 리 없다. 그러니까 '별로 아깝지 않은 아이'겠지, 하고.

또 리트리아가 미소녀이긴 했지만 그것을 메우고도 남는다고 할까, 상쇄시키고 더 마이너스가 되는 요소가 있는 걸까, 하는 생각도 했었다. 이를테면 머리가 좀 모자란다거나…….

그래도 그런 부분은 다른 동료가 충분히 보완해줄 수 있기 때문에, 뛰어난 전투 능력이 있다면 헌터로서 별로 문제되지 않는다. 한계를 넘지만 않는다면 말이다. 반면 상가 집안으로 시집가야 한다면 좀 문제가 있다. 아니, 조금이 아니라 치명적이겠지.

게다가 애초에 전금속제 금쇄봉을 휘두를 수 있는 귀족가 영애는 존재할 리가 없었다. 또 반다인에 대해서는, 몸종 아니면 상가의 지배인이 따라온 것 정도로 여기고 있었다.

그런데 설마 했던 귀족가 영애, 즉 정실의 딸이라니.

"짜, 짠 거네……."

당연히 알고 있던 정보를 일부러 제공하지 않은 마일을 노려보는 테류시아.

하지만 거짓말은 하나도 하지 않았고, '여신의 종'이 기대한 메리트가 사라지는 것도 아니다. 그래서 마일 일행은 당당했다.

또 마일은 처음부터 리트리아가 귀족의 딸이라는 사실을 알려주었다고 해도 '여신의 종'이 리트리아를 받아들였을 것이라고 생각했다. '여신의 종'은 그런 파티이니까.

노려보는 테류시아에게서 고개를 돌리며 휘파람을 부는 마일이었다…….

*　　*

　며칠 후.

　오라 남작가 왕도 저택에서 셋째 딸 리트리아의 쾌유 기념 축하 파티가 열렸다.

　초대 손님은 두 헌터 파티 '붉은 맹세', '여신의 종' 이외에는 지극히 평범한 평민이랄까, 예전에 집사 반다인에게 돈을 빌려준 사람들이었다. 약속을 지킨 것이다.

　원래는 친분 있는 귀족들을 초대해서 리트리아가 건강하다는 사실을 어필하고 1년 후로 다가온 리트리아의 데뷔탕트 볼(사교계 데뷔식)에 대비한 물밑작업을 해야 했지만, 지금 리트리아의 상황, 즉 공격마법을 쓸 수 있고 건강하고 힘과 체력이 좋고 여신 같은 미모에 가련한 소녀(아버지 보정 50퍼센트 추가)라는 것이 알려지면 유력 귀족이 억지로 밀어붙여 약혼, 15세가 됨과 동시에 시집가야 할 게 틀림없다. 그래서 위기를 느낀 오라 남작이 귀족들에게 알리는 것을 결사반대했던 것이다.

　……어차피 그의 말에 반대하는 사람 따위, 오라 가에는 아무도 없었지만.

　한편 귀족 파티에 대해 아무것도 모르는 평민들이 당황하지 않도록 평민 수준에 맞는 잔치를 열자는 남작의 제안은 집사 반다인이 반대했다. 한 번도 경험해본 적 없는 귀족 파티를 기대하고 왔을 테니, 귀족의 파티가 뭔지 보여줘야 하지 않겠느냐며.

　과연 그 말은 일리 있었다. 반다인의 제안을 받아들인 남작은 일반적인 귀족식 파티를 열었다.

"""""""오오오오오!"""""""

초대받은 중소상점의 점주들은 처음 경험하는 귀족 저택의 파티회상과 호화로운 요리에 감탄사를 연발했다.

남작은 귀족 중에 가장 낮은 신분(일대 귀족 등은 제외하고)이었고 실은 일반 파티보다 조금 더 값싼 요리를 올렸는데도, '평민들의 잔치'와는 차원이 다른 호화로움은 모두를 놀라게 하기에 충분했다.

하지만 원래는 '화려하게 치장한 많은 귀족이 담소를 나누고 춤을 추는 것'이 귀족의 파티이며, 귀족이 없는 파티회장은 단순히 '호화로운 요리가 늘어서 있고 화려하게 장식된 넓은 방'에 지나지 않았다.

그렇다고 해서 다른 귀족들을 초대한 파티에 평민을 부를 수도 없는 노릇이다. 그런 짓을 했다간 다른 귀족들에게 무슨 소리를 들을지 모른다. 그래서……

"여러분, 저희 딸 리트리아를 위해 도움을 주신 점, 정말 감사하게 생각합니다……."

그렇게 말하며 드레스 자락을 살짝 잡고 한쪽 무릎을 굽혀 인사하는 남작 부인과 그녀를 뒤따르는 장녀, 차녀, 그리고 셋째 딸 리트리아. 장남도 귀족의 예를 갖추었다. 과연 남작 본인은 조금 떨어진 곳에서 그저 미소만 짓고 있을 뿐이었지만……

평민이 귀족에게 이런 인사를 받는 것은 있을 수 없는 일이었다. 말 그대로 일생에 딱 한 번, 처음이자 마지막이겠지. 이 말도 안 되는 상황에 감격해서 몸을 떠는 손님들.

"……잘 되어가고 있는 것 같네요."
"응, 부인께서도 그렇고, 모두 열심히 해주고 계신 것 같네."
"이제 점주들은 오라 남작가를 『평민과 한 약속을 반드시 지키고, 평민에게도 성의를 표시할 줄 아는 좋은 귀족』으로 인식할 거예요. 그리고 오늘 이야기를 여기저기에 수도 없이 말하겠죠. 이런 건 어쨌든 전례가 없으니까, 소문이 점점 더 퍼져나갈 거예요. 즉, 오라 가가 평민과 같은 편이라는 소문이 순식간에 왕도 전체로……."
그렇다, 마일의 말대로 오라 남작가가 서민을 소중히 여기는 귀족가라는 평판이 퍼져나가면 언젠가 남작가에 도움이 되리라. 그렇게 생각한 마일이 메비스와 폴린과도 상의한 후 남작 부부와 리트리아의 언니 오빠들에게 설명했던 것이다.
원래도 오라 가는 평민을 소중히 여기긴 했다. 그리고 정말로 이번 일에 도움을 준 사람들에게 고마워하고 있었다. 거기에 이해타산까지 더해져서, 평민들을 위한 특별 서비스를 해주려 애썼던 것이다.
"여러분, 감사합니다. 덕분에 몸이 건강해졌답니다!"
밝게 미소 지으며 손님 한 사람 한 사람의 손을 잡는 리트리아.
속으로는 무척 탐탁지 않게 여기면서도 겉으로는 억지 미소를 만들어 가식적으로 웃는 남작. 하긴, 사랑하는 딸이 다른 남자들의 손을 잡는 걸 보고 기뻐할 아버지는 이 세상에 없을 테니, 어쩔 수 없었다.

"……그나저나 잘도 속였겠다, 너희……."

"엥? 저희, 거짓말은 하지 않았는데요? 『여신의 종』 여러분께 좋은 제안이었잖아요? 리트리아 씨는."

"으으윽……."

그 후 접시에 요리를 잔뜩 쌓아 와구와구 먹으면서 그런 대화를 나누는 '붉은 맹세'와 '여신의 종' 멤버들.

'여신의 종'은 사전에 남작 일가와 인사를 끝마친 상태였다. 남작 가족이 딸을 맡아줄 상대에 대해 꼼꼼히 확인하지 않을 리 없었으니까. 그리고 아무래도 그녀들은 무사히 남작가 일동의 눈에 든 모양이었다.

물론 그녀들의 상세한 정보는 반다인이 이미 보고했고 길드를 통해 신변조사도 끝난 모양이었다. 마치 심부름센터에 의뢰해서 딸의 남자친구를 뒷조사하는 부모 같았다.

헌터들은 리트리아와 언제든 실컷 대화할 수 있다. 그래서 오늘은 다른 초대 손님에게 리트리아를 양보하고, 자신들은 동료들끼리 담소를 나누며 음식을 먹었다. 리트리아에게도 오늘은 다른 손님들을 열심히 챙기라고 미리 알아듣게 말해두었다. 그렇게 하지 않았다면 분명 헌터들에게 찰싹 붙어 떨어지지 않으려고 했을 테니까.

리트리아도 바보가 아니고 앞으로 쭉 함께 있을 수 있다는 걸 알기 때문에, 마일 일행의 충고에 순순히 따랐다.

그리하여 '여신의 종'이 자기들끼리 담소를 나누고 있을 때 '붉은 맹세' 역시 머리를 맞대고 소곤소곤 상의에 들어갔다.

"……이제 이 도시에서의 플래그는 거의 다 회수했네요……."

물론 레나 일행은 마일이 말하는 '플래그'라는 말의 의미를 이해하고 있었다. 허풍동화에 종종 등장하는 개념이니까.

"아아, 그러네. 슬슬 때가 되었나."

마일의 말에 그렇게 대답하는 메비스.

그렇다, '붉은 맹세'는 어디까지나 수행 여행 중이었던 것이다.

수행 여행은 일정을 서두를 필요는 없는데, 그건 계속 이동만 하게 되면 각지에 관한 정보를 얻을 수 없고 단순히 전 세계 유람 관광여행이 되어버리고 말기 때문이다. 어느 정도는 여행지에 머무르면서 그 나라에 대해 이해하고 그 지역의 일을 받고, 또 자신들의 이름을 알리는 것이다. 일반인이 아니라 길드 직원과 그 지역 헌터들에게.

하지만 한곳에 영영 머무를 수는 없기에, 어느 정도 그 지역에 익숙해지면 다음 나라로 출발하는 것이 '젊은 헌터의 수행 여행'이었다.

그리고 마일과 메비스는 슬슬 그 시기가 되지 않았나, 하는 말을 하고 있었다.

"어라, 의외네. 마일은 『고양이 귀가! 좀 더 여기 있자고요, 아니, 아예 눌러앉아요!』하고 나올 줄 알았는데."

"저도, 그렇게 생각했어요……."

씨익 웃으며 그렇게 말하는 레나와 거기에 동조하는 폴린.

"으……. 그러는 레나 씨야말로 『언니랑 헤어지고 싶지 않아』하고 나올 줄 알았거든요?!"

"으, 으으윽……."

생각지도 못한 마일의 반격에 얼굴이 붉어지며 말문이 막힌 레나.

"……뭐예요!"

"뭐!"

""그르르릉…….""

"자자자자~ 그러지들 말고!"

당황하며 중재에 나서는 메비스.

역시, 귀족가 파티 중에 언쟁을 벌이는 건 가만히 내버려둘 수 없는 일이었다. 특히 귀족가 영애로 그런 부분의 상식을 갖춘 메비스로서는.

메비스는 서민의 상식을 모르고 기사와 마술사의 능력에 대한 과장된 인식(이야기 그리고 오빠들이 부풀려 들려준 무용담 등의 영향을 받아)이 있을 뿐이었지, 일반적인 귀족가 영애의 범위에서는 어엿한 상식인이라 할 수 있었다.

어쨌든 일반 초대 손님과 오라 가 사람들, '붉은 맹세', '여신의 종'까지 세 그룹이 형성되어 모두가 만족하는 형태로 쾌유 기념 축하 파티가 무사히 진행되었다.

그렇다, 초대 손님들은 귀족 영애와 대화를 나눌 수 있으면 그것으로 충분했다. 그리고 나머지 두 그룹은 호사스러운 요리를 배불리 먹을 수 있으면 되었던 것이다.

                              *   *

 '……좀, 아쉬운 생각도 드네요…….'
 초대한 상인들과 생글생글 웃으며 환담하면서 리트리아는 아
주 살짝 쓸쓸한 느낌을 받았다.
 사실은 '붉은 맹세' 멤버들과 같이 가고 싶었다.
 몸이 아파 짧은 일생을 새장 속의 새처럼 살아갈 것이라고만 생
각했던 자신을, 새장에서 꺼내 넓은 하늘로 날려 보내준 은인들.
 아마도 다른 헌터 파티는 맛보지 못할 기묘하고 즐거운 모험들.
 다른 보통 헌터들과는 다른, 수수께끼와 신비함으로 가득한
파티.
 자신도 거기에 들어가고 싶었다. 같은 일원이 되어 함께 모험
을 떠나고 싶었다.
 ……하지만, 그건 불가능하다.
 저 네 사람 사이에는 자신이 끼어들어갈 틈이 없다.
 그리고 가족을 절대 버릴 수 없는 자신은 그녀들과 함께 떠날
자격이 없다. 머지않아 어느 귀족 집안에 시집갈 운명을 거스를
생각도, 그렇다고 모든 것을 버리고 도망칠 생각도 없는 자신은
시집가기 전까지 몇 년 동안 집에서 다니는 '출퇴근 헌터'로 지내
는 것이 최대한 누릴 수 있는 자유이자 사치였다.
 그래서 뻔히 다 알면서도 '여신의 종'에 들어가라는 제안을 받
아들였다. 그게 모두의 소망이었고, 자신이 할 수 있는 유일한 선
택이자 사치였으니까.

특별한 능력이 있는 것도 아닌 자신은 그 정도밖에 길이 없었다.

그렇다고 '여신의 종'에 들어가는 게 싫은 건 아니다. '붉은 맹세'와 달리 자신과 같은 평범한 여자아이들이 열심히 해나가고 있는 멋진 파티였으니까.

자신에게 주어진 몇 년간의 사치. 열심히 즐겨야 하지 않겠는가. 그러다 어느 날인가 '붉은 맹세'와 다시 만나면 자신의, '평범한 여자아이'의 모험담을 들려주는 거다…….

리트리아 폰 오라 남작 영애.

자신을 '평범한 여자아이'라고 여기는, 또 다른 소녀의 이야기가 지금 시작된다…….

제60장   일곱 얼굴의 여자라고!

"특수 의뢰를 받아줬으면 해."

길드에 얼굴을 내밀었을 때 접수원 페리시아가 손가락을 까딱거리며 불러서, 곧장 2층 길드 마스터의 방으로 따라간 '붉은 맹세' 일행.

방에 들어가기가 무섭게 길드 마스터가 건넨 말이 바로 이것이었다.

"네엣? 아니, 일단 내용을 말씀해주셔야……."

리더 메비스가 설명을 요구했다.

아무리 상대가 길드 마스터라고 하나, 불합리한 의뢰는 절대 받을 수 없다. 상대가 귀족이나 왕족이라도 마찬가지다. 그것은 '붉은 맹세'가 결성될 때 다 함께 정한 룰(규칙)이었다.

여기서 '불합리한'이란 결코 '곤란한'이라든지 '위험한'을 가리키는 게 아니었다. 그런 건 '붉은 맹세'에게 아무런 장애도 되지 않았다.

그녀들에게 '불합리한'이란 자신들이 납득할 수 없는 일이나 권력에 의해 억지로 강요받는 일을 뜻했다.

"그것도 그런가……. 뭐, 길드 마스의 직접 의뢰라면 자세한 내용도 듣지 않고 무조건 받아들이는 자들도 많은데, 파티가 오래

가려면 역시 신중해야겠지…….”

그렇게 말하며 쓴웃음 지은 길드 마스터가 들려준 의뢰 내용
은…….

이곳 왕도로부터 4일 정도 실리는 거리에 있는 어느 마을 근처
에서 여행객이 습격당하는 사건이 빈번히 발생하고 있다는 것이
었다.

주머니가 꽤 두둑해 보이고 도보 혹은 마차로 이동하는 여행객
이 주요 타깃이었는데, 남자와 노인은 죽이고 돈이 되는 물건과
짐을 빼앗고 여자와 말은 끌고 간다고.

마차 본체는 꼬리가 잡히기 쉬워서인지 현장에 그대로 버린다
는 모양이었다. 마차를 가져가게 되면 도로에서 벗어날 수 없고
어디 내다 판다고 해도 조금만 조사하면 바로 소재지를 들키고
말 테니 그건 당연하리라.

이것이 상단이나 정기마차 같은 것이라면 영주도 그냥 내버려
두지 않는다. 영지 경제에 미치는 영향이 크니까. 하지만 영지를
통과하기만 할 뿐인 일개 여행객이라면 아무 상관없다. 충분한
호위를 고용하지 않은 자의 자업자득이다.

게다가 빼앗긴 금품이 영지에서 값싸게 거래된다면 영지 경제
에는 오히려 플러스가 된다. 굳이 예산을 할애해서 병사를 보내
거나, 도적들과 싸우다가 군에 피해가 생겨 쓸데없이 돈을 쓰는
그런 짓을 할 필요는 없다.

……훌륭한 영주는 그런 생각을 하지 않겠지만, 이 세상에 훌
륭한 영주만 있다면 영민들이 고생할 일도 없겠지.

어쨌든 아무리 마을 주민들은 피해가 없다고 해도 그냥 내버려 둘 수 없었기 때문에, 그냥 손 놓고 지켜보기만 하는 영주에 질린 마을 상공 길드 사람들이 십시일반 돈을 모아 헌터를 고용했지만 샅샅이 뒤져도 도적을 찾아낼 수 없었다.

여행자의 마차로 위장해서 안에 헌터가 숨어 있게도 해보았는데, 무슨 영문인지 전혀 걸려들 기색이 보이지 않았다. 그러나 피해는 전혀 줄어들지 않아 다들 꽤나 골머리를 썩었다.

그러다가 마을 사람들은 마침내 알아차렸다.

왜 도적이 마을 사람들이 아닌 여행자를 노린 것인지.

그건 당연히, 마을 사람을 공격하면 즉시 토벌대가 출동하기 때문이다. 세수 감소, 영민 보호의 의무를 불이행하여 왕궁의 처벌 대상이 되는 것을 겁낸 영주가 보낸 병력이라든지, 아니면 피해자의 친족이나 상회에서 고용한 헌터라든지…….

……그런데 마을 사람과 여행자를 어떻게 가려낼 수 있었을까?

어떻게 마을 주민이 아니라 여행자만, 그것도 금품을 가지고 있는 자만 정확하게 노리고 덮칠 수 있지?

……내통자가 있는 게 아닐까.

그것도, 위장에 걸리지 않는 것을 보아 헌터 길드를 드나드는 자들 중에.

그렇게 생각한 상공 길드 사람들은 이번에는 자기 마을이 아니라 왕도 길드 지부에 의뢰를 냈다. 그렇다, 도적 토벌 의뢰를 말이다.

"……그렇게 된 건가요?"

길드 마스터의 설명을 듣고 상황을 파악한 '붉은 맹세' 멤버들.

그리고 여기서는 아직 뉴 페이스(신인)인 자신들에게 이 의뢰가 온 이유도 제대로 이해했다.

첫 번째로, 복장만 바꾸면 헌터로 보이지 않는나는 깃. 두 번째로, 그 마을 사람들에게 얼굴이 알려지지 않았다는 것. 세 번째로, 도적들을 섬멸할 만한 실력이 있다는 것.

재빨리 서로의 얼굴을 마주본 후, 고개를 끄덕이는 네 사람. 그리고…….

"""""받겠습니다!"""""

그렇다, 그것 이외의 대답은 있을 리 없었다.

폴린이 계속해서 말을 이었다.

"저기~, 변장에 필요한 옷값 같은 건 실비로 나오나요?"

길드 마스터는 필요한 경비도 의뢰비에 다 포함되어 있다고 주장했지만, 여성 그것도 부자 여성의 복장을 갖추려면 돈이 많이 든다며 옷 청구서를 길드에 제출하는 것을 인정받은 폴린. 그리고 필사적으로 저항해서 겨우 구제만 인정한다는 조건을 사수한 길드 마스터. 손에 땀을 쥐는 명승부였다.

"내일 아침에 출발하니까 오늘은 준비하고 푹 쉬자!"

내일부터 나흘간 계속 걸어야 한다. 그러니 오늘은 발을 쉬게 해야 한다. 또 그전에.

"그럼, 헌옷가게로, 출바아알~!"

"""""하앗~!"""""

아무리 헌옷이라도 쇼핑은 즐겁다. 남의 돈으로 하면 더욱.

한편 훗날, 청구서를 보고 눈이 휘둥그레지는 길드 마스터.

"젠장, 운 나쁘면 길드원이 연루되었을지도 모르는 안건이라 길드의 체면상 어쩔 수 없이 경비로 인정해줬더니, 이것들이 정도를 모르고⋯⋯."

하지만 신음하는 길드 마스터가 움켜쥔 청구서를 들여다 본 여자 직원이 불쑥 끼어들었다.

"엥, 이 정도면 싼 편인데요? 길드 마스, 여성복 시세를 잘 모르시나요?"

"뭐? 그, 그런 거야? 윽, 여성복이 이렇게 비싸다고?!"

"뭐, 평상복이면 모를까, 이런 종류의 옷은 좋은 건 엄청 비싸요."

"⋯⋯⋯⋯."

아직 어린 세 딸의 아버지인 길드 마스터, 아연실색.

"⋯⋯앞으로 더 많이 벌어야겠군⋯⋯."

＊　　＊

"이제 얼마 안 남았네요⋯⋯."

"아아, 조금만 더 가면 보이겠지."

마일과 메비스가 말한 대로 목적지 자르바흐까지 얼마 남지 않았다.

일반 헌터라면 4일이 꼬박 걸리는 여정을, 마일을 비롯한 '붉은 맹세'는…… 꼬박 4일 걸려 이동했다.

아니, 평소대로 검도 스태프(지팡이)도 전부 마일의 아이템 박스에 넣는 '소닉 무브'라면 사흘 반 정도 걸려서 도착했으리라. 하지만 무슨 이유인지 레나 삼인방이 '스태프와 나머지 짐 모두 직접 들고 가겠다'라고 나와서, 평소의 가벼운 모형 짐이 아니라 꽤 묵직한 보통 짐과 물통을 등에 짊어지고 걸었던 것이다.

마일은 처음에 의아해했지만, 곰곰이 생각해보니 자신이 없을 때에 대비한 훈련은 환영해야 할 일이었고, 4일이라는 시간은 원래 일반적인 이동 시간이었기 때문에 아무런 문제도 없었다. 그래서 다른 보통 사람들과 똑같이 움직였던 것이다.

옷은 마지막 날 아침에 갈아입었다. 왕도 근처에서 변장했다가 아는 사람에게 목격당하고 싶지 않았고, 그렇다고 목적지 근처에서 헌터 복장을 보이면 곤란하니 중간 지점에서 옷을 갈아입는 게 낫다고 생각했기 때문이다.

그리고 그 복장이랄까, 각자 맡은 역할은.

마일: 하급 귀족 영애
메비스: 견습 호위 기사
폴린: 시중드는 메이드
레나: 안내를 맡은 행상인의 딸

귀족 아가씨 일행치고는 초라한 구성이었지만, 귀족에도 여러 종류가 있고 귀족의 딸 역시 마찬가지였다. 넷째, 다섯째 딸이라든지, 첩 혹은 내연녀가 낳은 딸이라든지……. 그리고 그중에는 없어져주는 편이 더 나은, 특별한 사정이 있는 딸도 있으리라. 친가에 있었던 아델처럼.

그래서 호위를 대동하긴 했지만 마을 불량배를 피하는 수준이지 본격적인 습격에 대비한 호위는 아니라고 둘러대면 별로 이상할 것도 없었다.

그리고 호위가 달랑 견습 기사 한 명이라고 해도 검술 훈련을 쌓아온 자가 주인을 보호하기 위해 목숨 따위 안중에도 없이 물불 가리지 않고 검을 휘두를 테니, 그들에게 시비 걸 불량배가 있을 리 없었다. 조금만 얽혀도 즉시 검을 뽑아 필사적으로 죽이려 드는, 무척 고약한 상대였던 것이다.

복장은 마일이 하늘하늘한 드레스, 폴린은 메이드복이었는데 앞치마와 카추샤는 하지 않았다. 장거리 이동에 방해되기 때문에 쓸데없는 것은 뺀 상태였다. 이 두 벌은 헌옷인데도 상당히 비쌌다.

메비스와 레나는 평소와 같은 복장과 장비였다. 딱히 마술사가 아니라도 여행 중인 여성이 코볼트나 고블린을 물리치기 위해 스태프나 로드를 지니고 있는 건 드문 일이 아니었기에, 그것만 보고 마술사라고 단정 지을 수 없었다. 물론 마을에 들어가기 전에 수납 행이 될 예정이지만.

그리하여 평소 복장인 레나와 메비스였는데, 그래도 길드 앞으로 값을 달아두고 네 사람 분의 옷을 구입해서 나머지 두 사복을 마일의 수납에 맡겨두었다.

마침내 보이기 시작한 자르바흐.

"자, 간다!"

"""하앗!"""

'붉은 맹세' 극단의 연극이 막을 올렸다.

……마일, 무서운 아이!

거짓이 들통 나면 안 되기 때문에, 네 사람의 역할은 헌터라는 사실만 빼고 되도록 사실에 가깝게 꾸몄다.

메비스는 거의 그대로. 레나도 마술사라는 사실만 빼고 다 그대로였다. 폴린은 메이드 역할이었지만 폴린이라면 실수 없이 잘 해낼 것이다. 그리고 마일은…….

"너한테 연기는 무리겠지. 그냥 실생활대로 해."

"으, 으윽! 실례예욧! 가족들은 항상 『배우 같구만……』하고 말해줬단 말이에욧!"(『오호! 꽃의 응원단(국내는 『엽기응원단』)』에 나오는 대사)

마일이 얼굴을 붉히며 레나에게 소리치자, 메비스가 불쑥 중얼거렸다.

"……그거, 왠지 칭찬이 아닌 것 같은데…….."

그리하여 마일의 역할은 부모님이 별로 소중히 여기지 않는, 헌터를 동경하는 다른 나라 하급귀족의 딸로 결정. 이거라면 무심코 헌터 같은 언동을 해도 안심할 수 있다. 아가씨가 소꿉놀이를 한다고 생각하고 말겠지.

그리고 마법 실력은 무슨 영문인지 수납마법에만 특화되어 있다는 설정이었다. 그래야 도적 일당이 확실하게 미끼를 물 테고, 다들 여러 가지 면에서 편하니까.

마일에게 너무 의지하기만 해서는 안 된다는 생각에 올 때는 스스로 짐을 짊어졌던 레나 일행이었지만, 역시 마일의 수납은 너무 편리했던 것이다.

마침내 시골 마을 자르바흐가 훤히 내려다보이는 언덕에 다다른 '붉은 맹세'.

"자, 여기서부터는 각자 맡은 역할에 몰입하자. 어디서 누가 엿들을지 모르니까『붉은 맹세』로서의 대화는 주변이 잘 보이는 야외 아니면 마일이 결계를 쳤을 때만 하는 거야. 그 이외의 장소에서는 평범한 일상대화라도 위장한 인물로 행동할 것! 알겠지?"

레나의 말에 고개를 끄덕이는 세 사람.

"『붉은 맹세』, 출격!"

""""하앗!"""""

그리고 의기양양하게 마을로 내려가는 네 사람이었는데, 메비스가 살짝 쓸쓸한 투로 중얼거렸다.

"리더는 난데……. 다들 잊은 거 아니지……?"

＊　　＊

딸랑

어느 길드든 입구에 달려 있는 도어벨. 그것은 길드에 들어온 자가 말썽을 일으킬 것 같은지 아닌지, 직원이 신속하게 판단하기 위한 목적이었다.

어느새 시비가 붙어, 직원이 인지했을 때는 이미 칼을 뽑아 싸움이 시작되는 상황은 웃어넘길 일이 아니다. 그래서 문제를 일으킬 만한 자가 들어오면 곧바로 길드 직원이 마크했다.

그리고 지금 들어온 사람들은 다른 의미로, 분쟁의 씨앗이었다.

길드에 들어온 자를 곧바로 품평하는 것은 길드 직원만이 아니다. 그 자리에 있는 헌터 전원의 시선이 입구 쪽으로 쏠리게 되는 것은 습관이나 다름없었고, 지금 헌터와 길드 직원 모두의 생각이 일치했다.

""""봉이다아아아앗!""""

귀여운 외모지만 어딘지 어리바리해 보이는 하급 귀족 아가씨 느낌의 소녀.

거유 메이드.

드세 보이는 붉은 머리 소녀.

씩씩하긴 하지만 마음이 좀 약해 보이는 젊은 여성 검사.

누가 봐도 완전무결한 봉이었다.

이 멤버로 여기 왔다는 건 호위 의뢰를 발주하려는 게 뻔했다. 세상 물정 모르는 아가씨들 같으니 잘만 하면 도중에 이래저래 추가 요금이 치솟게 될지도 모른다.

길드를 통한 수주는 너무 심하게 떼어먹진 못하지만, 호위 도중에 '추가 의뢰'를 받는 경우 그건 길드와 무관한 수입이었다. 그런 생각에, 행실 나쁜 C등급 헌터들이 눈을 마구 번뜩였다.

곧장 의뢰 창구로 향할 줄 알았던 사인조는 왜 그런지 의뢰 보드 쪽으로 가더니 그 옆에 있는 정보 보드 앞에서 걸음을 멈췄다.

"아가씨, 이 근방에는 여행자를 노리는 도적이 출몰하고 있답니다. 아무래도 호위를 고용하는 편이 좋겠어요."

여성 검사가 그렇게 말을 꺼내자 올 것이 왔다는 듯 의미심장하게 웃는 헌터들. 그러나.

"엥, 도적이야 당신이 있으면 문제없잖아요? 그런 걸 고용했다간 겁쟁이라면서 비웃음을 사게 될걸요?"

""아니지, 그게 아니지!""

귀족 소녀의 말에 모두 속으로 핀잔을 날렸다.

이번에는 귀족 소녀가 거유 메이드에게 말했다.

"그리고 폴린, 당신은 휴식 시간이나 휴일이 되면 늘 뒤뜰에 가서 단련하잖아요? 대걸레랑 대빗자루를 이용한『메이드류교살법』인가 뭔가를⋯⋯."

""아니아니, 아니지, 그게 아니지이이!""

그건 아마도 놀이 아니면 다이어트 체조겠지, 하고 속으로 따졌지만 말로는 할 수 없는 헌터와 길드 직원들. 그리고 왜 그러는지 후훗, 하고 의기양양한 태도를 보이는 거유 메이드.

"당신들, 무슨 그런 엉터리 같은 소릴 하는 거야!"

그때 붉은 머리 소녀가 말했다.

"이 팀은 내가 주인님으로부터 전권을 받았다고! 그러니 어떻게 행동할지는 내가 정해!"

17~18세 여성 검사와 15~16세 거유 메이드가 있는데도 불구하고, 12살 전후로 보이는 어린애에게 리더를 맡길 리 없다. 즉

어려 보이지만 이 소녀는 실제로는 훨씬 연장자, 그러니까 드워프 아니면 엘프겠지, 하고 모두 생각했다. 가슴이 없는 것을 봐도 틀림없을 거라며.

체형이 땅딸보는 아니니까 필시 드워프는 아니고, 엘프 혹은 엘프의 피를 이어받지 않았을까 하고.

아마도 정상적인 자가 주도권을 쥐고 있는 모양이다. 그렇다면 호위를 잘 고용하겠지. 모두가 그렇게 생각했을 때.

"쓸데없이 돈만 드는 호위 따위, 고용할 리 없잖앗! 정해진 금액보다 덜 쓰면 남는 돈의 3분의 1은 내가 받을 수 있으니 괜한 지출은 하지 않을 거야!"

""헉어어어어~억!""

리더라는 자가 안전보다 자신의 이익을 우선했다. 심지어 그 '안전'에 '자기 목숨'까지 포함되어 있는데도!

길드에 있던 사람들은 아연실색했다.

"흠, 별로 중요한 정보는 없네. 그럼 가자. ……아!"

모두에게 돌아가자고 재촉하다가 갑자기 마음이 변한 듯한 붉은 머리 소녀.

"가진 현금이 줄어들었으니까. 아가씨, 이리로 좀 와 봐!"

호칭은 '아가씨'인데 경의하는 느낌이 조금도 없었다. 사람들은 왠지 모르게 이 팀의 역학관계를 알 것 같았다…….

그리고 다 함께 매입 접수처로 향하더니.

"그거 꺼내!"

붉은 머리 소녀가 귀족 아가씨에게 그렇게 명령했다. 이제 누가 주인인지 모르겠다.

"아, 아, 넷!"

하지만 늘 있는 일인지, 화도 내지 않고 순순히 따르는 귀족 아가씨.

"나와라, 오크! 하압!"

쿵!

그리고 돌연 등장한 두 마리의 오크 사체.

""""""허어어어어어어어어어억!!"""""""

"수, 수납마법…… 그, 그것도, 어마어마한 용량의……"

헌터 중 하나가 목소리를 쥐어짜냈다.

그렇다, 오크 두 마리가 들어가는 용량. 그것은 희소한 수납마법 보유자 중에서도 상당히 상위에 해당하는 능력이었다.

그것 말고 다른 장점이 없는 비력한 소녀라 할지라도 마차 한 대 분에 필적하는 운송량은 다른 모든 결함을 덮고도 남았다. 또 대상인과 귀족들의 입장에서도 세무관의 불시 사찰 때 기밀서류나 물자를 은닉할 수도 있고, 불법 물자 운송, 밀수 등 그 활용도는 무한했다.

다시 한번 길드에 있는 사람들의 생각이 일치했다.

""""봉이다………………""""

"헌터가 아니어도 매입해주죠?"

길드 직원에게 신분을 사칭하면 처벌 대상이 된다. 하지만 레나는 딱히 거짓말을 하고 있지 않았다. 그저 그렇게 질문했을 뿐이지 자신이 헌터가 아니라고는 한마디도 하지 않았으니까.

"아, 아아, 그야 물론이지."

매입 접수 담당자는 보통 지저분한 아저씨였는데, 이곳 역시 예외가 아니었다.

다른 창구처럼 매입 담당을 여성이 맡으면 돈을 더 쳐달라며 무섭게 위협하는 얼간이가 나올 테니까. 그래서 대체로 부상이나 나이 때문에 헌터를 은퇴한, 조금 억센 인상의 아저씨가 맡는 것이 일반적이었다.

아무리 부상이나 나이 때문에 현장에서 물러났다고 해도, 그들은 단시간 전투력에서 풋내기에게 지지 않는다. 아니, 그런 사람은 애초에 매입 접수원이 될 수 없다. 그래서 매입 담당자의 뜻을 거스르거나 함부로 대하는 헌터는 없었다.

어차피 젊은 헌터들도 언제 다칠지 모르고 또 언젠가는 나이를 먹는다. 그럴 경우 재취업 자리로 무척 매력적인 길드 직원에게는, 평소 남에게 무례하게 구는 자라도 무척 예의를 갖춰서 행동했다. 그들을 적으로 돌려서 미운털이 박히면 어쨌든 자기만 손해니까.

……그런데.

"헤~이, 아저씨~. 이거 얼마 쳐줄……, 으으읍!"

"죄송합니다, 가격을 매겨 주시겠습니까?"

아무리 연기라고는 하나 너무 거칠게 나가는 레나의 입을 메비스가 당황하며 틀어막았다.

"삼촌, 좋은 가격으로 부탁드려요!"

노골적으로 아양 떠는 폴린. 돈만 더 많이 받을 수 있다면 폴린에게 미소를 파는 것쯤이야 식은 죽 먹기였다. 그리고.

"사, 삼촌, 부탁해요!"

그렇게 말하며 윙크를 날렸지만, 어색해서 두 눈을 질끈 감는 마일. 그렇다, 그때 그 전격마법 '천사의 윙크 쇼트' 발사 때처럼 말이다.

"……무리하지 마라."

씁쓸하게 웃는 매입 담당 아저씨.

"그나저나 정말 대단하군. 이런 수납 보유자를 직접 만난 건 처음이다. 게다가 이 오크도, 목을 한방에 베고 나머지 부위는 상처 하나 없다니……."

"아, 그게 어떻게 된 일인가 하면, 오크 세 마리를 사냥해놓고 옮기지 못해 난감해하던 헌터한테 아주 파격적인 값에 산 거예요."

허둥지둥 그렇게 둘러대는 마일.

오크 소재의 가격은 대부분 사냥한 장소에서 마을까지 운송하는 수고비. 그렇게 들었기 때문에 마일의 설명은 설득력이 있었다. 좀, 지나칠 정도로.

그 말을 듣고 있던 대부분의 헌터들은 마일을 영입했을 경우 자신들의 수익이 얼마나 늘어날지 상상하며 잠시 몽상에 빠졌다.

평범한 신인 헌터라면 모를까 하급이라도 엄연한 귀족 아가씨라면 그런 일이 실현될 가능성이 전혀 없었지만, 상상하며 즐기는 거야 모두의 자유다.

"자, 감정 결과는 이게 전부야. 불만은 없겠지?"

짤랑 하고 카운터 위에 놓인 코인(동전)은 딱 '상태 좋은 오크 두 마리 분'에 대한 적정 가격이었다. 그래서 레나가 고개를 끄덕이자 마일이 동전 위에 손을 얹은 후 수납했다.

굳이 손을 얹을 필요는 없었지만 이른바 양식미, 인 것이다. 수납 보유자를 처음 보는 자가 많아서 살짝 서비스해주었다.

"자, 그럼 숙소를 잡아볼까? 내일은 아침2의 종(오전 9시) 때 카르딜 마을로 출발하는 거야."

""""하……, 네!""""

레나가 노골적으로 설명하는 대사를 쩌렁쩌렁한 목소리로 읊은 후, 숙소를 잡기 위해 모두 길드를 빠져나갔다. 그리고 네 명이 사라진 길드에서는.

"""""………….""""""

정신이 몽롱한 사람, 걱정스러운 표정인 사람, ……그리고 분위기가 어딘지 불온한 사람들만이 남았다.

"……그렇게 하면 되나?"

"너무 지나치지 않았나?"

"아니, 지방 귀족가의 멍청한 딸 일행으로는 딱 그 정도가 좋지 않을까요?"

"누가『멍청한 딸』이에요, 누가?!"

다 함께 뒷골목을 평온한 얼굴로 걷고 있었다.

"숙소도 중요한 포인트니까."

"그렇죠……."

레나가 중얼거리자 그렇게 대답하는 마일.

꼭 길드에서만 정보가 새어나간다고 단정할 수는 없다. 여행자가 표적이라면 여행자가 반드시 이용하는 곳, 즉 여인숙과 식당 등도 충분히 의심해봐야 한다.

어느 여인숙이든 수상한 건 거의 마찬가지. 아무리 고급 여인숙이라도, 말단 종업원 개개인의 교우관계까지 완전히 파악했을 리는 없지 않은가. 그런데 왜 뒷골목에 있는 삼류 여인숙을 고르려고 하는가 하면.

"최대한 싼 곳을 찾아보세요."

폴린이 모두에게 그렇게 말했던 것이다.

그렇다, 그냥 단순히 경비 절감을 위해서였다.

"가능하면 동물 귀가 있는 숙소로……."

"넌 입 다물고 있어! 다른 동물 귀랑 바람피우면 파릴한테 다 이를 거야. 넌 동물 귀만 달려 있으면 누구든 상관없는 것 같다면서."

"아앗, 그런!"

레나가 협박하자 당황하는 마일.

그렇다, 유괴단에게서 파릴을 구한 당일에는 기를 쓰고 설명하는 마일의 치졸한 행동이 오히려 의심을 샀지만, 그 후 주인 부부가 잘 설명해줘서 파릴 구출 작전의 주도자가 마일이라는 사실을 파릴도 알게 되었던 것이다.

또, 레나 일행에게 마일의 대활약상을 들은 파릴은 예전보다 더 많이 마일을 좋아하게 되었다.

마일 역시 파릴이 '여신의 종'과 착 달라붙어 있었던 건 오랜만에 재회해 기뻐서라고 생각하고, 점점 더 파릴에게 푹 빠져들었다.

딸을 구해주었기 때문에 강하게 나갈 수 없는 주인을 잘 구슬려서 파릴 독점 시간을 늘린 마일은 인생의 봄을 만끽했다. 그렇다, 마치 이별이 가까워지고 있음을 잊기 위해서라는 듯이.

그러니 파릴의 귀에 쓸데없는 소리가 들어가는 건 참을 수 없다.

……게다가 어차피 시골마을 여인숙에 때마침 그런 동물 귀 소녀가 있을 리도 없다.

갑자기 의욕을 잃은 마일은 뾰로통해져서, 다른 세 사람에게 숙소 선택을 떠넘겼다.

"여기가 좋으려나……."

레나가 적당히 고른 여인숙 앞에서 발걸음을 멈췄다.

원래 여인숙이 많이 있는 것도 아니어서 선택의 폭은 좁았다. 그리고 이번에는 딱히 지내기 편한 여인숙으로 찾는 것도 아니었다. 어차피 하룻밤만 묵을 거고, '어딘지 수상한 여인숙'이 받은 의뢰의 성격상 더 좋았던 것이다.

"응, 이런 데겠지."

"값도 쌀 것 같고 수상해 보여요. ……딱 좋네요."

"어디든 똑같아요, 흥!"

그렇게 만장일치로 그 여인숙에 묵기로 결정했다.

……수상하다는 표현은 좀 지나쳤다. 딱히 그 여인숙이 더러운 것도 범죄자 느낌의 손님이 드나드는 것도 아니었으니까.

그저 지금까지 '붉은 맹세'가 고른 '깔끔하고 여자들끼리만 묵어도 안전한, 다소 비싸지만 지내기 편해 보이는 여인숙'에 비교하면 조금 '조잡할' 뿐이어서 일반 여행자가 싸게 묵기에는 별문제 없는 곳이었다.

그리고 그곳의 프론트 카운터에는.

"어서 오세요. 숙박하시려고요?"

7~8살 정도의 귀여운 남자아이가 앉아 있었다.

"아, 아, 넷! 묵을 거예요, 묵을 거예요오옷!"

마일의 눈빛이 돌변하자 남자아이가 깬다는 표정을 지었다.

그렇다, 마일은 전생(前世) 때부터 남동생을 갖고 싶었던 것이다.

오빠도 원했지만 그건 물리적으로 무리가 있었다.

아니, 부모님이 이혼해서 자식이 있는 사람과 재혼한다면 기회가 한 번 더 있었을지도 모른다. 하지만 그 금실 좋은 부부가 이혼 따위 할 리가 없고 '오빠가 있었으면 좋겠으니까 이혼하면 안 돼?' 하고 말할 수도 없다.

그래서 남동생으로 좁혔는데, 고등학생이 된 후로는 아무래도 포기하게 되었던 것이다.

마일은 어린 여자아이뿐 아니라 어린 남자아이에게도 약했다.

갑자기 기분이 좋아진 마일을 어이없는 눈빛으로 쳐다보는 레나 일행이었다…….

"마일, 너 말이야……."

방에 들어간 후 어처구니없는 얼굴로 마일에게 잔소리를 늘어놓는 레나 일행.

"남자한테 그렇게 찰싹 달라붙지 말라고, 꼴사납잖아!"

"우리까지 같은 부류로 보이는 건 싫거든요!"

"그런 어린애를 상대로, 범죄지, 그건……."

폴린과 메비스까지 합세해 마구 때렸다.

"아, 아아아, 아니에요오! 저는 그저, 작은 남자아이를 귀여워해주고 싶을 뿐이지……."

"너, 너, 역시……."

"변태!"

"변태네……."

"그런 게 아니라니까요오~!"

"……그래서, 아직 안 가는 거야?"

"엥, 어딜 말예요?"

레나가 무슨 말을 하는지 이해할 수 없는 마일.

"그러니까, 빨리 그 애를 방으로 데리고 오란 말이야!"

좀이 쑤신다는 듯 마일을 재촉하는 레나.

가만 보니 메비스와 폴린도 기대에 찬 얼굴로 마일을 쳐다보고 있었다.

"뭐예요, 그게에에에에~!!"

그렇다, 외동이었던 레나, 남동생의 어린 시절을 그리워하는 폴린, 그리고 막내여서 동생을 갖고 싶었던 메비스는 마일보다 더 '마음대로 다룰 수 있는 어린아이'에 굶주려 있었다.

"아까 저한테 퍼부은 비난은 다 뭐였냐고요오오!"

천하의 마일도 남자아이를 방에 데려올 용기는 없었다.

상대가 여자애라면 모를까, 여자 네 명이 남자아이를 방으로 끌어들이는 건 아무래도 남들 보기에 좀 그랬으니까······.

저녁식사 때도 네 사람은 내일 일정을 남들 들으라는 듯 큰 목소리로 의논했다.

"자, 출발은 아침2의 종 때. 카르딜까지 곧장 가서, 거기서 앞으로의 계획을 재검토해보자."

레나의 쩌렁쩌렁한 목소리는 다른 손님과 여인숙 종업원들에게 충분히 들렸을 것이다.

출발 시각과 행선지를 알리면 도적들도 습격하기 쉬우리라. 잠복도 효율적으로, 괜히 쓸데없이 대기할 필요도 없다. 아주 큰 서비스였다.

방에 돌아온 후, 레나 일행의 '아직도 안 데려 올 거야?' 하는 재촉의 시선을 무시한 마일은 재빨리 침대로 파고들었다. 레나 일행도 스스로 어떻게 할 용기가 없어서 단념하고 잠자리에 누웠다.

과연, 나흘간의 도보 이동이 조금 고됐던 모양이다. 이번에는 짐을 짊어지고 움직였기 때문에 더욱 그랬다. 그래서인지 얼마 지나지 않아 새근거리는 숨소리가 들려오기 시작했다.

　　　　　　　　＊　　＊

"그럼 출발!"

"""하앗!"""

이제는 '네' 하고 대답하기를 그만둔 '붉은 맹세' 멤버들.

어린애가 헌터 말투를 흉내 내고 어른들이 거기에 맞춰준다. 그런 식으로 받아들일 수 있을 테니, 괜히 익숙하지도 않은 말투를 어색하게 쓰는 것보다 그 편이 자연스럽게 보이리라고 판단했다.

"이번에는 보통 속도로 걷자."

레나의 말에 고개를 끄덕이는 세 사람.

이번에는 언제 보이지 않는 곳에서 습격이 들어올지 모르기 때문에 아가씨 역할인 마일을 제외한 세 사람은 검과 스태프를 갖추고 있었다. 짐은 소형 물통만 빼고는 전부 마일이 수납했다. 길드에서 수납에 대해 공개했으니 쓰지 않는 게 오히려 더 부자연스러웠다.

그래서 다른 일반 헌터보다 빠르게 이동할 수는 있지만 그렇게 하면 습격자의 계획이 망가질 테니, 그들이 예상했을 '어린애가 포함되어 있고 헌터가 아닌 여성들이 걸어가는 속도'로 움직였던 것이다. 또, 그들은 어쩌면 잠복이 아니라 뒤를 밟는 방법을 쓸지도 모른다. 그런데 따라오지 못하게 만들어서야 의미가 없다.

"이제 슬슬 때가 되었나……."

해가 기울기 시작할 무렵 레나가 중얼거렸다.

자르바흐를 출발한 여행자만 공격당한다. 그렇다는 건 자르바흐에 도적들이 숨어 있거나, 못해도 정보 제공자가 있다는 의미이리라. 또, 정보를 전해야 하는 만큼 마을에서 너무 먼 곳에 거점을 마련했다고 보기는 어렵다. 평소에 마을에서 살고 있다면 더욱 그렇다.

애당초 지금까지 발생한 사건 모두 도보로 하루 내지 이틀 걸리는 장소였다. 마을과 너무 가까우면 토벌대가 움직이기 쉬우므로 그 부분도 고려했겠지.

레나가 그렇게 말하고 얼마 후, 호랑이도 제 말하면 온다고 전방 도로가의 바위 뒤에서 남자 다섯 명이 모습을 드러냈다. 머리 모양이며 복장이 막 형편없지는 않은, 30대 중반에서 40대 후반까지로 보이는 남자들이었다.

"아무래도 이 근방에 거점이 있는 게 아니라 마을에서 다니는 것 같네."

"그러게요……."

레나와 폴린의 말이 맞으리라. 이 근방에 거점이 있다면 머리 모양이나 수염, 옷 상태 등이 좀 더 '도적다운 풍채'였을 테니까. 게다가 이 부근에는 씻을 수 있는 곳도 없을 터다.

"뒤에 셋. 정석대로군."

메비스의 말대로 뒤에도 세 남자가 등장해 히죽거리며 접근해 오고 있었다.

"경고한다! 귀족 아가씨를 경호하는 우리에게 더 이상 접근한다면 도적으로 간주하고 공격할 것이다! 그럼 너희가 다치든 죽든 우리 책임이 아니야. 또 너희를 생포하게 되면 길드를 경유해서 위병에게 범죄자라며 인도할 거다!"

메비스가 그렇게 알렸지만 물론 그 말에 도적들이 물러설 리가 없었다. 이는 어디까지나 '봐주지 않고 덤벼도 상관없다'라는 조건을 갖추기 위한 수순에 지나지 않았던 것이다.

이렇게 하면 나중에 '오해야'라든지 '그럴 생각은 없었어' 하는 변명을 완전히 봉쇄시킬 수 있다.

"헤헤헤, 얌전히 굴어. 우리는 8명, 너희 쪽에서 제대로 싸울 것 같은 사람은 딱 한 명뿐이다. 경솔하게 반항했다간 괜히 다치기만 한다고."

"네, 도적 행위 자백, 가해 행위 예고, 협박 행위까지 잘 받았습니다! 정당방위 행동, 개시예요!"

"……엥?"

상대가 잔뜩 겁먹고 위축될 줄 알았는데, 무슨 소리인지 알 수 없는 말을 태연하게 해대는 사냥감들을 보고 의아한 표정을 짓는 도적단 두목.

'붉은 맹세'는 재빨리 대형을 가다듬었다.

전방에 있는 다섯 명의 적은 전위 마일, 후위 폴린. 후방의 세 명은 전위 메비스, 후위 레나가 맡았다. 폴린과 레나는 등을 서로 맞대다시피 한 상태였다.

"호오, 무슨 흉내를 내는 건지는 잘 모르겠지만 아가씨가 맨손으로 뭘 어쩌겠다는 거야?"

그렇게 말하며 히죽히죽 웃는 두목.

하지만.

"맨손? 그게 무슨 말이죠?"

""""엥?""""

전방에 있는 도적들이 자세히 살펴보니 불과 조금 전까지만 해도 맨손이었던 귀족 아가씨가 오른손에 검을 쥐고 있었다.

"어, 어느 틈에……, 아, 그건가, 수납인가!"

길드 관계, 확정이다. 말할 계기도 없는데 일부러 먼저 언급하는 것은 누가 봐도 부자연스러워서 여인숙에서는 수납 이야기를 하지 않았기 때문이다.

또, 귀족 아가씨를 희귀한 수납 보유자와 연결 짓는 속도가 지나치게 빨랐다. 보통은 그리 쉽게 떠올릴 수 없다. 기껏해야 '어디다 감추고 있었구나!' 하겠지.

"헷, 그래봐야 어린 계집애 놀이 수준일 검술, 다치기만 할 뿐이다!"

두목은 마일에게 말했는데, 뒤쪽의 적에게 검을 겨누고 있어서 두목에게 등을 돌린 상태인 메비스의 몸이 움찔했다.

"어린 계집애 주제에 아무리 검을 잡아봐야 헛수고야, 아무런 도움도 되지 않는다고! 그냥 얌전히 집에서 공주놀이나 하고 있었으면 이런 일을 당하진 않았을 텐데, 푸하하하!"

우드득!

"뭐라고오……. 네놈이, 지금, 뭐라고 했냐……."

""""화났다아아아!""""

설마 했던, 메비스, 진짜로 열 받았다.

"후후. 후후후. 후후후후후후후……."

""""아아아아아아아!""""

웃는 메비스, 잔뜩 움츠러든 세 사람.

온화하고 예의바르고 늘 남을 배려하는 메비스. 인내심이 강하고, 화난 모습은 상상도 할 수 없는 사람이었다.

그런데 그런 메비스도 화낼 때가 있었다.

바로 자신의 가족, 가문의 이름, 그리고 자신의 꿈을 무시하고 모욕했을 때였다.

짤가닥

레나와 폴린은 몰랐지만, 마일의 뛰어난 동체시력은 그것을 똑똑히 보았다. 메비스가 손에 쥔 칼자루를 휘익 반전시켰다는 사실을.

'뭐 하려고?'

의미 없는 그 동작을 의문스럽게 여기는 마일.

메비스가 소리쳤다.

"안심해라, 칼등으로 때릴 거니까!"

"죽어요! 죽는다고요오!"

무심코 외친 마일.

일본도도 아니고 양날인 서양검을 거꾸로 돌려봐야 아무런 의미도 없다.

아무래도 잔뜩 열 받은 메비스가 비록 화는 났지만 괜한 살생을 피하려고 마일의 허풍동화에 나오는, 상대를 죽이지 않고 쓰러트리는 '칼등 때리기'를 떠올린 모양이었다. 이야기 속에 등장했던 검과 자신이 가진 양날검의 차이도 잊어버린 채.

뭐, 한쪽 날만 있는 검도 쇠막대기로 있는 힘껏 때리는 것이니 골절이나 내장 파열은 당연하고 운이 나쁘면 죽을 수도 있지만…….

"레나 씨, 도적을 구해 주세요!"

"뭔 소리야, 그세에에!"

말도 안 되는 마일의 지시에 레나가 황당해했지만, 상황은 이해하고 있었다. 레나 역시 필요하다면 주저 없이 적을 죽일 작정이긴 하나 자신들에게 충분한 여유가 있는 지금은 그럴 때가 아니라는 걸 잘 알았다.

"어쩔 수 없네, 아 진짜……."

투덜대면서도 작은 목소리로 고속 영창을 하는 레나.

뒤에 있던 도적 셋은 레나의 영창을 듣지 못했고, 마일과 메비스의 말은 어린 계집애들끼리 하는 농담으로 여겨서 별로 신경쓰지 않았다. 그리고…….

"……염탄!"

퍼~엉!

레나의 공격마법을 받고 뒤에 있던 세 사람의 몸이 날아갔다. 직격하지 않도록 일부러 빗나가게 했기 때문에 화상과 타박상 등은 입었어도 죽지는 않으리라.

사냥감을 빼앗겨 불만스러워하는 메비스를 보면서 레나가 중얼거렸다.

"공격해서 오히려 보호해준다. 이것이 바로 마일이 예전에 말했던 『공격은 최대의 방어』라는 걸까……."

전혀 아닌데.

"이, 이이이……."

검사 이외에는 그냥 어린 계집애로 여겼건만, 설마 공격마법을 쓰다니. 그것도 상당한 실력자가 아닌가.

순식간에 세 동료가 쓰러져 두목이 초조해하고 있는데, 유심히 보니 마술사 소녀가 자신이 아니라 본인이 쓰러트린 세 사람 쪽으로 걸어가고 있었다. 아마 그대로 내버려두면 뒤에서 공격할지도 모른다고 생각해서 완전히 숨통을 끊어놓으려는 거겠지.

하지만 이것은 기회였다.

지금 다른 세 계집들을 붙잡아 인질로 삼으면…….

수납마법을 쓰는 귀족 아가씨와 공격마법 구사자. 심지어 둘다 어리고 외모도 출중하다. 거유 메이드와 검사 역시 암시장에서 비싸게 팔릴 것이다.

귀족의 딸, 거유 메이드, 그리고 방향을 바꾸어 자신에게로 걸어오는 검사. 세 사람 중에 둘은 싸움에 생초보. 반면 자신들은 우락부락한 남자 다섯 명. 붙잡는 건 일도 아니다. 우선 여검사의 검을 쳐서 떨어트리고…….

챙!

달가닥!

그리고 검이 바닥에 떨어졌다. ……자신의 검이.

"……헉?"

아무것도 없는 자신의 손을 보며 아연실색하다가, 이어서 허둥지둥 뒤로 잽싸게 물러나는 두목.

"죽여라!"

자신이 반응할 수 없는 속도로 접근해서 검을 떨어트렸다. 이 여자는 위험하다!

그렇게 여긴 두목은 메비스를 다치지 않게 붙잡는 것보다 자신의 안전을 우선했다. 여자는 아직 셋이 남아 있고, 이 중에서 여검사가 제일 값이 쌀 듯하니 문제는 없다.

두목의 명령을 받은 부하 넷은 두 명이 메비스 그리고 나머지 둘이 각각 마일과 폴린을 상대했다.

아무리 검사라고는 하나 아직 어린 여자. 두 명이 달려들면 제압할 수 있으리라고 생각했던 것이다. 그리고 그 사이에 그녀의 고용주인 귀족 아가씨와 메이드를 붙잡아서 검을 들이대기만 하면 상황 종료. 어린 귀족 아가씨와 메이드를 붙잡는 것쯤은 순식간에 끝난다. 어린 여자 마술사가 이쪽으로 오기 전에……

퍼퍼억!

털썩털썩

"헉……."

과연, 순식간에 끝났다.

메비스가, 검의 측면으로 때리는 이른바 '평타'라고 부르는 방식으로 두 도적을 때려눕힌 것이지만.

메비스의 화가 좀 가라앉은 것 같아서 마일은 나서지 않고 지켜보았다. 정상적인 메비스라면 괜한 살생을 저지르지 않을 것이다.

하지만 그 사이에 이미 나머지 둘이 거유 메이드와 귀족 아가씨에게 덤벼들었다.

'이겼다!'

두목이 그렇게 생각한 순간, 거유 메이드를 공격한 부하의 머리가 불타올랐다.

"으아아아아아아아악~!!"

검을 떨어트리고 머리를 감싼 채 나뒹구는 부하.

그리고 또 한 명은,

귀족 아가씨의 몸을 꽉 붙잡아 그녀의 목에 칼날을 대고 있었다.

'좋았어, 이제 끝났다!'

설마 했던 메이드까지 마술사라는 사실에 경악했지만 착화 마법 정도야 구사하는 사람이 적지 않다. 귀족의 딸을 억누른 지금은 별로 문제될 것이 없었다.

두목이 만면에 미소를 띠며 어린 소녀들에게 항복 권유를 하려고 했다.

"네놈들, 소중한 아가씨의 목숨이 아깝거든……."

그때 붙잡고 있던 귀족 아가씨가 자기 목에 놓인 칼날을 왼손 엄지와 검지로 가볍게 잡고 튕겼다. 그러자 검이 경쾌한 소리를 내며 검의 날밑 부근에서 뚝 부러졌다.

와장창

""헉?""

당황하며 예비 무기인 나이프를 뽑으려던 도적의 오른손이 꽉 붙잡혔다.

"아야야야야야! 그만해, 이거 놔! 부러지겠어, 부러진다고오오오!"

그리고 소녀를 껴안고 있던 오른팔이 너무도 쉽게 풀린 후 배에 가벼운 느낌으로 들어간 보디블로를 맞고 땅바닥에 쓰러져 숨조차 제대로 쉬지 못한 채 고통에 몸부림쳤다.

뒤에 있던 세 사람을 스태프로 때리고 쑤시며 마법이 아니라 물리력으로 행동불능 상태로 만들고 이쪽으로 걸어오는 붉은 머리 소녀.

히죽히죽 비웃는 수상한 거유 메이드.

오른손에 검을 쥐고, 왼손 엄지와 검지로 잡았다 뗐다 하는 귀족 아가씨.

그리고 아직 부족하다는 듯 검을 한손으로 휘익휘익 돌리는 금발의 검사.

"항복, 항복합니다아앗!"

""""엥……""""

"어째서 다들 실망하는 거냐고오오오~~!"

*   *

"그럼 이게 겨우 두 번째 습격이라는 거야?"

"그, 그렇습니다, 여신님께 맹세코!"

이 세계에는 신도 여신도 없다. 하지만 그걸 모르는 자들에게 그들의 위광은 건재했다. 그리고 병사와 헌터, 도적 등 '자신의 생사가 운에 크게 좌우되는 사람들'은 평소 쓰는 언동과 달리 사실은 신앙심이 꽤 깊었다.

어쨌든 신에게 기도하는 것은 공짜다. 그렇게 해서 마음이 가벼워질 수 있다면 신앙심을 가져서 손해 볼 게 없다. 그리고 물론, 다른 사람에게 자비를 베풀거나 교회에 기부금을 내지는 않았다.

"어떻게 생각해?"

"으~음, 피해자는 다들 살해당했거나 어딘가로 팔려갔을 테니 확인할 길이 없네……. 뭐, 도적인 건 달라지지 않는 사실이니까 범죄노예가 되는 건 똑같아. 그냥 이놈들이 모든 사건의 범인이라고 하면 되지 않을까?"

"잠깐, 잠깐마아아아아아~~~안!"

메비스와 레나의 대화를 듣고 마음이 다급해진 도적 두목.

그건 똑같은 게 아니라 하늘과 땅 차이였다.

지금까지 있었던 모든 도적 행위를 자신들이 덮어 쓴다면 종신 노예 30회 분은 족히 될 것이다. 아마 가장 가혹한 곳에서 노역하게 되겠지. 평생.

뭐, 어차피 그리 긴 일생은 아닐 거라는 게 불행일까 다행일까…….

하지만 정말로 도적 행위가 딱 한 번뿐이었고 만약 피해자가 팔려갔을 뿐 살아 있어서 되찾거나 다시 사오는 게 가능할 경우, 위법 노예 상인의 정보를 제공해주면 그나마 덜 힘든 일이라든지 30~40년 정도만 노예 생활을 하면 된다든지 하는 온정을 기대할 수도 있으리라.

"정말이야! 도적 피해가 많이 발생하는 지금이라면 우리가 몇 번 해도 전부 그놈들이 한 걸로 될 거라고 생각했어! 역으로 우리가 전부 덮어쓰다니, 그건 못 참아!"

"……그건 그쪽도 똑같이 생각하지 않을까……."

도적의 변명에 어이없어하는 메비스.

"아니, 하지만 우리한테는 알리바이가 있어! 도적 사건 중 몇 개는 우리가 의뢰 받아 일하던 중이었을 때나 주점에서 마시고 있을 때 일어난 것도 있다고. 그러니까 우리를 잡아가도 진짜 도적이 따로 있다는 사실을 곧 알게 될 거다. 게다가 어차피 우리를 붙잡은 후에도 피해가 계속된다면 바로 밝혀질 일이라고!"

"하, 하기야 그렇기는……."

메비스도 그 변명에는 납득할 수밖에 없었다.

이렇게 해서 의뢰를 끝냈는데, 그 후에도 피해가 계속된다면 입장이 난처해진다.

아니, 의뢰대로 도적을 붙잡은 실적은 있으니까 의뢰 성공에 해당하긴 하겠지. 하지만 그건 '붉은 맹세'가 만족할 수 있는 결과가 아니다.

"계속합시다!"

마일의 말에 고개를 끄덕이는 세 사람.

*　　*

"이 정도로 하면 되지 않을까요?"

마일이 묻자 약간 질려 하면서 수긍하는 세 사람.

그들 앞에는 머리만 빼고 몸이 땅에 묻힌 여덟 명의 도적들이……

입에 재갈을 물리고 눈을 가리고 귀까지 막은 남자들을 낚싯줄로 칭칭 묶어 땅에 묻은 다음 마법으로 흙을 단단히 다졌다.

호흡에 방해가 되지 않도록 가슴 부분에 틈을 조금 만들어주는 지식이 마일에게 있어서 그나마 다행이었다.

그리고 그들의 귀를 틀어막기 전에 똑똑히 들려주었다.

너무 소리 지르면 나중에 자신들이 돌아와 풀어주기도 전에 목이 말라 죽을지도 모른다고.

또, 시끄럽게 굴면 마물과 맹수가 찾아올 수도 있다고.

이 녀석들은 도적이다, 라는 팻말을 꽂고 갈 것이기 때문에 여행자 등이 발견하면 죽이려 들지도 모른다고.

……그러니까 자신들이 풀어주러 올 때까지 얌전히 숨죽이고 있는 게 좋을 거라고.

남자들은 새파랗게 질린 얼굴로 고개만 끄덕였다.

이미 재갈을 물고 있어서 말할 수 없었던 것이다.

마지막으로 혹시 모른다며 잎이 무성한 나뭇가지를 잘라 남자들의 머리 위에 씌운 다음, 마일이 배리어를 쳐놓았다. 목소리와 냄새는 차단했지만 공기는 통한다. 마일이 떠나면 배리어는 얼마 못 가 사라지겠지만 뭐, 마음의 위안 정도는 되겠지.

"그럼 가볼까요, 아가씨."

"응, 갈까!"

"……마일한테만?"('가다'의 발음이 '마이루'인 것에서 비롯한 말장난)

"설마 그거 농담이야……?"

그리하여 주종의 여행은 계속되었다.

＊　　＊

"여기는 막다른 길이다!"

"""""등장했닷!"""""

'초~코베…….' (1970년대에 나온 과자 '초코베' 광고)

여전히 영문 모를 것을 상상하는 마일.

이번에는 네 명의 남자가 등장했다. 뒤돌아봐도 다른 사람의 모습은 보이지 않았다.

"꽝인가?"

"꽝 같은데요……."

레나와 마일이 말한 대로 이번에도 아닌 것 같았다.

지금까지의 피해 상황을 볼 때 도적들이 달랑 네 명이라고 보기는 좀 어렵다. 또 만약 인원이 좀 더 있다면 뒤를 가로막지 않는 것 역시 좀 이상하다. 그렇다는 건…….

"자, 가진 돈 전부 내놓으실까……?"

히죽거리는 도적들.

((((엥…….))))

그리고 의아하게 생각하는 '붉은 맹세' 멤버들.

지금은 우선 모두 붙잡아 아지트로 끌고 가고, 가진 물건을 탈탈 터는 것은 그 후에 느긋하게 하는 게 정석 아닌가.

비싸게 팔리는 젊은 여자를 놓칠 리도 없고, 또 어차피 끌고 갈 거라면 여기서 굳이 돈을 빼앗는 괜한 짓을 할 리가 없다. 아무리 바보라도 도적들 역시 일단은 '프로'일 테니까, 그 정도는 모르지 않을 것이다.

게다가 그들은 앞을 가로막기만 하고 간격을 유지한 채 더 가까이 접근하지 않았다. 명백하게 이상한 행동이었다.

"자, 단념하고 얌전히 구시지."

말만 그렇게 하지 어떠한 행동도 하지 않는다. 이건 마치…….

"시간 끌기?"

마일이 작은 목소리로 중얼거렸다.

"아니 진짜 넌 어째서 이럴 때만 머리가 잘 돌아가……?"

"뭐, 마일이니까…….'

"늘 이러면 얼마나 좋을까요…….'

아무래도 다른 세 사람 역시 같은 결론에 도달한 모양이었다.

그리고 그대로 십여 초간 서로를 노려보며 계속 대치하고 있자.

"기다려! 거기 도적들, 기다리라고오오~!"

뒤에서 이상한 소리가 났다.

'붉은 맹세' 멤버가 모두 뒤돌아보니 남자 네 명이 전속력으로 달려오고 있었다. 헌터 같았다.

"귀찮은 게 찾아왔네. 사냥감을 중간에 빼앗기는 것도, 이야기가 복잡해지는 것도 사양이야. 메비스, 마일, 순살(瞬殺)로!"

""오케이!""

두 사람은 앞으로 달려가 말 그대로 순식간에 네 명의 도적을 쓰러트렸다. 물론 조금 전 도적들을 상대했을 때와 똑같이, 검의 측면으로 때리는 '펑디'였다. 죽이면 범죄노예 대금의 할당이 사라지게 되고, 여러 가지로 귀찮아지니까……, 아니, 인도적 차원에서. 아마도.

"도적놈들아, 우리 『승천하는 쌍용』이……, 아, 앗?"

달려온 네 헌터들의 앞에는 멀쩡하기만 한 소녀들 그리고 땅에 널브러진 도적들의 모습만 있을 뿐이었다.

"""""엥…….""""""

아연실색한 헌터들에게 레나가 설명해주었다. 눈으로 봐서 알겠지만, 설명하지 않으면 그대로 굳어버린 헌터들이 영영 움직일 것 같지 않았기에.

"우리를 도와주려고 한 건 일단 고맙다고 할게. 하지만 이 정도는 우리끼리 충분히 상대할 수 있어. 걱정할 필요 없으니 그냥 가던 길 쭉 가주길 바라."

"""""……………….""""""

레나의 설명에 동요하는 표정인 헌터들.

"아, 아니……, 그럴 수는 없어! 반격할 위험도 있으니까, 이번에는 우리가 도적 호송을 맡도록 하지!"

"사냥감을 가로채려는 건가요?! 아니면 호송 의뢰비를 내라는? 이 정도 일당은 손쉽게 다룰 만한 힘이 우리에게 있다는 건 지금 보고 충분히 알았겠죠? 여러분의 조력 따위 필요 없어요! 이 일당은 저희가 길드에 인도하겠습니다!"

모처럼 생긴 돈벌이를 가로채려고 하는 자들은 절대 용납할 수 없다. 폴린의 강한 의지를 꺾을 수 있는 사람은 아무도 없었다.

"으……, 그, 그러면 위험을 배제하기 위해 이 자리에서 도적들을 죽어야 마땅하다! 어이!"

리더로 보이는 남자가 지시를 내린 후, 본인을 포함한 전원이 검을 뽑아 도적들에게 접근했다. 그리고 땅에 쓰러진 도적들을 향해 칼끝을 겨누고 무섭게 달려들었다.

챙, 챙!

""""오잉…….""""

절대 맞출 수 없는 타이밍이었는데도 불구하고 두 소녀가 그들의 검을 튕겨내자, 다시 한번 경악해서 눈을 동그랗게 뜬 채 그대로 굳은 네 헌터들.

"뭘 멋대로 우리 사냥감에 손을 대는 겁니까! 죽이면 값이 떨어지잖아요오옷!"

""""………….""""

폴린이 먼저 버럭 화를 내자 할 말이 없어진 레나 일행.

그리고 다들, 충동적으로 남의 사냥감을 건들려고 한 남자 헌터들이 이상하다는 생각을 했다.

((((수상해…….))))

수상하다.

멋대로 남의 사냥감에 손을 대는 건 상당히 악질인 불량 헌터 정도다. 게다가 길드에 걸리면 파멸, 그러니까 잘해야 헌터 자격 박탈이고 운이 나쁘면 그것두 무자라 기간이 정해진 범죄노예로 전락해 수년간 강제 노역감이다.

그래서 정말 궁지에 몰리지 않은 이상 그런 짓을 하지 않아야 정상이고, 이 헌터들처럼 아직 20대 초반에 옷차림에도 여유가 엿보이는 헌터가 그럴 리는 더욱 없었다. 또, 조금 전 도적들이 보인 수상한 행동.

레나가 남자들에게서 등을 돌리고 재빨리 시선, 이라고 할까, 눈알을 움직였다.

그렇다, 이런 일도 일어나지 않을까 싶어서 다 함께 정해 놓은 사인이었다. 레나가 한 사인은 '적일 가능성이 있으니 경계하라' 였다.

그러자 레나와 마찬가지로 아래를 향해 가볍게 눈알을 움직이는 세 사람. '오케이'라는 신호였다. 그 정도는 상대방이 봐도 별로 수상하게 여기지 않을 것이다.

"……뭘 가만히 보고 서 있어? 얼른 가라니까."

레나가 그렇게 말해도 남자들은 움직이려고 하지 않았고, 마일과 메비스는 검을 쥔 채 남자들과 쓰러진 도적들 사이에 서 있었다. 남자들이 아직 뽑은 검을 쥐고 있는 그대로였기에, 당연한 대응이었다.

그리고 마일과 메비스의 시선이 자신들의 검을 향하고 있다는 사실을 깨달은 남자들은 조금 망설이다가 그중 하나가 검을 검집에 넣은 것을 신호로 나머지 세 사람도 검을 검집에 넣었다.

((((아니, 그러니까 거기서 왜 검을 넣는 걸 망설이냐고!))))

도적은 넷 다 기절한 상태였기 때문에 굳이 검을 들고 경계할 필요가 없다. 의식이 돌아올 낌새가 보이면 그때 뽑아도 늦지 않고, 땅에 쓰러져 있는 사람이 바로 공격에 나서는 것도 불가능하다. 그런데도 검을 넣는 것을 망설였다는 건.

'우리를 공격할지 말지 고민했다는 거네…….'

그렇다, 레나가 생각한 대로이리라.

하지만 의도대로 일이 흘러가지 않아 마음이 급해졌어도 힘으로 해결할 생각은 없는 모양이었다.

뭐, 그랬다가는 도적임을 증명하는 꼴이고, 등장했을 때 모습을 생각해봐도 그럴 의도는 없었던 것 같다.

"어, 어쨌든 도적들을 마을로 끌고 가자. 카르딜 마을까지는 아직 머니까 풋내기인 너희만으로는 넷이나 되는 도적들을 호송하기가……."

"뭐? 아직도 그렇게 말하는 거야? 집요하네…….『승천하는 쌍용』이라고 했나? 더 이상 우리 사냥감에 쓸데없이 간섭하겠다면 사냥감을 가로채는 행위로 간주해서 길드에 고발하겠어!"

"으……."

그건 남자들에게도 바람직한 상황이 아니었다. 전투에 참여한 것이라면 모를까 싸움이 완전히 종료된 후에 현장에 도착했으니 상대가 헌터라도 가로채기로 간주되어 처벌 대상이 되는데, 하물며 상대가 민간인이면 완전한 도적 행위에 해당했다.

"그리고 왜 굳이 카르딜로 가는데? 가는 도중에는 작은 마을밖에 없어서 여기서 며칠이나 걸리는 카르딜에 도착하기 전까지 이 놈들을 넘겨줄 만한 데도 없는데. 그러니까 다시 자르바흐로 가서 인도하는 게 당연하잖아? 하루도 채 안 걸리니까."

"윽……."

조금 전부터 윽 소리밖에 내지 않는 남자들.

뭐, 야영을 해가며 며칠이나 걸려 이동한다면 '모르고 놓쳐버렸다' 하는 공작을 펼칠 시간이 얼마든지 있다고라도 생각했으리라. 하지만 '붉은 맹세'가 그들의 동행을 승낙할 리가 없었다. '동행인'으로는 말이다.

……단 '사냥감으로서'라면 이야기는 달라진다.

레나가 남자들을 상대하는 사이, 마일이 재빨리 도적들의 몸을 묶었다. 예의, 늘 써서 익숙한 가늘고 강인한 낚싯줄로. 메비스와 폴린은 적의 공격에 대비해 공격마법 홀드, 검을 뽑기 편한 자세로 전투태세를 유지했다. 그렇다, 도적들에게가 아니라 수상한 헌터들을 향해.

그리고 마일은 주머니에서 꺼내는 척하면서 아이템 박스에서 정신이 돌아오는 약을 꺼내 도적 두목의 코로 흘려보냈다. 이런 일도 있지 않을까 싶어서 암모니아 같은 약을 상비하고 있었다.

"으…… 으으……윽."

신음하며 눈을 뜬 도적 두목.

"여, 여기는……."

"여기는 길 한복판이고 도적인 당신들은 저희에게 붙잡혔습니다. 앞으로 저희에게 금화를 가져다주고 종신 범죄노예가 되어 나라를 위해 봉사하게 될, 무척 고마운 분들이죠."

"엥……."

아직 몽롱한 머리에 마일의 말이 천천히 스며들었다.

"기다려! 기다려 달라고! 우리는 도적이 아니야앗! 그냥 부탁을 받고……."

그때 네 명의 헌터를 알아차린 두목이 입을 막았다.

"그렇게 누가 봐도 확실한 도적 짓을 했으면서도 아직 포기를 못하다니. 여기 헌터 여러분이 강하게 권했던 것처럼 바로 죽이는 게 나았을까요?"

마일이 그렇게 말하자 남자 헌터들의 얼굴이 새파랗게 질렸다. 그리고 물론 도적 두목도.

"뭐, 뭐뭐뭐, 뭐라고오옷?!"

두목이 혈색을 바꾸고 소리쳤다.

"네, 네놈들이 우리를 배신했겠다?!"

역시 예상이 맞았다. 거기다 대고 마일이 쐐기를 박았다.

"아까 정신을 잃고 쓰러진 여러분에게 검을 꽂으려고 해서, 저희가 필사적으로 막았답니다~. 이야, 진짜 위험했다고요. 아슬아슬했거든요, 정말."

"네, 네놈들……."

죽일 듯한 시선으로 노려보자 무심코 몇 걸음 뒤로 물러나는 헌터들.

"뭔가 사정이 있는 것 같네요. 이대로라면 여러분은 도적으로 간주되어 종신 범죄노예가 될 텐데, 뭔가 하고 싶은 말이 있으면 일마든지 들이드릴게요?"

마일이 유도하자 두목이 참지 못하고 이야기를 시작했다.

"우리는 도적 따위가 아니라 그냥 나무꾼이야! 거기 있는 그놈들이『호위도 고용하지 않고 마을을 나가려는, 위기감도 없는 아가씨 일행이 있으니까 겁을 좀 줘서 호위를 고용하게 만들고 싶어. 사람을 돕는 거야』하면서 우릴 고용했다고. 뭐, 자기들이 호위가 되려는 속셈이었겠지만, 도적이 출몰하는 요즘 같은 때에 그건 아가씨들을 위한 일이라고 생각했고, 우리도 돈을 벌 수 있으니까 모두에게 이익인 좋은 이야기라고 판단했던 거야⋯⋯. 전력은 견습 여검사 한 명뿐이라고 그랬어. 그런데 설마, 우리를 단숨에 쓰러트릴 정도의 실력자였다니, 그런 말은 듣지 못했다고!"

그렇게 말하며 쳐다보자 아무 말도 못하고 고개를 숙이는 네 명의 헌터들.

"지금 이 이야기가 다 사실인가요? 만약 그렇다면 도적 행위를 하려는 의도가 전혀 없었고 그저 받은 의뢰를 이행하려고 했을 뿐, 그것도 악의가 아니라 좋은 일이라고 생각해서였으니까 이 사람들은 경관에게 엄한 경고를 받는 선에서 끝날 수도 있어요. 우리가 고발하지 않는다면 말이죠. 하지만 만약 이게 거짓이라면, 아마 종신 범죄노예 신세를 면치 못할 겁니다. 그러니까 뭐죠, 진실은?"

마일이 묻자 도적 행위로 고발하는 건 봐줄지도 모른다는 것을 안 헌터들이 눈을 반짝거렸다. 그리고 리더로 보이는 남자가 허둥지둥 변명을 시작했다.

"사, 사실이 맞아! 너희가 호위도 없이 도적이 출몰하는 이 길을 지나갈 거라고 하니까 안전을 위해 호위를 고용하게 만들려고 한 거지. 맹세코, 거짓말이 아니야!"

아마도 그건 사실이리라. 현지에서의 긴급 의뢰로 고액의 의뢰비를 챙기거나 나중에 추가 의뢰를 하도록 권유하거나, 잘하면 수납 보유자 마일을 자기 파티에 끌어들일 수 있다는 등의 노림수는 있었다고 해도 그건 앞의 변명과 모순되지 않았다. 원칙적으로 '위협해서 호위를 고용하게 만들' 계획이었지 자신들이 진짜 도적 행위를 할 생각은 없었고, 어디까지나 길드의 규칙을 깨거나 범죄 행위를 저지르지는 않는 수준에 머물 셈이었으리라.

아니, 도적인 척 속이고 겁을 준 시점에서 이미 아웃인 느낌이지만, 그건 '용감하게 등장한 헌터들이 도적을 물리치면' 그만이니까 비겁하기는 해도 한패라는 사실만 들키지 않으면 아무 문제 없었겠지.

"결과적으로 속이게 된 건 미안하다. 하지만 너희가 안전할 수 있다면 우리가 다소 진흙을 뒤집어써도 상관없다고 생각했어. 거짓말도 하나의 방편이고, 사람 목숨을 지키기 위한 일이라면 여신님도 용서해주실 거라고 생각했다. 너희도 그렇게 생각하지 않아?"

우쭐한 표정으로 뻔뻔하게 잘도 말하는 리더.

"으~음, 그것도 그러네요. 하긴 저희가 남들의 걱정을 사기 쉬운 외모긴 하죠……. 알겠어요, 그럼 도적 역할을 맡은 사람에게는 저희가 옆에서 말을 잘 해서 어떻게든 관대한 처우를 받도록 배려하죠."

"그레주면 고맙다. 그럼 우리는 나무꾼들과 함께 자르바호로 돌아갈 테니 여기서 헤어지기로……."

"네? 무슨 소리를 하는 거예요? 나무꾼들은 이용당한 거니까 됐고, 당신들은 범죄자로 잡아 길드를 경유해서 경관에게 인도할 건데요, 당연히."

무슨 뚱딴지같은 소리냐는 어조로 헌터들에게 그렇게 선고하는 마일.

"뭐? 아니, 속인 건 미안하지만 그건 다 너희 잘되라는 의도로 한 일이라는 걸 너희도 이해했잖아? 게다가 우리는 너희를 협박하지도 검을 겨누지도 않았어. 처음부터 너희 편에서 행동했을 뿐이야. 거짓말한 것만 용서해주면 아무 문제없는 거 아니냐?"

마음이 급한지 그렇게 변명하는 리더에게 마일이 생글거리며 말했다.

"네, 물론 저희한테는 그렇죠. 하지만 도적 역할을 맡은 사람들이 진짜 도적이 아니라 당신들이 고용한 사람이라는 걸 알고도 입막음하기 위해 죽이려 했잖아요? 그 검으로 찌르려고 했을 때, 저와 메비스 씨가 막지 않았다면 확실하게 치명상을 입혔겠죠. 즉, 살인미수입니다. 그것도 자신들이 고용한 사람을, 자기 신변 보호를 위해 죽이려고 한 악질 중의 악질 행위예요. ……중죄죠, 그건."

"""""아……."""""

"여러분은 헌터인 모양이니 길드와 경관 양쪽에서 처벌이 있을 거라고 생각합니다. 얌전히……."

"해치우자!"

"""""하앗!"""""

남자들이 일제히 검을 뽑았다.

자기들이 습격하라고 고용해놓고, 결국 그들을 배신하고 살인미수.

신뢰를 잃어버린 것은 물론이고 헌터 자격 박탈, 그리고 20~30년 정도의 범죄노예는 확실하리라.

그럼 차라리 진짜 도적이 되어 이들을 잡아 다른 나라에 팔아버리면 그만이다. 미인들만 모인 데다가 굉장한 용량의 수납 보유자인 귀족 아가씨도 있다. 암시장에서 엄청난 값에 팔릴 게 분명하다.

죄는 전부 멍청한 나무꾼들에게 떠넘기면 된다. 죽여서 대충 어디에 묻은 다음, 나무꾼들이 도적으로 전락해 아가씨 일행을 습격한 후 그대로 외국으로 도망쳤다는 선에서 끝낼 수 있다.

어쩌면 나무꾼들과 관련짓지 않고 늘 있던 도적단의 소행으로 정리될 가능성도 있다.

그렇게 생각하고 자신의 안위와 돈을 위해 실력행사에 나선 남자 헌터들.

"……역시, 본색을 드러냈네요."

폴린이 씨익 웃으며 스태프를 잡았다.

"나무꾼 여러분께 검을 겨누었을 때 여러분의 움직임이 너무 신속하고 딱딱 맞았죠. 그리고 지금도 누구 하나 주저하지 않고 일제히 검을 뽑았고요. 보통은 네 사람이나 되면 자기가 고용한 자들이나 헌터가 아닌 일반 여성들에게 검을 겨누는 걸 망설이는 사람이 한두 사람 정도는 있어야 정상이에요. 그런데 모두 아무런 주저 없이 검을 뽑았죠. ……당신들, 범죄자가 아닌 일반인을 공격하는 게 이번이 처음이 아니죠?"

"시, 시끄러워! 그래서 뭐 어쩌라고! 어차피 너희의 운명은 달라지지 않아! 헷, 얌전히 우리를 고용했으면 좋은 추억이 생겼을 텐데. 멍청한 녀석들! 수납마법을 쓸 줄 아는 여자는 동료로 넣어줄까 했는데, 이렇게 된 이상 어디 팔아넘기는 수밖에 없으려나. 아깝지만 어쩔 수 없군……."

마일을 동료로 삼겠다는 건 거의 강제적으로, 라는 뜻이리라. 그렇지 않다면 귀족의 딸을 동료로 삼는 게 가능할 리 없다. 다른 세 사람은 어떻게 할 계획인지 잘 모르겠지만…….

아무래도 생각보다 더 악질 같았다.

"자, 그럼 그렇게 알고. 마일, 메비스, 부탁해요."

""오케이!""

아무래도 남자 헌터들은 나무꾼들이 쓰러지는 장면을 제대로 보지 못한 모양이었다.

그때는 아직 거리가 좀 있었고, 마일과 메비스의 움직임이 너무 빨랐다. 그래서 그들은 '나무꾼들이 쓰러졌다'는 사실밖에 몰랐던 것이다.

그것은 별로 놀랄 일이 아니었다. 어디까지나 도적인 척 꾸민 나무꾼들일 뿐이지 싸움에는 문외한이니까, 견습 수준이라도 정규 훈련을 받은 기사에게 순살 당해도 별수 없다. 그건 어디까지나 단순히, 제대로 된 전력은 견습 기사 한 명뿐이니 넷이나 되는 도적에게 먼저 덤빌 리 없다고 생각한 허세가 요인이었을 테니까.

그리고 애당초 나무꾼들은 정말로 상대와 싸우거나 다치게 할 계획이 전혀 없었다.

자신들이 달려올 때까지 불과 수십 초 동안 서로를 노려보며 대치하면 그만이어서 아무 문제 없을 거라고 여겼겠지. 설마 도와주러 달려오고 있는데 그걸 못 기다리고 머릿수가 네 배나 되는 도적에게 덤비다니, 상상하지도 못할 일이다.

어쨌든 그리하여 남자들의 인식은 '제대로 된 적은 견습 기사 한 명뿐'이었고, 검을 쥔 아가씨와 스태프를 쥔 거유 메이드와 어린이 따위는 숫자로 넣지 않았다. C등급 헌터인 자신들은 견습 여검사보다 강하고 심지어 네 사람이나 된다. 그러니 무슨 불안이 있겠는가.

"메비스, 마일, 해치우세요."

"하앗!"

"하앗!"

레나가 말한 것은 마일의 '일본 전래 허풍동화'에 나오는 유랑 노인들(드라마 '미토코몬'의 패러디)인가, 아니면 귀족의 딸 레이디 페넬로프 크레이턴—워드(1960년대 영국 드라마 '썬더버드'의 등장인물)인가, 그것도 아니면 프리저인가 도론조님인가. 좌우지간 마일의 허풍동화에 자주 등장해서 모두의 머릿속에 각인된 파워 워드였다.

　검을 뽑아드는 마일과 메비스.

　챙챙, 퍽, 퍼억!

　금속음과 둔탁한 소리가 각각 두 번씩, ㄱ게 두 세트씩 울리더니 네 명의 헌터가 모두 바닥에 쓰러졌다. 물론 평타였기 때문에 생명에 별다른 지장은 없었다.

　서양검은 특수한 것을 제외하면 일반적으로는 일본도보다 훨씬 단단하기 때문에 아무리 상식에서 벗어난 사용법이라도 이 정도로 부러지지는 않는다. 특히 나노머신 근제(謹製)는 더욱.

　"자, 그럼 묻자."

　레나의 말에 모두가 고개를 끄덕였다.

＊　　＊

　"그나저나 계속 꽝이라니……."

　"뭐, 진짜 도적을 퇴치한 후에 놈들이 활동해버리면 우리 신용에도 영향을 미치니까. 정말 퇴치했는지 의심 받는 건 못 참아. 그러니까 싹 다 치워버려서 오히려 다행 아니야?"

　메비스에게 한 레나의 말에, 고개를 끄덕이는 마일과 폴린.

　도적이 두 조 있어서 한쪽을 퇴치해도 다른 한쪽이 계속 활동한다면 의심을 살 것은 뻔하다. 정말로 도적을 퇴치한 게 맞느냐며. 엄한 사람을 대신 잡은 것 아니냐며.

마일 일행은 물론 당초 예정대로 카르딜 마을을 향해 계속 이동하고 있었다. 두 번째 녀석들도 땅에 잘 묻고.

나무꾼들도 같이 묻었다. 어쨌든 일단 경관의 질책을 받아야 하는데, 이름을 물으면 가명을 써서 얼버무릴 수도 있고 나중에 부르면 '몰라, 난 아니야' 하고 발뺌할지도 모르기 때문에 이는 당연한 처사였다.

변명은 들었지만 그건 어디까지나 '……라고 범인들이 주장하고 있습니다'이지, 지금은 그냥 도적이므로 그 정도의 대응을 해도 전혀 문제될 게 없다.

게다가 사실관계를 정확히 증언할 것이고 정상참작을 위한 의견은 내겠지만 형벌을 결정하는 것은 자신들이 아니다. 녀석들은 헌터가 아니라 헌터에게 교사 받은 사람들이기에 길드의 처벌은 받지 않겠지만, 경관이 어떻게 판단해서 처분을 내릴지에 대해서는 마일 일행이 관여할 수 없었다.

그래도 짐승에게 물려 죽지 않도록 머리 주위에 금속 철창을 씌워 보호해주었다. 물론 방어마법도 걸었다. 이렇게 하면 당분간은 안전하리라.

그리고 걷기를 몇 분.

"멈춰라!"

도로변 바위에 걸터앉아 쉬고 있던 여행자 같은 남자가 갑자기 일어서서 앞길을 막더니, 길모퉁이 건너편에서 슬금슬금 불량한 남자들이 등장했다.

오늘은 연달아 입질이 온다. 미끼가 너무 좋았나⋯⋯.

"오오, 계속 나오네, 나와⋯⋯."

'⋯⋯프뉴무킨?'(다케모토 이즈미의 만화 '아오이짱 패닉!'에 나오는 외계인)
메비스이 말에 또 이미를 알 수 없는 단어를 떠올리는 마일.

뒤돌아보자 후방에도 남자들이 길을 막고 있었다.

전방에 십여 명, 후방에 대여섯 명. 지금까지의 피해 상황으로 추정할 수 있는 도적 예상 인원수의 범위에 들었다.

"진짜네."

레나의 말에 고개를 끄덕이는 세 사람.

과연, 이런 규모의 도적단이 복수로 같은 곳에서 활동할 것이란 생각은 들지 않는다. 첫날에 이렇게 정리할 수 있게 된 건 행운이었다. 마일 일행이 아니라 '묻힌 사람들'의 입장에서 말이다. 꺼내는 게 너무 늦어지면 뿌리를 내리거나 땅속줄기가 자랄지도 모른다. 또, 썩을 수도 있고⋯⋯.

아니, 제일 먼저 눈이 나오고, 이빨이 나오고, 다음으로 콧구멍이 활짝 벌어지고, 마지막으로 '똥'이⋯⋯, 하고 생각했다가 이 이야기는 예전 골렘 사건 때 레나가 써먹었다는 사실을 떠올린 마일. 마일은 패러디나 오마주, 리스펙트 등에는 관대했지만 남의 작품을 표절하거나 훔치는 것에는 엄격했다. (눈과 새싹은 '메(め)', 이빨과 잎은 '하(は)', 코와 꽃은 '하나(はな)'로 일본어 발음이 같다)

「똥」이 나오기 전에 꺼내줄 수 있으면 좋을 텐데⋯⋯.'

그렇다, 묻을 때 생리현상에 대해 전혀 고려하지 않았던 마일이었다.

"무엄하구나! 이 몸이 누군지 알고 이렇게 행패를 부리는 것이냐!"

생각을 고쳐먹은 마일의 말투에 레나와 메비스가 동시에 웃음을 터트렸다. 가난한 하급귀족의 보잘것없는 딸은 자기를 가리켜 '이 몸'이라고 말하지 않는다. 귀하신 공주도 아니고…….

하지만 이는 마일의 작전이었다. 도적들이 어느 정도의 정보를 쥐고 있는지 확인하기 위한.

"켁, 하급귀족 딸이 『이 몸』이라고 하다니, 사람 웃기는 재주가 있구만! 아무리 수납 보유자라고 해도 변변한 호위도 없이 여행을 보내주다니 얼마나 미움을 받고 있는 거야, 아가씨? 우리가 훨씬 있기 좋은 곳을 마련해줄게!"

너무도 간단히 완전한 정보 수집을 완료했기 때문에 놀라서 입을 쩍 벌리고 그대로 굳어버린 마일. 이렇게 해서, 길드에서 했던 말들이 전부 정확하게 전달되었다는 사실이 확인되었다. 레나 일행이 씁쓸하게 웃었다.

정보 유출 경로는 딱히 '붉은 맹세'가 조사할 필요 없다. 붙잡은 도적들에게 물어보면 끝날 일이고, 또 그건 헌터 길드나 경관들이 할 일이다. '붉은 맹세'는 그냥 도적들을 잡기만 하면 그만이다.

어디까지나 정보 유출원 확인은 서비스였고, 잔당들이 있는 장소를 파악해서 스스로 방어하기 위한 참고 정도에 지나지 않았다. 그래서 거침없이 섬멸하기만 하면 되었다.

"자, 시작할까요."

""""하얏!""""

"아가씨들, 괜히 저항하지 말고 얌전히 항복하지그래. 나쁜 짓은 안 할게. 죽이기는커녕 다치게 하지도 않을 거야. 아가씨들을 아주 귀여워해 줄 사람한테 잘 보내줄 테니까."

"""""충분히 나쁜 짓이거든!"""""

정곡을 찌른 지적에 팔짱을 끼고 응응 고개를 끄덕이는 마일. 평소 들려주는 '일본 전래 허풍동화' 교육의 선물이었다.

"이러쿵저러쿵 말하지 말고 얼른……."

"……염탄!"

퍼어어엉!

""""""으아아아아아아악~~!"""""""

"아이스 스톰!"

휘익푸시쿠쾅쾅쾅!

""""""우왓, 컥, 으허억!"""""""

레나가 폭렬마법으로 앞쪽에 있는 도적들을 때렸고 이어서 폴린의 얼음마법이 뒤쪽 도적들에게 날아갔다.

폴린이라고 해서 범위 공격마법을 핫 계열밖에 못 쓰는 것은 아니었다. 물, 바람, 화염 계열 모두 일단은 넓게 구사할 수 있었다. 그저, 레나만큼 강력하지 않았고, 화염 계열보다는 물 쪽을 더 잘 썼을 뿐이다.

그리고 이번에는 홈베이스가 아니라 다른 나라의 마을에서, 그것도 앞으로 취조할 많은 자에게 하는 마법 행사였기 때문에 핫

마법이 아니라 통상적인 얼음마법과 바람마법을 썼던 것이다.

주먹 크기의 수많은 얼음덩어리가 바람마법 때문에 회오리가 되어 무섭게 회전했다. 그렇다, 얼음덩어리가 하나만 있는 게 아니라 마구 소용돌이치면서 몇 번이고 몇 번이고 몸을 때렸던 것이다. 얼음덩어리가 녹거나 마법을 멈출 때까지 계속……

설령 얼음덩어리가 부딪치며 그 충격에 깨져 대미지가 다소 줄어든다고 해도, 그건 그냥 얼음이 때리는 횟수가 두 배로 늘어나는 것일 뿐이었다.

거기에 마일과 메비스가 달려들었다.

마일이 전방, 메비스가 후방의 적을 맡았다.

앞에 있는 적은 레나가 죽이거나 사지를 자르는 등 중상은 입히지 않으려고 위력이 그리 크지 않은 공격으로 조절했기 때문에 전투불능이 된 자는 3분의 1 정도. 나머지는 다치지 않은 자, 다리를 질질 끄는 자, 한쪽 팔을 축 늘어뜨린 자 등 각양각색이었다.

전투에 투입되는 귀한 마술사가 도적단 따위에 소속되어 있을 리 없는데, 마술사가 세 명이나 있는 '붉은 맹세'와 싸우는 것은 무모했다. 아니, 설령 마술사가 열 명 있다고 해도 무모한 건 똑같지만……

반면 후방에 있는 적들은 두 다리로 버티고 서 있기는 했으나 상태가 말이 아니었다. 아무래도 폴린의 거친 회오리가 전부 휘감았던 모양이다.

그리하여 모두의 전투력이 대폭 저하되었는데 진 신속검을 쓰는 메비스의 입장에서는 이랬든 저랬든 별로 중요하지 않았다.

일반적인 C등급 헌터라면 도적 둘쯤은 상대할 수 있지만 메비스라면 만전의 상태인 도적 5~6명쯤, 전혀 일도 아니었다.

애초에 도적이란 병사가 될 수 있을 정도의 인내심도, 상인이니 직공이 될 만한 성실함과 근성도, 그리고 헌터가 될 수 있을 만큼의 재능도 없고, 노력과 단련조차 게을리해서 태만하고 편하기만 한 생활을 꿈꾸는 자들이었다.

만약 강하다면 도적이 아니라 못해도 헌터 정도는 됐을 터였다. 헌터가 되는 문턱은 상당히 낮으니까.

승부……라고 해야 할까, 일방적인 제거 작업은 한순간에 끝났다.

마일과 메비스가 검의 평평한 면으로 때리는 '평타'로 모조리 때려 쓰러트릴 뿐이었다. 레나와 폴린은 첫 일격만 날리고 나머지는 느긋하게 구경했다.

다만 만일에 대비해 레나는 공격마법, 폴린은 치유마법을 홀드해둔 상태였다. 물론 폴린의 치유마법은 마일과 메비스가 '자기도 모르게 깜박해서' 너무 나갔을 경우 도적에게 걸어주기 위해서이기도 했다.

폴린이 치유마법을 쓸 기회도 없이 도적들을 무사히 포박한 '붉은 맹세' 일행.

이번에는 낚싯줄이 아니라 평범한 밧줄로 몸을 묶었다. 인원이 많기도 했고, 이동시키려고 해도 마구 저항할 것 같은 느낌이 들어서, '억지로 잡아당기면 낚싯줄로 몸을 묶었을 경우 손가락이며 손목 등이 뚝 잘려 떨어지지 않을까' 하고 마일이 걱정했기 때문이다.

'19금도 있어요. 아, 저런 19금은 싫어어어어어어~~!'

별걱정이 많은 마일이었다.

슬슬 주위도 어두워지기 시작했지만 여기서 야영할 수는 없었다.

물론 오늘 안에 자르바흐 마을에 도착할 수는 없기 때문에 당연히 하룻밤 야영하게 되겠지만 마음에 걸리는 부분이 있었던 것이다. 바로 도중에 묻고 온 사람들. 아무리 그래도 그 상태로 하룻밤을 보내게 할 수는 없는 노릇이었다.

괴롭게 하는 거야 딱히 상관없지만, 야수의 습격을 받아 죽기라도 한다면 영 뒷맛이 개운치 않을 것이고, 콧구멍이 활짝 벌어진 후 똥이라도 나온다면 민망할 것이다. ……냄새도 지독할 것 같고.

그렇게 생각해서 일단 그들을 묻은 곳까지 이동하자는 마일의 제안을 모두 받아들였다.

그리고 마일은 정신이 돌아오는 약, 메비스는 '급소를 쳐서 정신이 들게 하는' 유도 기술 비슷한 방식으로, 그리고 레나와 폴린은 옆구리를 쿡쿡 차서 기절한 사람들을 깨웠다. 의식을 잃지 않았던 자들은 잔뜩 굳은 표정으로 그 모습을 바라보았다.

"자, 그럼 이동할게요! 빨리 걸어요, 빨리!"

마일이 그렇게 말하며 도적들을 연결한 밧줄을 잡아당겼지만 도적들은 좀처럼 순순히 걸으려고 하지 않았다.

당연하다. 마을에 도착하면 그들을 기다리고 있는 것은 종신 범죄노예의 몸, 게다가 필시 가장 가혹한 노동 장소에 할당되겠지. 투덜거리며 시간을 벌어 방심하게 유도한 후 반격하거나 달아날 기회를 노리려고 하는 게 당연했다.

아무리 강하다고 해도 어린 소녀 넷. 손목은 묶여 있지만 주문 영창이나 검을 뽑을 짬도 주지 않고 가까운 거리에서 일제히 덮친다거나, 줄을 풀고 일제히 사방팔방으로 뿔뿔이 흩어져 달아난다면 어떻게든 될 가능성이 제로가 아니다. 어쨌든 발은 묶여 있지 않으니까.

그렇게 생각하고, 걸으려 들지 않는 도적들이었는데…….

질질

"""""""헉?"""""""

질질질질……

"""""""허어어어어억?!"""""""

줄 끝을 잡은 마일에게 이끌려 질질 바닥을 끌며 딸려가는 도적들.

힘은 세지만 몸무게가 가벼운 마일은 그런 행동이 가능할 리가 없었다. 그렇게 생각한 메비스가 자세히 관찰해보니, 마일의 다리가 땅에 푹 박혀 있는 게 아닌가. 훗날 그 구멍에 발이 빠져 넘어지는 여행자라든지, 마차 바퀴가 걸려 튕기는 바람에 엉덩방아를 찧는 승객 등이 나올 수 있으니 민폐도 그런 민폐가 없었다.

메비스의 시선과 표정을 읽었는지, 폴린이 흙마법으로 구멍을 살짝 덮어 땅을 원상회복시켰다.

"아야! 아야야얏!"

비록 포장된 아스팔트 도로는 아니지만 잘 다져진 땅은 단단했고 바위라든지 돌 같은 것도 군데군데 있었다. 그래서 '무 갈리듯' 되기에는 충분했다. 도적들의 몸 곳곳이 긁히며 점점 피범벅이 되어갔다.

"잠깐! 서, 설 테니까 조금만 기다려줘!"

연결된 도적들을 혼자서 잡아끄는 마일의 말도 안 되는 괴력에 두려움을 느끼며, 라기보다는 거친 땅 위를 끌려가는 고통을 참지 못하고 도적들이 소리쳤다.

그렇다. 이런 자들에게는 친절히 대해봐야 헛수고다.

일어선 후에도 여전히 좀처럼 걸으려고 하지 않는 도적들의 옆쪽으로 레나가 염탄을 쏘았다.

"으악!"

"뭐, 뭐하는 짓이야!"

마력량을 극소로 줄인 아주 작은 염탄이었지만 맞으면 무사할 수 없다. 죽지야 않겠지만 피와 살을 조금 튀기게 되는 건 면치 못하리라.

첫 발이 도적들로부터 1미터 정도 떨어진 땅에 착탄했고, 두 번째 염탄은 60센티미터, 세 번째 염탄은 30센티미터로, 점점 거리를 좁혀오다가 네 번째 염탄이……

도적들이 몹시 당황하며 걸음을 떼기 시작했다.

하지만 오늘 밤 야영해도 도저히 잘 수 없을 것 같았고, 내일 이동할 때 마을이 점점 가까워지면 도적들의 저항이 다시 시작되거나 뭔가 계략을 꾸밀지도 모른다. 시간 끌기 작전이라도 쓴다면 내일 중으로 마을에 도착하기 힘들지도…….

그렇게 생각하며 짜증난다는 표정을 짓는 레나 일행.

아무리 싸움에 능해도 이런 성가신 일은 어떻게 할 방법이 없었다.

* *

"어라, 두 사람이 말을 타고 빠른 속도로 달려오고 있어요. 길을 열어주죠!"

탐지마법이 아니라 눈으로 직접 확인한 마일의 지시에 레나 일행은 밧줄로 연결한 도적들을 도로가로 이동시켜 길을 열었다.

"아, 그렇지. 저 사람들도 자르바흐로 가는 것일 테니 길드에 전언을 부탁하는 게 어때요?! 저들도 곧 야영에 들어가겠지만 우리보다야 훨씬 빨리 마을에 도착할 테니까요. 잘만 하면 길드에서 호송 인력을 보내줄지도…….

"으~음, 글쎄에……. 서두르고 있는 모양이기도 하고, 만약 기사라든지 군의 급사라면 무시하고 그냥 지나갈 것 같은데…….

"그래도 밑져야 본전이니까, 일단은 부탁해보기나 하죠."

"애당초 멈춰 줄지 어떨지도 의문인데 구구절절 생각해봐야 소용없어. 길을 막아 억지로 멈춰 세울 수도 없는 노릇이잖아."

메비스, 폴린, 레나가 각자 의견을 제시했는데 어쨌든 멈춰서 이야기를 들어준다면, 하는 결론에 도달했다.

그리고 가까워진 두 기마는 '붉은 맹세'와 도적들의 옆을 그냥 스쳐 지나가지 않고 멈춰 섰다.

"뭐하는 놈들이냐!"

그들의 찬 장비는 기사나 전령병의 것이 아니라 누가 봐도 헌터였다.

누군지 묻는 목소리에 마일이 가볍게 대답했다.

"아, 여행자예요. 저희를 공격한 도적을 붙잡아서 오늘 아침 출발한 자르바흐에 인도하려고 가는 중이에요. 혹시 자르바흐에 가시는 거면 헌터 길드에 도움을 요청한다는 전언을 부탁드리고 싶은데요……."

""엥………….""

밧줄에 꽁꽁 묶여 연결된 17~18명의 남자들과, 절반이 미성년 자인 네 명의 소녀들.

그들이 모습을 말똥말똥 쳐다본 두 남자가 눈을 동그랗게 뜨고 입을 쩌억 벌린 채 그대로 굳어버렸다.

잠시 후 정상으로 돌아온 남자들에게 물어보니 둘은 상단 호위 의뢰를 받은 헌터로, 적의 잠복에 대비해 전방 감시를 맡은 모양이었다. 그래서 본진보다 조금 더 빨리 출발했다가 20명 정도 되는 사람들을 목격했기 때문에 확인 차 접근했다는 것이다. 당연한 대처겠지.

만약 수상한 기색이 보이면 바로 돌아가 본진에 경고할 작정이었는데, 아무래도 적이 잠복한 건 아닌 것 같아서 언제든지 뒤돌아 달아날 수 있는 태세를 갖춘 채 접근했다는 것이다.

상단은 가능하면 내일 날이 저물기 전에 자르바흐에 도착하고 싶어서 오늘 해가 지고 나서도 좀 더 이동해서 조금이나마 거리를 좁힐 예정이라고 했다. 숲속이면 모를까, 도로로만 이동한다면 다소 어두워지더라도 큰 문제가 없다. 아무리 그래도 완연한 밤이 되면 말이 발에 뭐가 걸려 넘어지는 등 여러 가지 위험이 있기 때문에 무리할 수는 없지만⋯⋯.

그래서 마일 일행이 사정을 설명하자 놀라면서도 납득한 두 사람이 본진으로 돌아가려는데.

"그런데 그렇게 쉽게 믿어도 돼요? 만약 우리가 도적이어서 상단이 여기 도착하자마자 도적들이 밧줄을 확 풀고 숨기고 있던 검을 들이밀며 공격한다거나, 하는 의심도 안 하나요⋯⋯."

"바보야? 만약 속일 생각이 있었으면 싸움이랑 거리가 전혀 먼 여자애 넷이서 스무 명에 가까운 도적을 붙잡았다는 황당무계한 이야기를 할 리 없잖아. 속일 거면 좀 더 그럴 듯하게 꾸미겠지. 네 그『일본 전래 허풍동화』도 아니고⋯⋯."

마일의 의문을 레나가 일축했다.

그리고 잠시 후 뒤쪽에서 중간 규모의 상단이 등장했다. 마차 12대에 앞뒤로 기마가 각각 둘씩 붙어 있었다. 마차 안에는 당연히 못해도 열 명이 넘는 호위가 타고 있을 터였다.

상단은 마일 일행과 가까워지자 움직임을 멈췄다. 그리고 가운데 근처 마차에서 상인과 나이가 좀 있는 헌터로 보이는 남자들이 내렸다. 상황으로 짐작하건대 상단의 책임자와 호위 리더일 것이다.

"처음 뵙겠습니다. 저는 이 상단의 책임자 세리보스라고 합니다. 이번에 우리 상인들의 원수인 도적 일당을 소탕해주셔서 정말 감사합니다. ……그건 그런데……."

포박되어 줄줄이 연결된 도적들을 바라보며 놀란 듯한, 그리고 황당하다는 표정을 짓는 세리보스.

"……제 눈으로 직접 봐도 믿어지지가 않는군요……."

세리보스가 그렇게 말하는 것도 무리는 아니다. 마차에서 내린 다른 호위들도 눈이 휘둥그레지며 그대로 굳었다. 세상 물정 모를 것 같은 소녀들이 이렇게 쉽게 도적들을 잡아들여서야, 호위들이 설 입지가 없다.

뭐, 네 기마와 마차에 탄 열 명 이상의 호위를 고용한 이 상단이 40명이 넘는 대도적 집단 이외에 다른 것의 공격을 받을 가능성은 일단 없고, 그런 거대한 도적단이 그리 흔할 리도 없다. 왕도에서 멀리 떨어진 시골 마을 근방에는 그 정도로 대규모 집단을 유지하게 해줄 만한 사냥감을 찾기 힘들며, 무턱대고 덤볐다가는 영주군, 운 나쁘면 국군이 나설 수 있다.

그래서 이 상단 호위들이 도적들과 싸우게 될 가능성은 극히 낮았기 때문에, 상단 책임자인 세리보스가 건넨 감사 인사는 자신들이 하는 것이라기보다 상인 전체를 대표한다는 의미이리라.

"넷이서 호송하는 건 힘들고 위험합니다. 꼭 저희가 돕게 해주십시오. 오늘 밤은 이 근방에서 같이 야영합시다."

그렇게 제안하는 세리보스에게 마일이 기쁜 투로 대답했다.

"고맙습니다, 그렇게 해주시면 감사하죠! 그런데 야영은 조금
만 더 이동한 후에 하면 좋겠어요…….”

어차피 오늘 좀 더 거리를 좁혀두고 싶었던 세리보스로서는 이
의가 없었다. 그리하여 도적들의 목에 건 밧줄을 마차에 묶어 마
차 속도에 맞춰 걷지 않으면 저절로 목이 졸리게 되는 '폴린식 도
적 호송법'을 씀으로써, 순조롭게 이동을 시작하는 일행이었다.

                              *   *

        "“““““……………………”””””.

두 번째 조인 가짜 도적 일당, 그리고 첫 번째 조인 초짜 도적
일당을 마법으로 땅에서 꺼낸 '붉은 맹세'를 두려움이 담긴 눈빛
으로 쳐다보는 상단 사람들.

세리보스 이하 세 명의 상인, 열두 명의 마부, 그리고 기마를
포함한 열여섯 명의 호위 헌터들 전원이 말없이 지켜보고 있는
그 소행.

도적들을 머리만 빼고 땅에 묻은 후 주변 흙을 마법으로 단단
하게 다져 몸을 조금도 움직일 수 없는 완전 무방비 상태로 길가
숲속에 방치해버린, 상상만 해도 오싹해지는 귀축의 소행.

만일 야수나 마물이 등장한다면. 만일 그대로 방치되어, 아무
도 구하러 오지 않는다면.

……생각하기도 싫다.

그리고 만약 누군가에게 발견된다고 해도 마법으로 다져진 흙을, 그들의 몸이 다치지 않게 파려면 과연 시간이 얼마나 들지 알 수 없다.

　어쩌다가 우연히 그곳을 지나던 여행자가 때마침 삽이나 곡괭이를 가지고 있을 리도 없다. 아마도 땅 파기를 단념하고 '다음 마을에 닿는 대로 길드에 알리겠다'고 말하며 떠나는 것이 고작이겠지.

　아니, 그것도 옆에 세워져 있는 '이 놈들은 도적이다'라는 팻말이 있는 이상 가망이 없으려나.

　그리고 문제는, 아니 딱히 문제가 아니지만 그래도 모두의 생각에 '문제'인 것은 '세 무리의 도적을 생포한 엄청난 실력자'가 아무리 봐도 평범한 네 명의 소녀라는 사실이었다.

　"고기, 다 구웠어요. 스프도 완성되었습니다!"

　식자재에서부터 조리도구, 식기 종류에 이르기까지 무엇이든 다 나오는 수납 보유자 귀족 아가씨.

　오줌을 지린 도적의 옷과 몸을 깨끗하게 정화해 준, 지금껏 본 적 없는 마법을 쓰는 대범한 메이드 소녀는 마차 바퀴를 고칠 때 다친 마부의 상처도 순식간에 낫게 했다.

　또, 견습 기사 소녀는 요리에 필요한 장작을 순식간에 준비했다. ……주워 모은 것이 아니다. 쓰러져 있는 나무를 검으로 잘게 베었던 것이다.

　원래 검은 그런 용도로 만들어진 게 아니고, 설령 그런 용도로 만들어졌다고 하더라도 '그게 가능할 만큼의 기술과 힘을 가진

자'는 존재하지 않는다. 아니, 존재할 리가 없다.

……마법으로 장작에 불을 붙인 붉은 머리 소녀가 상대적으로 평범하게 느껴졌다. 그 부분에 유일한 평안을 느끼는 상단 사람들이었다.

모른다는 건 행복한 일이다. 정말로…….

*　　*

"아침밥, 다 됐어요!"

다음 날 아침에도 마일에게 식사를 대접받는 상단 일행.

어젯밤, 마일이 신선한 고기와 채소로 만든 요리를 실컷 먹었다. 어제 아침에 막 자르바흐를 출발했을 테니 식재료가 신선도를 유지한 것도 이해했고, 마을로 돌아갈 거면 상하기 전에 전부 요리하는 게 낫겠다고 생각했으리라는 것 역시 알았지만 그래도 상식에서 벗어난 그 양에는 놀랄 수밖에 없는 상단 일행이었다.

특히 상단 책임자인 세리보스 이하 세 명의 상인들이 마일에게 보내는 뜨거운 시선.

아니, 헌터들 역시 어젯밤 오크가 통째 나온 그 용량에 눈이 휘둥그레졌지만.

아침식사를 마친 후 마일이 세리보스에게 부탁했다.

마일이 어젯밤에 쓴 편지를 기마를 이용해 길드로 가서 급히 전해주었으면 좋겠다는 내용이었다.

"물론 아무 상관없답니다! 맡겨만 주십시오!"

세리보스는 마일 일행이 뭔가를 꾸미고 있을 가능성은 생각해 보지도 않았다.

그리고 호위 숫자가 고작 한 명 줄어든다고 해서 별다른 영향은 없다. 오히려 이 정도 실력자들이 함께해준다면 40명 규모의 대도적 집단이 덮쳐도 끄떡없으리라.

붙잡은 도적들은 부상 정도와 마차에 연결할 때 각각 묶은 밧줄도 확인했다. 편집광에 가까울 만큼 심하게 묶은 밧줄은 절대 쉽게 풀 수 없을 터였다.

또 애당초 저 정도 용량의 수납마법, 치유마법, 검기를 구사할 줄 아는 사람들이 돈이 아쉬워 범죄를 저지를 리가 없다. 그것만은 금화 10닢을 걸어도 좋다고 생각하는 세리보스였다.

이른 오후.

전방에서 말을 탄 사람이 여러 명 접근했다. 그들은 상단이 있는 곳 조금 앞에서 말을 멈췄다.

"자르바흐 헌터 길드의 길드 마스터다!"

길드로 심부름꾼을 보냈으니 지원요원이 오는 것은 당연하다. 길드 마스터가 직접 온 것은 좀, 아니 많이 놀랐지만.

경계하던 호위와 상인들의 표정이 풀렸고 이동하던 상단도 정지했다.

기마 헌터들은 걸어서 이동 중이던 마일 일행 앞까지 다가와 말에서 내렸다.

"너희가 편지를 보냈나? 뭐, 이 모습을 보니까 그 내용이 진짜라는 건 잘 알겠는데…….."

마차에 연결된 도적들을 어이없는 눈빛으로 쳐다보는 길드 미스티.

마일 일행이 처음 만난 자르바흐의 길드 마스터는 늘 그렇듯 중년에서 초로 사이의 남자였다. 길드 마스터가 되기 위한 능력을 갖추려면 보통은 그 정도 나이가 되고 말리라. 경험이 부족한 청년이 맡을 수 있는 역직이 아니다.

"네, 도적 세 조, 정확히 말하면 진짜 도적 한 팀이랑 잔챙이 두 팀이에요. 처리 순서는 편지 내용대로 부탁드립니다."

"알았다. 수고 많았어, 이제부터는 우리한테 맡겨라."

리더 메비스의 보고를 받고 고개를 끄덕이는 길드 마스터.

하지만 말은 그렇게 해도 도적 호송용 마차는 속도가 느리다. 호송 마차와 합류할 때까지 얼마간은 더 이 상태로 움직여야만 했다.

길드 마스터는 상인과 잠시 대화를 나눈 다음, 대동한 인원 중 둘과 진짜 도적 두목과 부하 둘을 데리고 한 마차에 올라탔다. 원래 타고 있던 호위들은 마차에서 내려 그중 세 사람이 길드 마스터 일행이 타고 온 말에 올랐다.

……그래, 그런 것이다.

상단이 다시 움직이기 시작한 후, 조금 전 마차에서 굉장한 비명이 울려 퍼졌다.

하지만 그 소리를 신경 쓰는 사람은 아무도 없었다. ……상단

213

그리고 길드 마스터가 데려온 사람들은 말이다.

그렇다, 그 비명은 다른 도적들 그리고 '붉은 맹세' 멤버들의 표정을 굳게 만들 만큼의 효과는 있었다. ⋯⋯충분히.

그 후 호송 마차와 합류해 도적들을 태운 길드 마스터 일행은 상단 사람 모두에게 엄한 함구령을 내린 후 호송 마차를 부하들에게 맡기고 자르바흐를 향해 말을 달렸다.

＊　　＊

"이제부터 자르바흐 근교에서 벌어진 도적 행위에 관한 취조를 실시한다."

그로부터 3일 후. 이곳은 자르바흐 주위를 다스리는 영주의 영지 저택이다. 파티용 넓은 홀을 이용한, 재판 비슷한 것이었다. 세 번을 일일이 하기 귀찮으므로 세 조를 한꺼번에 했다.

검사, 영주의 부하. 재판관, 영주의 부하. 재판장, 영주의 부하. 그들 모두 전업 법조인이 아니라 일반 가신들이 임시로 직무를 맡고 있을 뿐이었다. 그리고 변호사, 없음. 실로 공명정대한 재판 (비슷한 것)이었다.

이런 촌동네에서 이 정도로 규모가 큰 재판은 보기 드물었다. 그래서 정식 재판소 따위는 있을 리 없었고, 잔챙이 악당들 같은 경우는 보통 군 시설에서 취조하는데 이번에는 영주 저택을 쓰게 되었던 것이다.

영지 내에서 일어난 사건에 입법권, 행정권, 사법권을 전부 가진 영주. 게다가 사전에 실질적 취조는 대충 끝난 상태였다. 그래서 이건 그저 형식적이며, 결과 발표 자리에 지나지 않았다. ……원래라면 말이다.

방청석에는 피고의 일부가 헌터 길드 관계자여서 헌터 길드 마스터를 비롯한 길드 직원 몇 명, 마찬가지로 상업 길드의 길드 마스터 이하 몇 명, 그리고 헌터가 연루되었기 때문에 이 마을에 있는 B등급 헌터 파티 두 팀, 기타 열대엿 명이 착석해 있었다.

아무리 영주 측의 의도대로 판결이 내려진다고는 하나 지나친 무법에는 항의해야 한다. 그런 자세는 무너뜨릴 수 없었다. 또 그러한 항의가 통한다는 건 이곳 영주가 올곧다는 뜻이기도 하리라.

영주는 원래 재판에 직접 관여하지 않지만, 이번에는 상당히 흥미가 있었는지 옆에 마련된 자리에 앉아 상황을 지켜보고 있었다.

간단한 죄상 확인이 끝난 후 우선 진짜 도적들부터 선고가 내려졌다.

"전원 A등급 종신 범죄노예로 한다."

딱딱하게 굳은 얼굴로, 미동도 하지 않는 도적들.

무리도 아니다. 그것 이외의 판결은 있을 수 없었고, 정상참작을 간청해봐야 종신 범죄노예에서 유기한 노예 800년 등으로 내려갈 뿐이어서 아무런 의미도 없었다.

애당초 정상참작도 인정될 수 없다. 사형이 아닌 것만으로도 감사하게 생각해야 했다.

사형 판결은 웬만한 일이 아닌 이상 내려지지 않는다. 반항적이고 성실히 일할 생각이 전혀 없는 자, 무시무시한 살인마, 도주를 막기 힘든 마술사, 그리고 귀족과 왕족을 고의로 노린 범죄자 등 상당한 악질이나 그냥 두면 위험한 자들 정도였다.

범죄자 중에 마술사는 드문 편인데, 범죄를 저지르지 않아도 다른 방법으로 얼마든지 입신양명할 수 있어서이기도 하지만 위와 같이 '잡히면 사형에 처해지기 쉽다'는 것도 크나큰 이유였다.

또, 현장에서 붙잡아 몸을 꽁꽁 묶고 재갈을 물려도 언제 무영창으로 공격마법을 쏠지 모르는 상대 따위, 무서워서 도저히 그대로 둘 수 없다.

그렇다, 마술사 범죄자는 대부분 그 자리에서 즉시 죽이는 것이다. 이렇다 할 실력이 없고 저지른 범죄가 비교적 세세한 것이라고 해도……

판결 선고는 계속 이어졌다.

"E등급 헌터 이비크, 사형. 헌터 길드 직원 달람, 역시 사형. 그리고 달람의 가족은 20년 노예로 삼는다."

"자, 잠시만요! 저는 어떻게 되든 상관없지만 제 가족은! 제 아내와 딸은! 이번 일은 제가 혼자 벌인 일이란 말입니다!"

판결을 내린 재판관은 대답 없이 아예 무시했다. 방청객들도 마찬가지였다.

이비크 등은 헌터가 도적에 협력한 게 아니라 도적의 일원이 헌터 등록을 한 것이었다. 맡은 역할은 정보 수집과 길드 직원 달람에게 받은 정보를 도적들에게 전달하는 일이었다.

헌터 길드는 신용 장사. 그리고 나라를 초월한 대조직이다. 얕잡아보고 그대로 방치해도 될 조직이 아니었다. 판결에 직접 간섭할 권한은 없지만 영주에게 압력을 가하는 것 정도는 간단했고, 굳이 그런 짓을 하지 않아도 통상적인 예로 이런 경우는 사형에 처해졌다.

한편 이의를 제기한 길드 직원 달람.

도적들이 협조하지 않으면 가족에게 위해를 가하겠다는 협박을 했다고 주장했고, 취조 결과 그건 아무래도 사실 같았는데…….

길드를 배신했다.

그 사실은 뒤집을 수 없었다.

협박받았다는 사실을 길드 마스터에게 알리면 됐을 일이다. 그런 노력 없이 도적이 하라는 대로 정보를 흘려 많은 여행자를 죽거나 위법노예로 전락하게 만들고, 적은 금액이라도 어쨌든 돈을 받았다는 사실.

'처자식 때문'이라며 똑같은 짓을 저지르는 자가 두 번 다시 나오지 않게, '설령 도적이 협박했다고 해도, 시키는 대로 하면 처자식까지 같이 지옥에 떨어진다. 올바른 선택지는 상사에게 보고하는 것뿐'이라는 사실을 철저히 주입시키면 처자식 핑계를 대는 것은 불가능해진다.

달람은 대량 살인의 공범자였으니, 그런 이유를 댄다면 처자식 역시 같은 죄.

일본이라면 절대 허용될 수 없는 논리였지만, 치안이 나쁘고 인권 등의 인식이 약한 문명에서는 자신들의 안전을 위해 어쩔 수 없는 처치이리라.

옛날에는 지구에도 연좌제를 채용한 나라가 있었고 일부 국가는 지금도 있다고 한다.

그리고 직접적인 이해관계에 해당하기 때문에 달람의 행위로 인해 이익을 얻은 처자식에게도 죄를 묻는 것은 당연한 일 같았다. 한 사람을 제외한 모든 방청객이 태연하게 앉아 있는 게 그 증거였다.

그렇다, 잠입 스파이 이비크와 길드 직원 달람.

도적들에게 스파이의 정체를 토하게 만들어, 그들이 달아나기 전에 붙잡기 위해서 상단이 마을에 도착하기 전에 길드의 지원요원을 요청했던 것이다.

마차 안에서 이렇게…… 사정 청취로 공범의 이름을 불게 한 다음, 상단과 호송 마차보다 빨리 마을로 돌아와 공범자들을 잡기 위하여.

붙잡혔으니 종신 범죄노예는 거의 확정, 어쩌면 사형 선고를 받을 가능성도 전혀 없지 않은 도적 두목은 살짝만 겁을 줬는데도 쉽게 실토했다. 처음부터 발설하지 않았던 것은 일단 부하들이 앞에 있어서 잠깐 그런 척했을 뿐이었다.

다음은 제일 처음에 공격했던 신인 도적들의 차례였다.

"C등급 헌터『소용돌이치는 불꽃』. 두 번의 도적 행위는 우발적인 것이 아니라 상습적인 범죄로 판단된다. 허나 실질적 피해자는 첫 번째 도적 행위 때뿐이며 남자도 죽이지 않고 모두 위법 노예로 살 수 있게 배려해준 점, 반성의 기미가 보인다는 점을 참작하여 B등급 종신 범죄노예로 한다. 또한, 위법 노예업자 적발에 협력하고, 만약 피해자 전원이 무사히 돌아왔을 경우에는 C등급 종신 범죄노예 혹은 유기한 범죄노예로 형벌 경감을 고려하기로 한다."

눈물을 흘리며 깊이 사죄하는 C등급 헌터『소용돌이치는 불꽃』 멤버들. 흉악 범죄의 두 본기둥, 도적과 인신매매에 손을 댔는데도 불구하고 이 정도 처벌은 뜻밖의 커다란 온정이었다.

노예업자 적발을 중시하고 또 값이 싼 데다가 성가신 갈등의 불씨가 되기 쉬운 남자들도 죽이지 않는 등 악인이지만 나름대로 성의를 보였다는 부분이 긍정적인 인상을 심어준 것일까…….

C등급 종신 범죄노예라면 대우가 썩 나쁘지 않은 편이다. 죽을 위험은 거의 없고 작업도 그 정도로 견디기 힘든 수준이 아니었다.

이따금 술도 마실 수도 있고, 드문 일이 아니긴 해도 운이 좋으면 모범수가 되어 일반직으로 전환될 가능성까지 있다. 하물며 유기한 범죄노예가 되기라도 한다면, 임금이 없고 자유롭지 않을 뿐이지 생활 자체는 결코 나쁘지 않았고 기한이 끝나면 떳떳한 자유의 몸이 될 수 있다.

하마터면 A등급 종신 범죄노예도 될 수 있었다. 그러니 다들 눈물을 흘리는 것도 무리가 아니다.

판결을 받은 자들은 하나둘 밖으로 끌려 나갔다. 방청하던 길드 관계자와 헌터들은 판결에 이의가 없는지 고개를 계속 끄덕였다.

그리고 드디어 마지막 도적들, 두 번째로 등장했던 나무꾼 네 사람과 4인조 C등급 헌터 『승천하는 쌍용』의 차례가 되었다.

재판장이 판결문을 읽기 시작했다.

"나무꾼 네 사람은 도적 행위와는 상관없는 것으로 판단된다. 단, 이익을 목적으로 도적인 척 어린 소녀들을 위협한 것은 자기 의지로 금전을 노린 위법 행위이므로 엄벌에 처한다."

자신들은 속았을 뿐이라며 낙관적으로 생각했던 나무꾼들의 안색이 새파랗게 질렸다.

"따라서 태형 100대 그리고 다음에는 온정이 없을 것임을 뼈저리게 느끼고 본업에 충실할 것을 엄중히 명령한다. 이번에 베푼 온정도 피해자들의 간청이 있었기에 가능하였다. 원래라면 도적 일당으로 처벌받아 마땅했느니라!"

그 말을 듣고 깊이 머리를 숙이는 나무꾼들.

태형은 결코 가볍지 않다. 아이가 엉덩이를 맞는 것과는 차원이 다르다.

채찍, 끝을 얇게 깎은 대나무로 맨살을 드러낸 등이나 엉덩이를 맞는 형벌이다. 뼈가 부러지거나 내장이 다치지 않도록 세심한 주의를 기울이는 그쪽 세계의 프로들이 때리는 이 형벌은 도저히 참기 힘든 격심한 고통, 그리고 집행이 끝난 후에도 오랜 기간 지속되는 통증 때문에 당분간은 누워 잘 수도 없어서 경범죄자들에게는 두려움의 대상이었다.

하지만 앞에서 사형, 범죄노예 형벌이 연이어 선고된 후에 태형은 엄청난 온정처럼 들렸던 것이다.

드디어 마지막으로 선량한 파티의 가면을 쓴 무리의 순서가 되었다.

"C등급 파티 『승천하는 쌍용』. A등급 종신 범죄노예."

"앗! 무슨 그런 터무니없는! 우리는 도적의 공격을 받고 있던 귀족 일행을 도와주려고 했으니 상을 받아도 모자랄 판에 형벌을 받다니 이건 말도 안 돼!"

그렇다, 그들은 아직 발버둥치고 있었다.

도적이라면 엄벌을 면할 수 없다. 그래서 이 사흘간의 취조 동안에도 절대 잘못을 인정하지 않고 나무꾼들이 도적이라면서, 붙잡힌 나무꾼들이 자신들에게 죄를 뒤집어씌우려고 거짓말하고 있다고 주장했다.

"하지만 나무꾼들은 둘째 치고, 습격을 당한 피해자가 직접 그렇게 증언하고 있어. 너희가 아무리 부인해도 그 사실은 달라지지 않아."

그렇다, 이 세계에서는 증거가 있든 없든 재판장의 판단으로 죄가 결정된다. 확실한 증거가 없어도 상황 증거나 그렇게 판단하기에 모자람이 없다면 그걸로 끝이다.

이는 반대로 말하면 재판장이 무죄라고 느끼게 만들면 되는 것이다. 증거 따위 없어도 말이다.

"그건 나무꾼들, 아니 지금은 도적으로 전락한 놈들의 허언에 속았을 뿐입니다. 놈들이 길을 막고 여자애들을 습격했는데 우리가 달려와서 구해줬어요. 이 사실은 틀림없다고요!"

"""""뭐라는 거야?!"""""

나무꾼들이 화가 나서 소리쳤지만 '승천하는 쌍용'의 리더는 눈 하나 깜짝하지 않았다.

여행 중인 귀족 아가씨가 도적 일이 신경 쓰여 아무 볼일도 없는 시골 마을에 일부러 머물 리가 없다. 이번 사흘간의 취조 때도 얼굴을 전혀 내밀지 않았으니 벌써 일찌감치 이 마을을 떠난 게 분명하다. 그걸 억지로 말리는 것은 불가능했겠지.

제멋대로 구는 귀족 아가씨를 억지로 붙잡으면 문제가 커진다. 자칫 잘못했다간 몇 명의 목이 날아갈지 모른다. ……물리적으로.

그러니 모든 죄를 멍청한 나무꾼들에게 덮어씌우면 어떻게든 될 것이다. 그렇게 생각하고 열변을 토하는 '승천하는 쌍용' 리더.

"거기 그 도적들이 불리하다 싶으니까, 도우러 달려온 우리한테 자기들 죄를 뒤집어씌운 겁니다. 경험이 부족하고 세상 물정이라고는 모르는 아가씨들이 그 말에 덜컥 속아서 우리가 도적이라고 생각하게 된 거예요. 그게 전부라고요. 길드에 확인해보면 우리가 얼마나 성실한 헌터인지, 그리고 아가씨들이 출발한 후에 저희가 마을을 나왔다는 사실을 곧바로 증언해줄 겁니다!"

그 말에 방청석에 있던 헌터들이 미묘한 표정을 지었다. 과연, 일리 있는 변명이었다. 나무꾼들이 소녀들을 습격했고, 그 모습을 보고 뒤에서 달려온 마을이 헌터들. 이상한 곳이 아무데도 없다.

아무리 반론해도 재판관이 권력을 행사하는 말 한마디로 판결을 내리기란 간단했다. 하지만 많은 길드 관계자와 헌터들이 방청하고 있는 이상, 가능하면 모두가 납득할 수 있는 형태로 형벌을 내리는 것이 가장 나았다. 그래서 재판장은 곤혹……, 스럽지 않았다.

그렇다, 다소 곤혹스러운 척하고 있었지만 입꼬리는 짓궂게 일 그러져 올라가 있었던 것이다.

그리고 그때 방청석 구석에서 누군가가 소리쳤다.

"이의 있소!"

""""…………엥?""""

일본에서는 모르는 사람이 거의 없는 이 말도 이 나라에서는 전혀 생소했다.

……변호사라는 직업, 재판에서 그런 역할을 맡은 자가 없으니 당연했다.

이의를 외치며 자리에서 벌떡 일어난 사람은, 우락부락한 헌터들 뒤에 숨어 있어서 법정의 위치에서는 모습이 보이지 않았던 네 명의 소녀들이었다.

"너, 너희는……."

그렇다, '승천하는 쌍용' 멤버들이 눈이 휘둥그레지며 쳐다본 것은 물론 낯익은 얼굴 '붉은 맹세'였다.

레나와 메비스는 그때 모습 그대로, 즉 늘 입는 복장. 폴린은 메이드복이 아니라 평소 입는 복장으로 돌아와 있었다. 그리고 마일은 넓은 망토로 몸을 완전히 감쌌다.

"저희는 속지 않았어요. 그리고 당신들, 그때 분명히 자백했잖아요. 우리를 간단히 붙잡아서 먼 곳에 팔아넘기려는 안일한 생각으로……. 우리가 쉽게 속을 바보가 아니라는 건, 당신들의 거짓말에 넘어가지 않았다는 것만 봐도 명백하잖아요?"

거리낄 것 없다는 표정으로 그렇게 말하는 마일을 노려보는 리더.

"이, 이……."

이미 이 마을을 떠났어야 할 자들의 예상치 못한 등장. 그리고 자신들에게 불리한 증언을 하자 무심코 욕지거리를 퍼부으려던 리더였는데 이곳은 논전, 논쟁의 장이다. 말로 꺾어서 재판관을 납득시킨다면 역전할 기회가 있다.

자신들은 믿을 수 있는 그 지역의 헌터, 상대는 그저 지나가던 어린 소녀 일행에 불과하다. 신용도라는 면에서 차원이 다르다. 그렇게 생각하고 모든 것을 건 리더.

"도적들의 설명을 먼저 듣고 현혹된 거겠죠. 경험이 없는 일반인, 특히 어린 아가씨라면 흔히 있을 수 있는 일입니다. 물론, 안이한 생각으로 위험을 무릅쓰려고 한 저 아가씨들에게 저희가 충고 차원에서 다소 험한 말투를 써서 협박 같은 느낌이 되어버린 점에 대해서는 사과드립니다. 하지만 그렇다고 도적 취급을 받다니 어이가 없군요. 아니, 허위 진술은 범죄 행위라고요! 혹시 구조 요금을 내기 싫어서 일부러 우리를 함정에 빠트린 게 아닌지? 그리고 우리를 범죄노예로 만들어서 그 보상금을 챙기려고 했다거나? 솔직히 잘못을 인정하지 않으면 오히려 당신들이 범죄자가 되어 처벌받을 거요!"

그렇다, 아가씨들을 말로 구슬려 속이는 것은 불가능하다. 도적 행위라고 분명히 말해버렸으니까.

하지만 딱히 아가씨들을 납득시킬 필요는 없다. 재판장만 납득시키면 충분하다. 그러기 위해서는 아가씨들의 말이 거짓이라고

꾸미면 그만이었다.

실제로 방청 중이던 헌터들이 점점 웅성거리기 시작했다. 그들도 의뢰인의 일방적인 주장과 거짓말에 휘둘려 호되게 당한 경험이 몇 번이나 있을 터였다.

'……가능하겠는데!'

리더는 기사회생의 기회를 움켜쥐었다고 확신했다.

'슬슬 저녁 8시 45분인가…….'

마일은 왠지 그런 생각을 했다.

그렇다, 슬슬 마지막 장면이었다. 물론 마일의 '일본 전래 허풍동화'에 익숙한 레나 일행 역시 같은 생각을 하고 있었다.

"걱정 마세요. 저희는 상업 길드 자르바흐 지부의 의뢰를 받고 왕도에서 온 헌터거든요. 그 부분의 규칙에 대해서는 굳이 듣지 않아도 충분히 잘 알고 있으니까……."

"""""허억…….""""""

'승천하는 쌍용'의 멤버들뿐 아니라 방청석에서도 경악하는 소리가 터져 나왔다.

하지만 재판관과 재판장, 그리고 모두를 지켜보고 있던 영주님은 별로 놀라는 기색이 없었다. 아무래도 그 부분에 대한 설명을 미리 들은 모양이었다. '재판장님, 부탁드립니다!' 플래그는 꺾였다.

"……신분 사칭이야! 길드 소속은 다양한 의무를 져야 한다! 그러니까 헌터라는 사실을 숨기면……."

"엥? 저희, 단 한 번도 헌터가 아니라는 말을 한 적이 없는데요? 이 마을에서는 길드 지부에 들어갈 때마다 『나는 헌터다! 헌터 등록을 했다고!』하고 외쳐야 하는 규칙이라도 있나요?"

그렇게 말한 마일이 길드 마스터 쪽을 쳐다보자 길드 마스터가 쓴웃음을 지으며 고개를 가로저었다.

"하지만 귀족의 경우는 다르지! 귀족 신분을 확실하게 사칭하지 않았더라도 모두가 귀족이라고 오인하거나 착각할 만한 태도와 복장, 언동을 한 자는 귀족 신분을 사칭한 것으로 간주되어 엄벌에 처해지게 되어 있어! 말하면서 자기도 모르게 진실을 불었군. 범죄자는 우리가 아니라 너희! 자, 어서 저 녀석들을 포박하시오!"

아가씨 일행, 아니 왕도에서 온 헌터들을 범죄자로 몰아 그들이 제기한 자신들의 죄목을 무효화하는 것. 거기에 모든 것을 걸고 이겼다는 듯이 외치는 리더와 덩달아 부추기는 멤버들.

'자, 이제 마지막 마무리야!'

그렇게 생각하고, 레나 일행에 눈으로 신호를 보낸 마일은 성큼성큼 앞으로 걸어갔다.

"어떤 때는 자작가 영애. 어떤 때는 평민인 척한 학원 학생. 또 어느 때는 신입 헌터. 그리고 어느 때는 자작가 영애……."

중복됐어, 하는 레나의 말을 그대로 패스하고 마일이 말을 계속 이었다.

"허나 그 실체는!"

휘익 몸을 감싸고 있던 망토를 벗어 던지고, 여느 때와 같은 헌터의 모습을 노출한 마일.

"정의와 진실의 사도! C등급 헌터『붉은 맹세』의 마일!"
"그리고 메비스 폰 오스틴!"
"그리고 붉은 레나!"
"그리고 폴린!"

"우리는, 영혼과."
"불멸의 우정으로 이어진,"
"네 명의 동료!"
"그 이름은,"
"""""붉은 맹세!!"""""
두두~~~웅!
실내여서 효과음과 광학 조작으로 만든 네 줄기 빛의 난무에만 머무른 마일이었다.
"""""""""……………………."""""""""
사람들이 다시 움직이기까지는 얼마간의 시간이 걸렸고, 시그니처 포즈를 취한 채 부들부들 떠는 레나 일행이었다…….

"본인을 포함해 두 사람이나 귀족이니까 사칭이 아니지……. 그럼 조금 전에 선고를 내린 대로『승천하는 쌍용』의 네 사람은 A등급 종신 범죄노예로. 또한 반성의 기미가 없고 남을 모함에 빠트려서라도 자기만 살려고 하는 악질들이라는 주석을 서류에 달도록. 아마 딱 어울리는 작업장에 배치될 테니. 자, 그럼 끌고 가라!"
마침내 재가동된 재판장의 지시에 헌터, 아니 한때 헌터였던 범죄자들은 경관에게 끌려나갔다.

"……어이."

"……"

"……어이!"

"아, 아, 넷!"

헌터 길드의 길드 마스터가 언짢은 표정으로 말을 걸었다. 한 번은 무시하려고 했지만 도저히 피할 수 없을 것 같았다.

"……왜 말하지 않았지?"

그렇다, 도적들을 잡아들일 때, 반드시 신뢰할 수 있는 최소한의 인원에게만 알릴 것과 마차와 마부는 길드 소속이 아니라 마차가게에서 빌려야 한다는 조건을 편지로 전했지만, 자신들이 의뢰 받은 헌터라는 사실은 밝히지 않았던 것이다.

뭐, 누가 봐도 귀족의 바보 같은 딸 일행답지 않은 지시였기에 어렴풋이 눈치챘을 줄 알았는데.

레나가 옆에서 쿡쿡 찌르자 별수 없이 마일이 직접 대답했다.

"아, 그게 의뢰주가 상업 길드여서 제삼자에게 의뢰 내용을 알려줄 수는……. 그리고 길드에 내통자가 있을 가능성도 있었기 때문에 부주의하게 길드 마스터에게 접촉할 수도 없는 노릇이었고……. 안내해준 접수원이라든지, 전언을 부탁한 사무원이 내통자일 가능성도 있었으니까요."

"……알겠다. 납득할 수밖에 없는 이유군. 언짢아해서 미안했다. 우리의 불찰이야, 뒷수습을 해줘서 고맙다."

자기 마을의 상업 길드가, 마을이 아닌 왕도의 길드에 의뢰했다.

아니, 물론 이곳은 B등급 이하 헌터밖에 없는 작은 마을이기 때문에 까다로운 의뢰를 다른 큰 도시에 내는 것은 딱히 이상하지 않다. 다만, 그것은 이 마을 길드를 통한 의뢰일 때였다.

그런데 이번에는 길드를 아예 배제했으니, 완전히 체면을 구긴 것이다. 그건 이 마을 길드를 모욕하는 행위였다.

하지만 이번에는 불평할 수 없었다. 어쨌든 상업 길드가 걱정한 대로 헌터 길드 내에 내통자가 있었으니까. 그것도 둘씩이나, 심지어 그중 하나는 길드 직원. 그리고 지금까지 길드가 잡지 못한 도적단을 붙잡은 존재는, 절반이 미성년자로 아직 나이도 다 차지 않은 소녀 4인조.

이걸 가지고 불평한다면 거듭되는 수치, 웃음거리만 될 뿐이었다. 아마 순식간에 온 나라 길드 지부에 소문이 퍼질 것이다.

이걸 어떻게든 해결하려면…….

"우, 우리도 보상금을 주겠다!"

"엥, 그래도 돼요?!"

쥐어짜내는 듯한 길드 마스터의 말에 기뻐서 얼굴이 환해지는 '붉은 맹세' 일동.

금전적으로 곤란함은 없지만 길드가 주는 보상은 일반 보수와 달리 공적의 증거가 된다. 신용도 상승, 그리고 당연히 많은 공적 포인트가 붙는다.

한편 길드 지부 입장에서는 '자신들의 체면이 깎였지만 공적자에게는 자기 부담을 해서라도 보상을 내려주는 멋진 지부'로 마지막 남은 자존심을 지킬 수 있다. 서로 손해 볼 것 없는 제안이었다.

길드 마스터도 내통자의 가능성을 전혀 눈치채지 못했던 것은 아니다. 하지만 대놓고 부하를 의심하는 언동을 취할 수도 없는 노릇이라 어떻게든 일을 악화시키지 않고 원만하게 조사를 해야겠다고 생각하고 있던 중에, 기다리다 지친 상업 길드가 먼저 행동에 나선 것이다.

'실패했다……'

길드 마스터의 지위를 잃진 않겠지만, 자신의 평가는 쭉쭉 내려가겠지.

이번 실패를 교훈 삼아 앞으로는 잘 해보자.

상업 길드의 길드 마스터와 악수하고, 영주님으로부터 저녁식사 권유를 받고 있는 듯한 네 명의 소녀를 바라보며 어깨를 움츠리는 헌터 길드의 길드 마스터였다.

한편 이 마을에 있는 B등급 파티 두 팀의 헌터들은 아연실색했다.

"……어이, 왕도의 헌터는 귀족이 그렇게 많아……?"

"그, 그것보다도 왕도에는 C등급인 신입 헌터 넷이 다치지도 않고 스무 명에 가까운 도적을 잡을 수 있는 거냐……."

""""""왕도, 무섭다…….""""""

왕도 헌터들에 대한 뜨거운 헛소문 피해가 발생했다.

제61장　악역 영애 결혼 파기 이야기

　지금보다 조금 미래의 이야기……

　'붉은 맹세'가 수행 여행을 마치고 돌아와, 메비스와 폴린의 모국이자 마일이 헌터 등록을 했던 나라인 티루스 왕국 왕도에서 활동하던 어느 날.

　그녀들이 일을 끝마치고 길드 창구에서 의뢰 완료 수속을 밟고 있는데 다른 길드 직원이 말을 걸었다.

　"아, 메비스 씨께 편지가 와 있습니다."

　편지를 받아든 메비스는 뒷면에 적힌 보낸 사람을 확인하고는 그대로 품에 넣었다. 메비스에게 편지가 오다니, 가족 말고는 상상할 수 없었다. 그리고 메비스가 개인적인 편지를 아무 상관없는 사람이 많은 장소에서 읽을 리 없었다.

　"…………"

　숙소로 돌아온 후 편지를 꺼내 읽은 메비스의 얼굴이 굳었다.

　전혀 편지 글씨를 좇는 것처럼 보이지 않았고, 커다랗게 뜬 눈은 초점을 잃었다.

　"엥, 왜 그래요, 메비스 씨?"

　걱정스러운 마일의 목소리에 메비스는 끼기긱, 하는 환청이 들릴 듯한 동작으로 마일 쪽을 향해 고개를 돌렸다.

"겨, 결혼하는 것 같아……."

"엥, 오빠 분께서 결혼을? 축하드려요! 아, 하지만 브라더 콤플렉스가 있는 메비스 씨는 엄청 충격이겠네요? 그래서 그렇게……."

"……싫, ……어……."

"엥?"

브라더 콤플렉스라는 마일의 말을 무시하고, 작은 목소리로 중얼거린 메비스의 말이 잘 들리지 않아 마일이 되묻자, 메비스가 이번에는 분명하게 대답했다.

"결혼하는 게, 나인가 봐……."

""""허어어어어어어어~억!!!""""

모두에게 설명할 기력도 없는지, 집에서 온 편지를 쓱 내밀고는 의자에 털썩 몸을 맡기는 메비스. 마일을 비롯한 세 사람이 편지를 받아 읽어보니…….

아무래도 어느 후작가의 차남으로부터 혼담이 들어온 모양이었는데 차남이라도 후작, 게다가 당주의 제2작위인 자작위를 차남이 물려받을 예정이었기 때문에, 오스틴 가의 파벌 문제까지 고려하면 이보다 더 좋은 혼담이 없었다. ……가문의 입장에서는 말이다.

메비스 개인의 의사 따위는 전혀 고려되지 않았는데, 원래 귀족 딸의 혼인은 보통 다 이런 식이었다.

"축하해요, 메비스 씨!"

탁!

바보 같은 말을 하는 마일의 머리를 레나가 때렸다. 경쾌한 소리와 함께 있는 힘껏.

"……그럼 어떻게 할 거야……?"

레나가 묻자 대답 없이 입을 꾹 다문 메비스.

편지에 따르면 가문의 격과 입장이 있기 때문에 오스틴 가에서 거절할 수는 없다고 했다.

게다가 메비스를 시집보내지 않겠다는 아버지와 오빠들도 사실은 메비스를 정말 결혼시키지 않고 계속 집에 둘 생각은 없을 터였고, 본가가 후작 가문인 자작 부인이란 정말 흔치 않은 좋은 혼담이었다. 그래서 아마 오빠들은 둘째 치고, 부모님은 응할 생각이시리라.

"무시하고 상견례에 나가지 않는 건 어때요?"

"그런 짓을 했다간 상대 얼굴에 먹칠하는 게 되기 때문에 오스틴 가문의 명예가 완전히 무너지고, 우리 집뿐 아니라 일족 전체에 민폐를 끼치게 돼……."

폴린의 제안을 그렇게 일축하는 메비스.

"지금은 아버지가 상대로부터 혼담을 받아버린 상태, 그러니까 나랑 후작가 차남인지 뭔지가 약혼자가 된 입장이야. 그리고 일단 받았으면 모두가 납득할 만한 이유도 없이 우리 쪽에서 거절하는 건 불가능해. 내 의사 따위는 전혀 상관없어……."

그렇게 말하며 어깨를 떨구는 메비스.

"""…………."""

그렇게 되어버린 이상 귀족의 딸이 제멋대로 굴어서 끝날 이야기가 아니다. 메비스의 아버지가 아무리 딸에게 약하다고 해도 가문의 명예가 달린 일이라면 허용하지 않을 것이다. 그리고 무엇보다도 귀족의 딸이자 가족을 사랑하는 메비스가 그것을 무시하고 달아날 리 없었다. 그 사실을 너무도 잘 아는 레나 일행의 표정도 어두웠다.

"이대로라면 오스틴 가 쪽에서는 거절할 수 없는 건가요?"

"그래……. 귀족의 딸이 가문을 위해 시집가는 건 당연한 일이야. 가족과 친척들에게 절대 민폐를 끼쳐선 안 돼. 그건 귀족가에서 태어난 사람의 의무이자 평민보다 사치를 부리고 고도의 교육을 받을 수 있는 데에 대한 사사로운 대가에 지나지 않아. 그러니까 상대가 한 번도 만난 적 없는 남자든, 자신의 꿈을 포기하게 되든, 결혼해서 아이를 낳고 집을 지키고 아이를 기르고 파티에서 서로 속내를 탐색하고, 아이를 낳고, 그리고 이루지 못한 꿈을 생각하며, 새, 생각하며……."

말을 끝까지 잇지 못한 메비스의 볼 위로 주르륵 흘러내리는 한 줄기 눈물.

""""………….""""

"그럼 상대가 혼담을 취소하게 만들거나, 우리가 거절당해도 싼 짓을 하면 그만인 거네요!"

"엥?"

폴린이 검은 미소를 짓고 있었다.

레나와 마일도 씨익 웃었다.

"친구를 궁지에서 구해내지도 못하고,"

"뭐가 동료야! 뭐가 우정이야!"

"우리, 영혼으로 이어진 동료 『붉은 맹세』!"

""""이 혼담, 깨부순다!!""""

※　※

며칠 후, 오스틴 백작가 영지 저택.

"아버지, 저 돌아왔습니다⋯⋯."

"오오, 메비스, 잘 왔다! 예정대로 이틀 후에 저쪽이 부모님과 함께 방문하기로⋯⋯, 앗, 파티 동료들도 같이 온 거냐?"

""""실례합니다아아~!""""

그렇다, 백작은 당연히 메비스가 파티에서 빠지고 완전히 돌아온 거라고 생각했다. 상견례 후에는 결혼 준비에 들어갈 테니 당연했다. 그런데 설마 동료들과 함께 돌아올 줄이야⋯⋯.

"소중한 동료의 반려가 될 사람이니 확실히 봐둬야지."

"아⋯⋯, 아아, 그런가⋯⋯."

평민 신분이 귀족, 그것도 백작 각하에게 반말을 하다니. 잘못했다간 바로 목이 날아갈 수도 있다.

하지만 헌터 양성 학교 시절부터 지금까지 메비스에게 귀에 못이 박히도록 들은 '가족' 이야기로 짐작했을 때, 백작은 그런 짓을 할 사람이 아니라는 것을 잘 알았고, 레나에게 오스틴 백작은 '귀족'이기 이전에 '동료의 아버지'였다.

아니, 실은 자기도 모르게 평소 말투를 쓴 것일 뿐이지, 레나에게 그런 깊은 생각은 없었다. 그래서 반말로 말한 후 아차, 하고 표정이 굳어졌다.

다행히 백작은 레나의 반말 따위 전혀 신경도 쓰지 않았다.

'여자 혼자 여행하는 건 위험하다며, 파티에서 탈퇴한 동료를 위해 굳이 집까지 바래다 준 건가. 참 좋은 친구를 만났구나, 메비스……'

그렇다, 귀족으로서는 널리 이름을 날리지만, 오스틴 가의 사람은 기본적으로 나쁜 사람이 아니었던 것이다.

상견례 날까지 남은 이틀간, 메비스는 잊고 지내던 예의작법을 되살리기 위해 가정교사의 특훈을 받았고, 레나 일행은 오스틴 백작령 구경과 검은 계략 검토에 여념이 없었다. 물론 레나 일행은 백작 저택에 머무르지 않고 마을에 숙소를 잡았다.

메비스의 가족과 가정교사는 머리카락이 짧은 메비스에게 가발을 씌우려고 했는데, 오스틴 가는 무투파 귀족가라는 사실, 메비스가 신참내기 헌터로 다소 유명하다는 사실 등 때문에 그런 방면으로 기대를 건 혼담일 수도 있고 어떤 상황 때문에 가발을 들키게 된다면 오히려 역효과라는 점 등을 메비스가 지적하자 다들 수긍했기 때문에 결국 가발 건은 취소되었다.

애초에 머리카락이 짧아도 예쁘게 치장한 메비스는 충분히 아름다웠다.

＊　　＊

　마침내 찾아온 양가 상견례 날.

　물론 그곳에 레나 일행이 동석할 리는 없어서, 참석한 사람은 본인들과 양가 부모님뿐이었다. 형제자매는 원래 상견례에 얼굴을 내밀지 않는다.

　"처, 처음 뵙겠습니다……. 저는 워이트다인 후작가의 차남 저스펜이라고 합니다."

　"오스틴 백작가 장녀 메비스입니다……."

　상대는 성실해 보이는 22~23세 정도의 청년이었다. 외모도 썩 나쁘지 않았다. 집안도 좋고 차남인데 자작위를 이어받을 수 있다는 점까지 생각해보면 이것은 파격적인 조건의 혼담이었다.

　오스틴 백작이 이 혼담을 받은 것도 무리가 아니다. 왕태자비 같은 자리를 노리는 특별한 소녀가 아닌 이상, 일반 귀족 집안 소녀라면 덥석 달려들어도 전혀 이상하지 않은 자리였다. 아니, 달려드는 게 당연했다.

　하지만 안타깝게도 메비스는 '일반 소녀'가 아니었다.

　지금은 연애보다 수행. 결혼보다 기사라는 신분. 결혼은 기사가 되어 눈부신 활약을 펼치고 함께 나라를 지키기 위해 싸운 동료 기사와 연애한 후 부부의 연을 맺겠다는 장대한 계획이 있었

던 것이다.

……메비스는 꿈 많은 소녀였다…….

그리고 메비스에게서 처음으로 그 계획을 들었을 때, 레나 일행은 입에서 영혼이 쏘옥 빠져나갔다.

메비스는 일부러 미움을 살 말투를 쓸 생각은 없었다.

나쁜 사람을 속이기 위해서라면 거짓말도 얼마든지 할 수 있지만, 그게 아니라면 자신의 신념에 어긋나기 때문이다.

게다가 그렇게 노골적으로 무례한 태도를 취하면 가족에게 피해가 돌아간다. 아버지의 입장만 곤란해질 게 아니라 앞으로 아내를 맞이할 오빠들에게도 큰 민폐를 끼치게 되겠지. 게다가 폴린으로부터 '그럴 필요는 없다'는 말을 들었다.

그래서 평소 하던 대로 인사한 후 상대와 이야기를 나누는 메비스.

저스펜이라는 이름의 후작가 차남은 오스틴 가의 딸을 원하는 만큼 무술 실력에는 일가견이 있는 듯했다. 그리고 사실 메비스가 15살이었을 때 한 번 만난 적이 있는지, 당시 긴 머리카락에 우아한 영애의 모습이었던 메비스가 마음에 들었던 모양이다.

그 후 메비스가 집을 뛰쳐나가 헌터가 되어 헌터 양성 학교 졸업 검정 시험이며 '붉은 의뢰'며 활약했다는 이런저런 소문을 듣고 자세한 정보를 알아본 뒤, 그 이례적인 면이 굉장히 마음에 들었다나 뭐라나…….

'가출한 사실과 말괄량이 같은 성격까지 전부 알고도 결혼을 원

할 줄이야⋯⋯. 저스펜 님도 상당히 유능한 사람이고, 이건 정말 바라지도 않았던 좋은 혼담이군.'

오스틴 백작은 예상보다 훨씬 조건 좋은 혼담이라는 생각에 점점 더 마음이 동했다.

그리하여 꽤 좋은 느낌으로 이야기에 탄력이 붙어, 메비스의 부모님과 상대측 워이트다인 후작 부부 모두 환하게 웃었다.

어느 정도 시간이 흘렀을 무렵.

"그럼 오늘은 이 정도로⋯⋯. 내일은 점심식사를 함께 하는 게 어떻습니까?"

오스틴 백작의 말을 끝으로 오늘은 이만 마무리하게 되었다.

이는 당초 계획된 예정대로였으며 물론 워이트다인 후작 쪽과도 사전에 이야기가 되어 있었다.

처음 만나는 자리는 서로 긴장될 테니 짧게 마치고, 진짜는 다음날 점심식사 자리에서. 그리고 그 후 둘만의 시간을 보내게 한 다음 다시 저녁식사 자리에서 다 함께 만난다. 그 후 가볍게 술을 마시며 좋은 분위기로, 하는 계획이었다. 그러기 위해서 오늘은 낮2의 종(오후 3시) 무렵에 상견례를 시작해 저녁 전에 끝내는 스케줄이었던 것이다.

본인들은 메비스가 전혀 기억하지 못하는 수년 전 어딘가의 파티에서 딱 한 번 만난 적 있지만, 오스틴 백작과 워이트다인 후작은 왕도의 이런저런 파티나 왕궁 등에서 몇 번이나 만나서 얼굴을 알고 있었다. 왕궁 회의 때는 대화를 나눠본 적도 있었다.

후작 일가가 자리에서 일어서려고 했을 때.

"저기, 여러분, 저녁식사를 함께하는 건 어떠신지요?"

"엥?"

갑작스러운 메비스의 제안에 오스틴 백작과 워이트다인 후작이 의아하다는 듯 대꾸했다.

처음 만난 사이에 너무 오래 같이 있으면 긴장으로 지칠 테니 후작 일행은 마을의 레스토랑에서 따로 저녁을 먹을 예정이었다. 저녁식사 때 각자 가족끼리 상대에 대한 이야기와 앞으로의 계획 등을 의논할 생각이었기에, 워이트다인 후작은 미리 들은 예정과 다른 제안에 곤혹스러움을 감추지 못했다.

오스틴 백작 역시 메비스의 돌발 제안에 당황했다.

"아, 아니, 메비스, 갑자기 그렇게 권하면 후작님께서 당황하시지 않느냐. 준비하는 쪽도 그렇고……."

그렇다, 평범한 손님이라면 모를까, 격 높은 후작가 사람들을 대접하려면 준비하는 데 시간이 걸린다. 있는 식재료로 적당히 대접할 수는 없는 것이다.

메비스가 먼저 이런 적극적인 제안을 하는 것은 무척 기쁜 일이었지만, 현실적으로 그건 좀 곤란한 제안이었다.

"아니, 저녁까지 저희 집에서 드시라는 뜻은 아닙니다. 실은 제가 소속된 헌터 파티 사람들이 저를 배웅하기 위해 같이 이 도시까지 와 주어서, 여러분께 꼭 소개시켜 드리고 싶어서요……. 평민들이 주로 찾는 조촐한 레스토랑이기는 하지만 만약 괜찮으시다면……."

그 말을 들은 워이트다인 후작가 사람들은 아아, 그러니까 아들을 소개해서 동료들을 안심시키고 싶은 모양이구나, 하고 생각했다.

파티 동료는 모두 여성이라고 들었고, 그녀들과 대화를 나눔으로써 메비스 양의 평소 보습을 알 수도 있으리라. 그렇게 여기 후작은 기꺼이 청을 받아들이기로 했다.

"오오, 꼭 초대해주게!"

후작이 그렇게 말하니 어쩔 수 없었다.

"후작님께서 그렇게 말씀하신다면 저희도……."

"아, 초대는 후작님을 비롯한 손님들만요. 아버지와 어머니는 집에 계세요."

""엥…….""

메비스의 너무 심한 말에 할 말을 잃은 오스틴 백작 부부.

"그도 그럴 게, 아버지는 제 동료들이랑 이미 일면식이 있으시잖아요? 그리고 제가 헌터를 했던 게 불만이시잖아요? 이번에 제가 초대하는 건 후작님과 그 가족분들뿐입니다."

"그, 그런……."

백작이 비탄에 젖었지만, 메비스는 무시했다. 가출 후 호칭이었던 '아버님'이 아니라 '아버지'라는 평소 호칭으로 돌아온 메비스는 이제 더 이상 예전의 메비스가 아니었기에 그 정도 애원에 마음이 움직이지는 않았다.

"그럼 안내해드리겠습니다. 자, 이쪽으로……."

대기 중이던 후작의 마차에 올라타 후작가 사람들과 함께 오스틴 백작령 영도에서도 세 손가락 안에 드는 일류 레스토랑으로 향한 메비스.

아무리 영도에서 세 손가락에 꼽힌다지만, 그래봐야 지방 백작령. 왕도의 귀족용 레스토랑과는 비교가 안 되어도, 이따금 방문하는 귀족을 대접할 수 있는 수준이긴 했다.

메비스는 이름을 대고 안쪽 개별실로 안내 받았다. ……어차피 이 가게 사람이 영주님의 딸 얼굴을 모를 리 없기에 이름을 말할 것까지도 없었지만.

개별실에는 세 소녀가 이미 와서 기다리고 있었다. 물론 모두는 의자에서 일어나 후작 일행을 맞이했다.

"호오……."

귀족들은 원래 미인들만 아내나 애인으로 삼기 때문에 그 자녀들까지 포함해 귀족 여성은 미인이 많다. 하지만 평민인 파티 동료들의 상당한 용모에 무심코 감탄사를 흘리는 후작.

아니, 절대 대단한 미소녀 그룹인 건 아니다. 하지만 기가 세 보이고 악동 느낌이 나는 얼굴의 소녀, 의젓하면서 다정해 보이는 거유의 여성, 그리고 왠지 이유는 모르겠지만 마음이 편해지고 지켜주고 싶은 분위기의 소녀는 귀족 아가씨들 중에 별로 찾아볼 수 없는, 개성적이랄까 매력적이랄까 뭐라고 설명하기 어려웠다.

후작이 세 사람을 평가하고 있을 때 모두 인사를 시작했다.

"C등급 헌터 레나라고 합니다."

그렇게 말하며 꾸벅 고개를 숙이는 레나.

"역시 C등급 헌터이자 베케트 상회의 장녀인 폴린이라고 합니다."

"역시, 이사카……, 아니아니, C등급 헌터이자 자작가의 외동 딸 마일입니다."(시대극 '오오에도 수사망(大江戸搜査網)'에 나오는 등장인물 '이사카 주조'의 대사)

인사하며 고개를 숙이는 폴린, 그리고 한쪽 무릎을 굽혀 예를 갖추는 마일.

""""엥…….""""

후작 일가가 입을 반쯤 벌린 채 그대로 굳었다.

폴린은 그래도 괜찮다. '상회'라고 하면 상당한 상가이긴 하지만, 후작가의 입장에서 보면 그래봐야 돈을 조금 모아둔 평민에 불과하다. 하지만 자작가, 그것도 외동딸쯤 되면 이야기가 다르다.

외동딸일 경우 데릴사위를 들여서 둘 사이에 태어난 아이가 작위를 물려받을 수 있다. 즉, 서로의 친족에 작위가 있는 귀족이 더해지면서 파벌이 강화되는 것이다.

또 그 작위가 다른 나라의 것이면 그 나라와의 거래나 만일의 사태가 일어났을 때 망명지가 될 수 있는 등 이용 가치가 결코 낮지 않았다. 그것도 모자라 소녀는 상당히 귀여웠고, 남의 호감을 사고 안심감을 주는 미소를 갖고 있었다.

"자, 어서 자리에!"

"아, 아아……."

마일이 재촉하자 저마다 자리에 앉는 후작가 일동.

그리고 요리와 음료수가 하나둘 들어오며 저녁식사가 시작되었다.

"……그래서, 마일이 공격마법으로 적을 날려버려서……."

"엥? 마일 짱은 검사가 아니었어?"

레나의 이야기에 저스펜이 끼어들었지만 마일이 직접 부정했다.

"아니, 저는 마법검사인데요?"

"'"마법검사?"'"

"네, 저는 마법과 검, 양쪽 다 쓸 수 있어요!"

"엥…… ."

처음 듣는 직업 이름에 눈이 동그래지는 후작 일동. 그녀의 말이 의미하는 바를 알고는 경악해서 눈이 더 커졌다.

워이트다인 가도 오스틴 가와 마찬가지로 마술사를 그다지 배출하지 못했다.

어쩌다 탄생한 마술사도 이렇다 할 재능은 없었고 대부분 생활마법을 쓸 수 있는 정도였다. 극히 드물게 탄생하는, 약간 재능이 보이는 마술사 역시 '고만고만한 수준'에서 멈출 뿐이었다.

애당초 마법과 검, 양쪽의 길에서 끝판을 보는 무모한 짓에 도전하는 자가 있을 리도 없었다. 둘 중 한 길만 해도 끝까지 가기란 지극히 어려운 일이었으니까. 그리고 이 세계에도 '두 마리 토끼를 쫓다 둘 다 놓친다'와 같은 의미를 지닌 속담이 있었다.

다소 마법을 쓸 수 있는 자가 검사가 되거나, 호신 정도의 검술을 구사하는 마술사는 존재해도 검과 마법을 둘 다 구사하는 자는 본 적이 없었다.

"보, 보고 싶네, 한번……."

"아, 좋아요. 내일 오전 중은 한가하니까 어디 가서 보여드릴까요?"

"저, 정말 그래도 돼?!"

마일의 말에 덥석 달려드는 저스펜. 후작도 흥미진진한 표정이었다.

그 후에도 환담은 계속 이어졌는데, 왜 그런지 후작가쪽의 질문은 마일에 관한 것이 많았다. 마일은 그 질문들에 가문명, 나라명은 빼고 나머지는 대부분 솔직히 대답했다. 영지 경영 상황은 문제가 없다는 사실, 국왕과 왕녀님이 눈여겨보고 있다는 것, 작위 후계자는 자신이라는 것, 약혼자 등은 아직 없다는 사실 등등…….

거짓말은 일체 하지 않았다. 후계자는 정말로 자신이었다. 이미 이어받은 뒤라는 사실을 말하지 않았을 뿐. 과연, 작위와 얽힌 문제는 거짓말을 할 수 없다. 그건 중죄에 해당하니까.

또 마일은 이 세계의 일반 상식에는 약하지만 '이 세계의 일반 상식이 아닌 것'에는 강했다. 즉, 전생에서 읽은 책의 내용을 그대로 옮겨서 농업, 세제, 상업 등에 대해서라면 얼마든지 지식을 쏟아낼 수 있었다. 그게 이 세계에도 적용될 수 있는지, 실현 가능한지 어떤지는 별개로 말이다. 그리고 후작은 그 내용이 가능한지 아닌지를 떠나서 마일의 발상과 고찰력에 감탄했다.

저스펜 역시 마일에게 이래저래 말을 걸었고, 그때마다 상냥하게 대답해주는 마일. 또 레나 일행의 '마일 띄우기' 에피소드가 계속 이어졌던 것이다…….

＊　　＊

　다음 날 아침, 오스틴 가 저택에서 조금 떨어진 숲속에 어제 저녁식사 멤버가 모두 모였다.

　후작 일가는 백작에게 '평소 일과인 산책을 하겠다'고 설명했고, 메비스가 안내 역할을 자처했던 것이다. 메비스가 후작가 사람들과 친하게 지내려 하는 모습에 기뻐한 백작은 두말하지 않고 승낙해주었다.

　"그럼 우선 첫 번째로 『동화 베기』를 보여드리겠습니다. 동화를 포물선을 그리며 던져주시겠어요?"

　"응, 알겠다."

　마일이 부탁하자 후작은 주머니에서 꺼낸 동화를 던졌다.

　"핫!"

　평소대로 십자 베기를 해서, 손바닥 위에 네 조각 난 동전을 보여주는 마일.

　"""…………."""

　다음으로 모의전에서 진 신속검을 썼던 메비스를 가볍게 상대한 후, 꼭 해달라는 부탁을 받아 저스펜 그리고 후작과 대련에 나섰다. 너무 일방적이지 않게 힘 조절을 했는데, 후작과 저스펜은 마일이 힘 조절을 하고 있다는 걸 완전히 알았다.

그런 후 마일은 레나가 쏜 공격마법을 막아 보이기도 하고, 무영창으로 강력한 공격마법을 쏘기도 하며 후작 일가를 아연실색하게 만들었다.

"……마, 마일 짱, 너, 너 정말 약혼자가 없는 게 맞아?"

"네, 약혼자도 연인도 없어요. 저희 집은 부모님께서 약혼 상대를 강요하지도 않으셔서, 상대는 제가 직접 찾아야 해요~."

그건 진짜였다. 부모님은 이미 이 세상에 없기 때문에 애당초 강요할 수 없으니까.

아들과 마일의 대화에 귀 기울이고 있던 후작 부부의 눈이 반짝 빛났다.

*   *

긴 산책을 끝내고 돌아온 후작 일가는 오스틴 백작이 함께 차를 마시자는 것도 사양하고 방에 틀어박혀 자기들끼리 소곤소곤 대화를 나누었다.

그리고 찾아온 점심식사 시간.

"이번 이야기는 없었던 것으로 하고 싶네."

"엥……."

워이트다인 후작의 갑작스러운 선언에 의미를 이해하지 못하고 아연실색하는 오스틴 백작.

"미안하네! 정말 미안하지만, 그냥 아무 말 하지 말고 받아들여

줬으면 좋겠어. 내 이렇게 간절히 부탁하네!"

후작 부부와 아들 저스펜이 자리에서 일어나 머리를 숙였다.

잠시 굳어 있던 오스틴 백작은 마침내 상황을 파악하고 새빨개진 얼굴로 자리를 박차고 일어났다.

"우, 웃기지 마라! 내, 내 딸을, 오스틴 가를 우습게 보는 건가!"

자신보다 높은 신분인 후작가에 대한 무례한 말투였지만 그것을 비난하는 사람은 없었다. 그 정도로 후작이 한 말은 예의에 어긋났다. 상대 귀족 가문에 완전한 모욕 행위였다.

하지만 아무래도 악의나 고의가 담긴 것은 아닌 듯했다. 덮어 놓고 사과하는 태도로 그 점을 알아차린 오스틴 백작은 흥분을 조금 가라앉혔다. 아주 조금이지만, 말이다.

"이유나 들어 보지!"

여전히 시뻘게진 얼굴로 몸을 부들부들 떠는 오스틴 백작에게 워이트다인 후작은 그저 고개만 계속 숙일 뿐이었다.

"미안하다, 그건 좀 봐주게! 이유는 전부 우리의 변심 때문이니, 얼마든지 욕하고 매도해도 좋고, 상응하는 대가를 치르겠네. 부탁하네!"

아직도 화가 풀리지 않은 오스틴 백작이었지만 상대 쪽에게 마음이 없는데 계속 혼담을 진행시킬 수는 없다. 억지로 밀어 붙여 봐야 딸의 행복으로 이어지지 않을 테고, 이렇게 모욕을 당하면서까지 혼인을 성사시키고 싶은 마음도 없었다.

"……우리 딸에게 준 모욕, 가볍게 끝날 거라고는 생각하지 마라."

"미안하네……."

재차 깊이 고개 숙인 워이트다인 후작가 일동은 그 후 허둥지둥 오스틴 가를 떠났다. 그리고 메비스는 고개를 푹 숙인 채 자기 방으로 돌아가 방문을 걸어 잠갔다.

"메비스……."

침통한 표정인 오스틴 백작. 만약 여기에 세 오빠가 있었더라면 이대로 끝나지 않았겠지. 정말 후작 일가를 죽였을지도 모른다. 모두 일이 있어 집에 없었던 것이 천만다행이었다.

그리고 자기 방에 틀어박힌 메비스는…….

"굉장해! 아무것도 안 했는데 폴린이 말한 대로 상대 쪽이 먼저 혼담을 깨다니! 이제 나는 위기에서 벗어났고, 후작가에 빚도 지게 만들었어. 이게 도대체 무슨 매직이래?! 좋았어, 이제 남은 건 예정대로……."

*　　*

"아버님, 어떻게든 되었네요!"

마일 일행이 머물고 있는 여인숙으로 향하는 마차 안에서 후작가의 세 사람이 대화를 나누고 있었다.

"응, 오스틴 백작과 메비스 양에게는 정말 면목 없는 짓을 했지만 훗날 어떤 형태로든 반드시 사과할 거다. 그것보다도 지금은 마일 양이야! 그 아이를 우리 워이트다인 가로 데려와야 해!"

""네!""

부인과 저스펜의 목소리가 겹쳤다.

어쨌든 다른 나라의 자작위 계승자인 것이다.

워이트다인 가는 당주가 지닌 후작위 이외에도 자작위를 보유하고 있다. 그건 차남인 저스펜이 이어받을 예정이었는데, 작위가 하나 더 있다고 해서 곤란할 건 없다. 다른 나라 작위라고 해도 아내가 그 작위를 보유하고 훗날 부부의 2세가 물려받으면 그만이다. 그렇게 된다면 워이트다인 가의 산하에 다른 나라의 작위와 영지가 들어오는 것이다.

장래 작위를 가지게 될 여성과 결혼할 기회는 그리 쉽게 찾아오지 않는다.

어쨌든 남자가 없는 귀족 가문이라는 것부터 흔치 않았는데, 그곳의 외동딸이며 혼기가 찼고 약혼자가 없는 등 조건 좋은 여성이 과연 몇 명이나 존재한다는 말인가. 만약 있다고 해도 가문 계승자를 제외한 귀족 자제가 얼마나 몰려들 것인가.

심지어 그 여성이 달인에 버금가는 검기와 왕궁 마술사를 웃도는 마법 실력을 갖추다니, 이런 조건은 좀처럼 찾아볼 수 없다. 그렇다, 존재할 리 없는 것이다.

이 기회를 놓치는 자가 있다면 그는 바보가 확실하다.

"그런 마일 양에게 약혼자가 없다니, 이 무슨 기적인가…… 아니, 약혼 신청이 쇄도하는 걸 막으려고 『상대는 본인이 직접 고른다』라는 구실을 만들고, 본인은 만나주지 않는다는 책략을 쓴 건가! 그렇군……."

혼자 납득하는 워이트다인 후작.

"작위도 그렇지만 제일 중요한 건 그게 아니야. 자작위 후계자라는 조건이 전부였으면 오스틴 가에 침을 뱉는 무례를 저지르지 않았을 거야. 특히 우리가 먼저 나서서 적극적으로 혼담을 꺼낸 주제에 메비스 양에게 상처 주는 파렴치한 짓은……. 하지만 마일 양의 그 지혜와 지식, 검기, 그리고 마술사로서의 능력. 반드시 우리 워이트다인 가에 끌어들여서 그 능력을 우리 가문의 혈통에게! 아니, 그것도 그렇지만 그 지혜로 우리 영지를 발전시키고, 그 검기를 영지군의 정예들에게 전수하고, 또 마술사들을 지도……. 다행히도 마일 양은 너를 싫어하지 않는 눈치야. 어젯밤과 오늘 아침에 보인 태도를 봐도 그건 틀림없어. 후작가라는 배경이 효과가 있었는지, 아니면 지금까지 남자랑 사귀어본 적이 없어서 면역이 없는 건지는 잘 모르겠지만……."

"아버님, 그건 제 매력 때문이라고 말씀해 주십시오!"

"하하, 그런 걸로 해 둘까!"

"어머 어머, 두 사람도 참……."

""아하하하하!""

마일이 후작가의 약혼 신청을 거절하리라고는 꿈에도 생각하지 못하는 후작 일가였다.

*   *

"슬슬 올 때가 됐나?"

253

"슬슬 올 때가 됐네요."

레나와 폴린이 그런 말을 하고 있을 때.

"실례합니다."

여인숙 사람의 안내를 받아 후작 일가가 찾아왔다. 과연 상대가 후작인 만큼, 평민인 손님에게 확인해야 하니 잠시 기다리라고 말할 수는 없었는지 그냥 안내해준 모양이었다.

"마일 양, 갑작스러운 이야기여서 정말 미안한데 내 아들, 저스펜과 약혼해줄 수 없겠는가!"

"""허어어어어어어~~억?!"""

양 주먹을 입에 대고 천연덕스럽게 놀라 소리치는 마일 일행.

"하, 하지만 저스펜 씨는 메비스 씨랑 약혼을······."

"약혼은 없었던 일로 하기로 했어."

마일의 지적에 후작이 조금 마음에 걸리는 듯한 표정으로 설명했다.

"그러니 아무 문제도 없어!"

"아주 많은데욧!"

목소리가 거칠어진 마일.

"파티 동료이자 절친한 벗의 약혼자를 빼앗을 순 없잖아요! 제가 메비스 씨를 배신하는 게 가능할 것 같아요?!"

"아니, 오스틴 백작과 메비스 양에게는 확실하게 양해를 구하고 파기했어. 아무것도 문제되지 않는다니까!"

"그쪽은 문제가 없을지 몰라도 전 엄청 많다고요! 메비스 씨랑 사이가 어색해지잖아욧! 게다가 전 아직 13살이에요, 당분간 결혼할 계획이 없다고요!"

예상하지 못한 마일의 반응에 당황한 워이트다인 후작.

지금까지의 태도를 봤을 때 틀림없이 아들을 싫어하지 않는다고 느꼈고, 차남이라고는 하나 후작가 사람이다. 본가의 뒷배가 있으니 후작가에 버금가는 수준의 가문이 될 수 있다. 또 저스펜에게 자작가 작위를 물려준다는 건 어젯밤에 이미 얘기가 끝났다. 그래서 마일이 이어받게 될 작위를 노리고 이러는 게 아니라는 사실은 이해하고 있을 터. 그렇게 생각했기 때문에 마일의 반응은 전혀 뜻밖이었다.

아무리 연륜이 있어서 지식과 경험이 많다고 해도, 워이트다인 후작은 역시 귀족이었다. 그래서 '짝은 직접 결정한다'는 것은 벌레가 꼬이지 않게 하기 위한 방편이라고 생각했고, 자작가의 딸이 후작가에서 신청한 혼담을 거절할 리가 없다고 여겼다.

귀족의 딸은 집안을 위해 시집가는 것이 일반적이고, 설령 자신이 가문을 잇는다고 해도 시아버지 그리고 나중에는 아주버님이 다른 나라의 후작이면 자신의 가문, 그러니까 모국에서의 입지가 상당히 올라가게 된다. 그리고 친정은 훗날 자신의 2세가 이어받게 하면 되는 것이다.

그녀의 부모님이라면 반드시 이 이야기를 받아들였을 것이다. 마일의 능력이면 백작가의 후계자가 혼담을 넣어도 전혀 이상하지 않은데, 어젯밤에 들은 이야기로는 마일의 실력이 모국에서는 아직 알려지지 않았다고 한다. 여기서 본인이 언질만 준다면. 그렇게 생각한 후작은 다시 밀어붙였다.

"일단 꼭 부모님을 만나서 정식으로 신청하고 싶네. 부모님이 계시면 틀림없이……."

"안 계시는데요?"

"엥?"

마일의 말에 어리둥절해하는 후작.

"그러니까, 안 계시다고요. 부모님도, 할머니 할아버지도, 아무도. 다 돌아가셨어요. 그러니까 저는 틀림없는 저희 자작가의 후계자이고, 작위를 이미 물려받았습니다. 제가 저희 자작가의 현재 당주입니다. 영지는 제가 어엿한 성인이 되어서 다스릴 마음이 생길 때까지, 국왕 폐하께서 대관을 세워 관리해주고 계십니다."

"""뭐어어어어어어어~~?!"""

거짓말은 하나도 하지 않았다. 작위와 관련해 거짓말하는 것은 극형에도 처해질 수 있는 중죄이다.

"제 반려자는 제가 직접 정할 겁니다. 그리고 저는 동료와 친한 벗의 약혼자를 빼앗을 생각은 추호도 없어요. 여신님께 맹세코!"

마일의 말에 후작 일가의 얼굴이 창백해졌다.

여신에게 맹세한다는 것은 절대적 의지가 담겨 있었다. 그것을 번복하는 것은 웬만한 일이 아닌 이상 불가능했다. 그야말로 사람 목숨과 관련된 수준이 아닌 이상.

맹세를 어긴 죄로 여신의 분노를 사서 벌 받을 각오가 필요한 일이니 당연하다.

이제 마일이 약혼을 받아들일 가능성은 사라졌다.

"……실례한다!"

아직 어안이 벙벙한 부인과 아들의 팔을 잡고 서둘러 방을 나가는 워이트다인 후작.

그리고 마일 일행은.

"출발하자!"

""하잇!""

"아, 아버님, 어디에……."

"당연히 오스틴 가가 아니겠느냐! 무릎을 꿇어서라도 약혼 파기 철회를 받아내겠다!"

""………….""

과연 그게 통할까. 부인과 저스펜의 표정은 어두웠다.

서둘러 마차를 몰아 오스틴 가에 도착하자마자, 집사의 안내를 받아 저택 안으로 들어간 오스틴 백작은 깊이 고개를 숙였다.

"정말 미안하네! 속이 풀릴 때까지 욕하고 비난해도 좋아, 무릎을 꿇으라면 이 자리에서 당장 꿇겠네. 그러니 부탁이야! 아까 내가 한 말은 없던 걸로 하고, 예정대로 메비스 양과 내 아들의 약혼을……."

필사적인 워이트다인 후작에게 불쾌한 표정을 지은 오스틴 백작이 품에서 양피지 한 장을 꺼내 내밀었다.

거기에는 이렇게 적혀 있었다.

'상처받은 마음을 달래기 위해 당분간 여행을 떠나려 합니다. 찾지 말아 주세요. 메비스.'

어차피 동료들과 함께 갔으리라. 그렇게 생각했기에 별로 큰 걱정은 하지 않았다. 하지만 그걸로 후작 일가에 대한 분노가 가라앉을 리 없었다. 심지어, 뻔뻔하게도 다시 약혼 신청이라니. 천하의 백작도 인내심에 한계가 오고 있었다.

"…………이 대가는 비싸게 치러야 할 거요……."

지옥 밑에서부터 들려오는 듯한 오스틴 백작의 목소리에 워이트다인 후작은 바닥에 무릎을 꿇었다. 아무리 그래도 엎드리기까지는 하지 않았지만, 그건 보통 후작이 백작에게 하는 행동이 아니었다.

"나도 잘 아네. 사죄금 말고도 백작이 올리는 보고와 의안을 적극 밀어주고 파벌 양보 등 이래저래 많이 배려하겠네. 메비스 양에게 상처준 것은 사과로 끝날 일이 아니지만 그래도 부디 용서해줄 수 없겠나……."

정치 싸움에 능한 후작도 남의 집 귀한 딸의 마음을 다치게 해서 가출까지 하게 만든 점에 대해서는 본인 역시 딸 가진 부모 입장으로서 그저 하염없이 사죄하는 수밖에 없었다.

"……잘 알겠습니다. 지나간 일은 이미 어쩔 수 없지요. 저녁식사와 오늘 밤 숙소는 제공해드릴 테니, 이야기는 나중에. 단……."

"단?"

"집에 돌아올 저의 세 아들에게 직접 상황을 설명하시길 바랍니다. 그리고 그 녀석들이 어떻게 나오든 전부 감내하십시오."

"……기꺼이, 받아들이지."

"굉장해, 역시 폴린이야! 아무 것도 안했는데, 그냥 평소 하던 대로 했을 뿐인데, 약혼이 무사히 파기되었어. 그것도 상대 쪽에서 먼저 파기했으니까 아버님의 입장도 불리해지지 않고, 오히려 상대측이 우리에게 빚을 지게 된 셈이야. 도대체 무슨 마법을 부린 거야?"

약속 장소에서 합류해 왕도로 향하는 '붉은 맹세'의 네 사람.

그리고 메비스의 질문에 쓸쓸하게 웃는 나머지 세 멤버들이었다.

천하의 마일도 상황을 이해했고, 잘 모르고 있는 건 메비스뿐이었다. 숨기는 게 서툰 메비스였기 때문에, 메비스에게는 자기가 맡을 역할만 알려주고 전체적인 작전은 알려주지 않았던 것이다.

하지만 이제 모든 일이 끝났고, 다음에 메비스가 집에 돌아갔을 때 말이 맞지 않으면 곤란해질 수 있으므로 폴린이 전모를 밝혔다.

"엥……. 그, 그럼 내가 약혼 파기를 당한 건, 저스펜 님이 마일에게로 마음이 움직여서 나를 버리고 약혼 상대를 바꾸려고 했기 때문이라는……."

"네, 그런 거예요. 그렇게 해서 상대측이 약혼을 파기하자고 나와준 거예요. 마일이 예전에 셋째 오빠께서 보여주셨던 메비스 씨의 옛날 초상화랑 전체적인 분위기가 닮아서, 옛날 메비스 씨에게 한눈에 반했던 것처럼 마음이 끌릴 거라고 생각했어요. 게다가 자작위도 있고 검 실력에 마술사 능력, 그걸 자기 자손이 물려받을 가능성. 또 마일의 지식과 붙임성까지. 완전 한방에 게임 끝이었죠!"

"뭐야……."

"아, 거짓말은 일체 하지 않았고, 딱히 덫을 놓은 것도 아니에요. 뭐, 나쁜 사람은 아니었지만, 옛날 메비스 씨를 딱 한 번 본 게 전부라는 건 겉모습만 보고 판단했다는 이야기지, 딱히 메비스 씨의 내면을 좋아한 것도 뭣도 아니죠. 그냥 여성을 외모만 보고 판단하는 시시한 놈인 거예요."

폴린은 자기 가슴만 응시하는 남자들이 지긋지긋했기 때문에 외모만으로 여성의 가치를 판단하는 남자들에게 엄격했다.

"그리고 나머지는 메비스 씨가 백작가 영애라는 사실, 검기가 뛰어나서 나름대로 유명하다는 사실 등 때문에 무투파 귀족인 자기 아들의 아내로 삼으면 좋겠다고 생각한 거잖아요? 신분과 자신들 사정에 맞는 좋은 능력에만 주목했으니 이해타산적인 것 아닌가요? 메비스 씨라는 한 여성에게 반한 게 아니라 그저 이용 가치가 있는 여성이라고 생각한 거죠. 그래서 더 이용 가치가 있는 마일 짱을 눈앞에서 흔들어 보이니까 냉큼 물었던 거예요. 메비스 씨가 아깝다고 생각하거나 죄책감을 느낄 상대가 아니에요."

메비스 씨가 의기소침해하는 것 같아서 상대방에게 죄책감을 느끼는 줄로 안 폴린이 상대를 비난하며 '메비스는 잘못이 없다'

고 강조했다. 하지만.

"……내가, 결혼상대로, 마일보다 수준이 낮다니. 그렇게 쉽게 길아탈 정도로, 완전히 낮다니……. 저 나이에, 저 키에, 저 가슴에, 저 얼빠진 얼굴, 저 상식이라고는 없는 마일보다도 냉백하게 아래라니……."

메비스는 걸음을 멈추고 머리를 감싸 안은 채 주저앉아 버렸다. 금방이라도 울음이 터질 듯한 얼굴로.

"메, 메비스, 그렇게 생각하면 안 돼! 그 사람들은 메비스랑 마일의 내면을 아는 게 아니잖아! 조금만 사귀어보면 누구를 아내로 삼고 싶은지, 곧 판별할 수 있을 거야!"

"맞아요, 메비스 씨, 쪽, 이……."

레나에 이어 메비스를 위로하려던 마일이 순간 알아차렸다. 방금 메비스와 레나가 자신에 대해 뭐라고 말했는지.

"무, 무무무무무슨! 뭐예요, 그게! 여러분, 저를, 도대체 어떻게 생각……."

마일, 격노했다.

"좀! 대답해 보시라고요!"

"으으으으……."

"마일, 지금은 메비스를 그냥 좀 내버려둬!"

"레나 씨도 그래요! 네? 누가 내면이 쓰레기인데요?! 누가 시집도 못 갈 인기 꽝인 여자인가요!"

"그, 그렇게까지 말하진 않았어……."

"말한 거나 마찬가지잖아욧!"

"자, 진정하고……."

폴린이 중재에 나섰지만 주저앉았던 메비스가 일어서고 마일의 화가 가라앉아 다시 이동할 수 있게 되기까지는 시간이 좀 더 걸릴 것 같았다…….

제62장 적기

"슬슬 적기인가……."

레나가 무심하게 중얼거리자 모두가 고개를 끄덕였다.

그렇다, 적기.

슬슬 다음 도시로 여행을 떠날 시기가 되지 않았나, 하는 이야기였다.

이 도시의 길드가 어떤지 살펴봤고, 조금 규모가 있는 일을 맡아 그럭저럭 이름도 팔렸다.

아무리 있기 편해졌어도 같은 도시에 계속 머무른다면 '수행 여행'이라고 할 수 없다. 있기 편해졌을 때야말로 여행을 떠날 시기였다. 그것이 '수행 여행'인 것이다. 안주할 땅을 찾는 여행이 아니니까.

헌터 중에는 여행 도중 마음에 든 도시에 아예 눌러 앉는 사람도 있다. 하지만 '붉은 맹세'는 5년의 체재 의무 기간이 거의 다 남아 있고, 지방 도시에 정착하기에는 아직 너무 어렸다. 그리고 모두의 가슴 속에 있는 야망도…….

"그럼 결정된 거야. 자, 길드에 보고하고『여신의 종』과 오라 남작가에 작별 인사, 그리고 여인숙에도 떠난다고 말해야겠네."

"".............""

다들 미묘한 표정이었다.

만류할 게 분명하다. 그리고 가장 마지막 것은……, 고양이 귀와의 이별을 의미했다.

"뭐라고?! 아니, 수행 여행 중이니 당연한 건가……."

길드 마스터는 당연히 이해해주었다. 하지만 이해하는 것과 자신이 직접 겪는 것은 다른 문제였다.

"좀 더, 뭐랄까, 체재를 늘리는 건……."

잘못하면 전도유망한 헌터들을 놓칠지도 모르는 사안.

미션 임파서블을 하나하나, 다치지도 않고 식은 죽 먹기로 해내는 불가사의한 미소녀들.

'갖고 싶다아아아아~~! 재색을 겸비한 우리 간판 파티로, 갖고 싶다고오오오! 젠장, 젊은 남자들은 뭐하고 있는 거얏! 얼른 작업을 걸어서 자기 걸로 만들면……, 그건 무리겠지…….'

턱없는 요구였다며 반성하는 길드 마스터.

"아니에요, 이미 충분히 오래 있었습니다. 이제 슬슬 때가 되지 않았나 하고……."

메비스가 그렇게 말하자, 자신도 젊었을 적에 수행 여행으로 각국을 돌면서 즐거웠던 추억이 있는 길드 마스터는 더 이상 말릴 수 없었다.

게다가 지난 번 도적 퇴치 사건 때문에, 그동안 어떤 사정이 있어 숨기고 있던 신분을 드러내야 했다는 정보도 들어와 있었다. 그 정보가 퍼지기 전에 떠나고 싶은 거라고 생각하니 억지를 부릴 수도 없었다. 그 의뢰를 지명 의뢰로 밀어붙인 건 다름 아닌 자신이었으니까.

"……그린기. 아쉽지만 어쩔 수 없지. 모두의 거듭되는 활약을 빌겠다. 여행이 끝나면 꼭, 다시 이 도시를 찾아와줘."

"""""감사합니다. 그동안 신세 많이 졌습니다!"""""

예의를 갖춘 인사를 하고 길드 마스터의 방을 뒤로하는 네 사람.

'……흥미로운 녀석들이었어. 짧은 기간이었지만, 스톰(폭풍우)처럼 갑자기 나타났다가, 또 갑자기 가버리는 건가……. 어느 날엔가, 다시 돌아와주지 않을까…….'

그렇게 기대하는 길드 마스터였지만, 일시적 방문이라면 모를까 그녀들이 이 도시를 거점으로 삼을 가능성은 없어 보였다.

"『여신의 종』말고 다른 헌터들한테는 알리지 말고 떠나자."

끄덕끄덕

레나 일행도 학습 효과라는 것을 알았다. 입을 잘못 놀렸다간 일이 꼬인다는 것쯤은 이미 학습했다.

"……그래서 슬슬 다음 도시로 떠나려고…….."

해질 무렵, 상시의뢰를 끝내고 돌아온 '여신의 종'을 길드에서 만나 여인숙으로 데려왔다. 길드의 음식 코너에서 말하면 모든 헌터의 눈과 귀가 그녀들에게 집중되기 때문에 다른 선택지가 없었다. 금방 끝나는 이야기인데 굳이 다른 가게에 들어가기도 그렇고, 애당초 가게에서 대화를 나누면 길드에서 말하는 것과 별반 차이가 없었다.

"……그렇구나. 너희한테는 여러 가지로 많이 배웠어. 수행 여행, 힘내."

'여신의 종'의 리더 테류시아가 그렇게 말하며 환하게 웃었다. 다른 멤버들도 마지막 인사를 했다. 그리고 리트리아는…….

"열심히 하세요! 언젠가, 어딘가에서 재회할 날을 기대하고 있을게요. 그때까지 저도 어엿한 헌터가 될 테니까요!"

매달리거나 가지 말라고 말리는 게 아니라 평소와 같은 태도였다.

"……어떻게 된 일일까요? 테류시아 씨 일행과 함께하게 되어서 이제 저희한테는 집착하지 않게 된 걸까요?"

"얼마 되지도 않은 기간에 인간적으로 성장했다거나?"

"그건 아니지……."

마일, 레나, 메비스가 이상하다는 듯 말하자 폴린이 씨익 웃었다.

"이런 일도 있지 않을까 싶어서 제가 예전부터 테류시아 씨 쪽에 부탁드려 놓았죠. 리트리아한테 헌터 수행 여행이라든지, 한동안 만나지 못한 친구에게 성장한 자기 모습을 보여줘서 놀라게 만든 이야기라든지, 재회 때의 에피소드 같은 이야기를 최대한 각색해서 감동적으로 꾸며서……."

"""아아!"""

그것은 모 신진기예 소설가가 즐겨 사용하는 패턴이었다. 아무래도 레나뿐 아니라 폴린도 애독자인 모양이었다.

"자, 다음은 오라 백작가네."

"아쉽지만, 자네들을 위해서는 필요한 여행이겠지. 그동안 여러 가지로 고마웠어. 기회가 된다면 꼭 또 들러주게. 그리고 힘든 일이 생기면 전혀 개의치 말고 우리 오라 남작가를 의지해주었으면 해. 고작 그 사례금과 보수 정도로, 오라 가문이 받은 은혜를 다 갚았다고는 생각하지 않아."

남작은 계속해서 말을 이었다.

"마지막으로 한마디만 더 해도 될까?"

"아, 네, 물론입니다!"

메비스가 대답하자 남작이 소리쳤다. 피를 토할 것처럼.

"어째서, 헌터 일을 그렇게 즐겁다는 듯이 말한 거야?! 헌터는 좀 더 위험하고, 죽을 고비도 있고, 돈에 쪼들리고, 비참하고 음울한 밑바닥 직업이 아니냐! 어째서 그렇게 아담한 몸집으로, 상처 하나도 없이, 즐겁고 편하다는 듯 할 수 있는 거냐고! 그렇게 말하니까 리트리아가, 우리 리트리아가아아아아아아악!!"

울면서 무너지는 남작을 뒤로 하고, 허둥지둥 빠져나오는 '붉은 맹세' 일행.

그리고 그 뒤로, 남작을 제외한 리트리아의 가족과 하인들이 머리를 숙여 모두를 배웅해주었다.

"아~, 깜짝이야……."

"하지만 그게 남작의 진심일 테니까. 아아, 미안하게 됐네……."

마일과 메비스는 책임을 느끼는 듯했다.

"내 알 바 아니야."

"자기책임이죠."

레나와 폴린은 신경 쓰는 기색이 없었다.

전부 자기책임. 그것은 헌터와 상인에게는 당연한 일이었지만, 기사를 꿈꾸는 메비스나 '마일'이라는 범주에 분류하는 생물인 마일에게는 별로 익숙하지 않은 개념이었다.

"이제 남은 건 여인숙에 가서 이별을 고하고 여행을 떠나는 것뿐이야!"

아침에 다섯이서 나갔던 파티가 저녁에는 세 명만 돌아온다.

짐을 맡긴 채 호위 임무에 나섰던 파티가 예정일이 되어도, 그후로 며칠이 지나도 돌아오지 않는다.

그런 일은 비일비재했다. 그래서 여인숙을 하는 사람은 어릴 때부터 독특한 생사관을 지닌 자가 많았다. 파릴 역시 그랬다.

"언니들, 가버리는 거야?"

"으……, 으응…….."

울 것 같다!

그렇게 생각해서 무심코 몸을 뒤로 뺀 마일이었는데…….

"그렇군요……. 지금까지 머물러 주셔서 정말 감사했습니다. 다음에도 꼭 우리 여인숙을 이용해주세요!"

"엥……."

동요하지도 않고, 나이에 어울리지 않게 차분한 영업용 멘트.

"허어어어억, 내 존재가 고작 그 정도였나요! 둘이서 보낸 그 뜨거운 밤들은 도대체 다 뭐였단 말인가요오오오오오!"

"남들 오해하게 말하지 마!"

찰싹!

여인숙 주인의 성난 고함과 함께, 레나의 손날치기가 마일의 정수리를 강타했다.

"파릴한테 흠이 되는 말을 그렇게 큰 목소리로 말하지 말라고! 이상한 소문이라도 나면 어쩌려고 그래!"

"엥, 하지만 그날 밤……."

"그, 그러니까, 뜨거운 밤을……."

"단둘이 아니었잖아! 다 함께 있었잖아! 그리고 『뜨거운』이 아니라 『더운』이겠지!"

파릴의 아버지인 여인숙 주인이 격노했다.

"어, 어쨌든, 신세 많이 졌어요."

"그래, 나야말로 우리 파릴을 구해줘서 진심으로 감사하게 생각해. 또 우리 도시에 오게 되면 꼭 우리 집에서 묵어줘."

"그동안 감사했습니다."

"그럼 또 언젠가……."

"안녕히 계세요!"

저마다 이별의 말을 고한 후 얼마간 머물렀던 여인숙을 떠나는 다섯 사람.

"……잠깐만!"

그때 주인이 불러 세웠다.

"무슨?"

"은근슬쩍 파릴을 데려 가고 있잖앗!"

그곳에는 마일과 레나에게 손을 붙들려 여인숙에서 끌려 나오기 직전인 파릴의 어리둥절한 모습이 있었다.

＊　　＊

"이번에는 어느 도시로 가볼까요?"

이 부근의 지리도 주변 사정도 모르는 마일은 여행 루트에 관해서는 다른 세 사람에게 전부 맡겼다. 그리고 메비스와 폴린은 다소의 지식은 있으나 아버지와 함께 실제로 여러 나라를 쏘다녔던 레나의 판단을 존중했다.

"작은 마을들을 도는 건 시간이 걸리니까 우리 이름을 알리기에 효율이 떨어져. 그런 데는 뭔가 흥미로운 의뢰가 있을 때만 가는 걸로도 충분해. 역시 기본적으로는 도시들을 경유해서 이동하고, 장기 체재는 왕도나 그에 준하는 대도시에서 하는 게 좋겠지."

타당한 판단이었다. 마일 일행은 레나의 설명에 고개를 끄덕였다.

"일단은 이웃나라 왕도를 목적지로 삼자. 가는 도중에 작은 마을이 나오면 하룻밤만 묵으면서 길드에서 정보랑 의뢰 확인, 재미있는 의뢰가 없으면 바로 이동하고. 큰 도시는 일단 며칠 정도

머물기로 하고. 체재 기간은 상황에 따라 정하는 게 좋겠어. 너무 소규모 마을은 들르지 말고 그냥 야영하자. 돈 아까우니까.”

　모두 동의해서 방침이 결정되었다.

　야영은 보통 여인숙보다 환경이 훨씬 열악하다. 현대 지구의 최신식 텐트도 4인용쯤 되면 부피가 꽤 나가고 무겁다. 하물며 이 세계에서는 풀 장비를 갖춘 텐트 따위, 짐마차도 없이 가지고 돌아다니기란 불가능하다. 기껏해야 방수포를 조금 소지한 정도다. 그리고 담요도 한 장이 한도다. 그것만으로도 다른 짐을 들고 다니기가 무척 버겁다. 게다가 체온을 빼앗는 딱딱한 땅, 꼬이는 숲모기, 마물의 위협까지. 도저히 느긋하게 쉬면서 체력을 회복할 수 있는 편한 환경이 아니었다.

　그래서 헌터들은 다소 비싸더라도 여인숙에 묵을 수 있는 기회가 되면 그렇게 하려고 했다. 약간의 지출을 아끼다가 컨디션이 망가져 다음 날 일하다가 생명을 잃는 건 어리석은 풋내기나 하는 행동이었다.

　작은 마을이라도 여인숙이 있으면 묵는다. 여인숙이 없으면 민가에 하룻밤 재워달라고 부탁하거나 헛간이라도 내어준다면 큰 도움이 된다.

　그리고 식사.

　여인숙에 머무는 이유는 잠도 잠이지만, 제대로 된 밥을 먹을 수 있다는 점도 크다.

　살벌한 헌터 생활에서 식사는 몇 안 되는 즐거움이었다. 야영할 때는 조촐한 식사를 할 수밖에 없지만 가능하다면 좋은 걸 먹고 싶다. 그렇게 생각하지 않는 헌터란 없으리라.

그런 여러 이유로 웬만큼 돈에 쪼들리는 사람이 아니면 나서서 야영을 하려는 헌터가 없었다. ……'붉은 맹세' 이외에는.

조립이 끝난 커다란 텐트. 넉넉한 담요. 청정마법과 이따금 쓰는 욕조 딸린 간이 목욕탕. 여인숙 식사보다 맛있는, 신선한 소재를 사용한 마일과 폴린의 요리. 벌레 퇴치 결계. 마을의 위치를 신경 쓰지 않고 자유롭게 짤 수 있는 이동 동선. 어두워지기 직전까지 계속 이동 가능한 높은 효율성. 그리고 단순히 잠만 자는 데 헛돈을 쓸 필요가 없다.

다른 헌터들의 입장에서 이동 중에 '야영이 아니라 여인숙에 머문다'는 것은 생존 확률을 높이기 위한 이른바 '업무의 일환'인 반면, '붉은 맹세'에게는 '정보 수집과 쇼핑, 오락 등을 위해 도시에 들르는 김에 머무는' 것에 지나지 않았다.

그래서 별로 중요한 정보도 없는 작은 마을에 들르거나 그곳에서 숙박할 의미가 전혀 없었다. 들를 거면 최소한 길드 지부가 있는 도시여야 한다.

"……그런데 한 가지 물어봐도 돼요?"

마일이 주뼛주뼛 입을 열었다.

"뭐?"

"여러분, 왜 그런 복장인 거죠?"

그렇다, 마일이 물어본 것처럼 다들 도적 퇴치 때 길드 예산으로 산 옷을 입고 있었다. 폴린은 메이드복, 레나와 메비스는 입을 예정도 없으면서 덩달아 샀던, 평민복치고는 좀 비싼 하늘하늘한

옷이었다.

둘 다 아주 잘 어울렸다. 특히 평소 남자 같은 옷만 입는 메비스는 레나와 폴린의 성화에 못 이겨 억지로 산 소녀스러운 옷을 입고 수줍어하는 모습.

"""………….”""

"……자, 그럼 다음 도시까지는 이 복장대로 갈까요!"

"""엥?"""

"어차피 다음은 작은 도시니까 별로 할 만한 의뢰도 없지 않겠어요? 일단 길드에서 의뢰 보드는 확인하겠지만, 어느 부잣집 자매랑 메이드, 그리고 그들을 호위하는 신참 헌터로 하루를 보내는 게 어때요? 이른바 롤플레잉(역할 연기)이라는 걸 하는 거죠."

"……재, 재밌을 것 같아…….”

소녀의 동경인 '아가씨'. 레나도 16살이어서 이미 성인이 되었지만 아직 어린 소녀였다. 그런 것을 동경하지 않을 리 없었다.

"그럼 난 옷을 갈아입어야겠네. 호위 역할인데 이 옷 그대로 있을 수는 없으니까 말이야."

그렇게 말하는 메비스에게 마일이 제동을 걸었다.

"아뇨, 메비스 씨도 그대로 있어요. 호위 역은 제가 할 테니 메비스 씨는 아가씨 자매 중 언니 역할을 부탁드릴게요."

"뭐어어어어?!"

자신은 호위 헌터 역일 거라고 철석같이 믿고 있던 메비스가 깜짝 놀라 소리쳤다.

"메비스 씨, 모처럼 귀여운 옷을 입으셨으니까요……. 저번에 제가 아가씨 역을 했으니까 이번에는 메비스 씨랑 레나 씨 순서예요. 저기, 폴린 씨는……."

"난 괜찮아. 아가씨 역할보다 아가씨를 부추기고 주위를 마구 휘젓는 쪽이 더 재미있으니까. 그러니 이번에도 메이드 역할로 충분해."

"뭐야, 그게……."

폴린의 말에 황당해하는 레나.

어쨌든 이렇게 해서 이야기는 마무리되었다. 다음 도시에서는 레나와 메비스의 하루 한정 아가씨 놀이가 개막될 것이다.

……메비스는 원래 아가씨가 아니냐고?

아니, 백작가의 깊숙한 규중에서 지체 높은 아가씨로 금지옥엽 자라온 메비스는 가족과 하인 이외의 사람과 대화를 나눈 건 가정교사 아니면 파티회장 정도에서뿐이었다. 그래서 일반인은 극히 최근, 기사를 꿈꾸는 신참내기 헌터로서밖에 만나보지 못했던 것이다.

평범한 소녀 복장으로 도시 사람들과 교류하는 것은 난생 처음이었기에 메비스는 묘하게 흥분된 상태였다.

그리고 세부적인 확인에 들어가는 네 사람.

"이번에는 말하자면 장난이니까, 혹시 누가 시비 걸어도 너무 뭐라고 하지 말자고요."

끄덕끄덕.

"신분을 속이면 정말 일이 커질 수 있으니 거짓말은 일절 하지 않기예요. 어떻게든, 거짓말하는 건 아니게 말을 잘 돌려서 해요. 그리고 아무리 해도 궤변이 통하지 않으면 그때는 포기하고 진실을 말해요."

끄덕끄덕.

"그리고 최대한 가짜 롤(역할)을 유지한 채로 다음 도시로 떠날 수 있도록 노력합시다."

끄덕끄덕.

다들 마일의 제안에 이의가 없는 것 같았다.

그때 메비스가 손을 들었다.

"저기~, 검이 없으면 마음이 불안한데……."

스태프가 있든 없든 마법 행사와는 별로 상관없는 레나와 폴린과 달리, 메비스는 검이 없으면 전투력이 뚝 떨어진다. 만일의 상황을 생각하면 불안하게 느껴지는 것도 무리가 아니었다.

"으~음, 그럼 메비스 씨는 단검을 몸에 차고 있는 게 어떨까요? 호위가 저 혼자여서 여동생이랑 메이드의 신변이 걱정된다며, 검을 잘 쓰지는 못하지만 일단 호신용 무기로 지니고 있다는 걸로."

"아아, 그렇게 하면 안심이야. 이 단검만 있으면 목숨을 맡기는 데 아무 걱정 없어!"

마일은 메비스의 그 말에 단검이 부르르 떠는 것 같은 느낌이 들었지만, 메비스는 전혀 모르는 눈치였다.

그렇게 해서, 길드 지부가 겨우 있는 수준인 작은 도시에 도착했다.

"자, 들어가 볼까요!"

그렇게 말하고 길드 지부의 문을 미는 마일과 뒤따라 길드 안으로 들어서는 '붉은 맹세' 일동.

딸랑

귀에 익숙한 도어벨 소리와 일제히 쏠리는 헌터들의 시선.

그리고 곧 원래대로 돌아가는 눈과 흥미롭다는 듯 계속해서 쳐다보는 눈으로 나뉘……지 않았다.

'붉은 맹세'에게 쏠린 시선들은 여전히 그대로였고, 헌터들의 얼굴이 곤혹감으로 가득 찼다.

(((((?))))

무슨 영문인지는 모르겠지만, 계속 서 있어봐야 아무 소용없다. 그래서 각자의 역할에 따라 일단 정보 보드와 의뢰 보드를 확인하기로 했다.

"그럼 아가씨, 저는 정보를 확인하고 올 테니 아가씨는 의뢰 보드라도 구경하시면서 시간을 보내세요."

"알았어. 부탁할게."

마일에게 그렇게 대답하고, 메비스와 폴린과 함께 의뢰 보드로 향하는 레나.

다른 헌터와 길드 직원들은 아까부터 계속 아무 말도 없이 마일 일행을 응시했다.

((((시, 신경 쓰이잖아아아아앗~~!))))

그리고 마일 일행이 보드 확인을 마치기 전에, 2층에서 길드 마스터로 보이는 관록의 남자가 달려 내려와 소리쳤다.

"너희, 무슨 의뢰를 받고 온 거냐! 우리 지부에는 도적의 앞잡이 따위 없는데!"

((((들켰넹!))))

그렇다. 길드 입장에서 그 정도로 큰 사건이 이웃 도시 길드 사람들의 귀에 들어가지 않았을 리 없다. 그 중심 역할을 해낸 자들의 정보도 함께……

*　　*

"대실패였어요……."

슬슬 해가 기울어 어둑어둑해진 길을 여전히 걷고 있는 '붉은 맹세' 멤버들.

그렇다. 처음부터 정체가 다 들통나서, 너무 부끄러워 도저히 그 도시에는 머무를 수 없었기 때문에 그대로 다시 출발했던 것이다.

"망신 망신 개망신!"

여전히 얼굴이 새빨간 레나.

그리고 메비스의 허리춤에서는, 활약할 기회가 없었던 단검의 나노머신들이 실망하고 있었다.

"뭐, 당연하겠죠. 길드 입장에서는 엄청난 사건이었으니까, 재발 방지를 위한 경고의 의미까지 담아 이웃 길드에 바로 정보가 들어간 게 분명해요. 그리고 경고 차원에서 길드 직원과 헌터들에게 수시시키지 않으면 의미가 없으니까 당연히, 길드에 출입하는 관계자는 전부 알고 있게……. 여성들로만 이루어진 헌터 파티라면 뭐, 숫자는 그리 많지 않겠지만 그렇다고 아예 드물지도 않아요. 그래도 길드에 들르는 젊은 아가씨 네 명이라면 좀…….”

폴린이 고개를 절레절레 흔들며 중얼거렸다.

“너, 너너너, 알았으면 처음부터 그렇게 말하라고! 왜 입 다물고 있었느냐 말이야!”

“……그야 재밌을 것 같아서?”

“왜 의문형이냐고!”

폴린은 역시 폴린이었다…….

그리고 그 날은 도시에서 조금 떨어진 곳에서 야영하는 ‘붉은 맹세’ 일행이었다.

*　　*

며칠 후 고만고만한 규모의 도시에 도착한 ‘붉은 맹세’ 일행.

아직 국경을 넘지 않았기 때문에, 이 근방에도 ‘아가씨 일행에게는 손대지 말 것’이라는 정보가 돌고 있을 것 같았다. 그리고 물론 모두의 복장은 평소대로, 통상적인 헌터 차림이었다.

“이제 이상한 연극은 지긋지긋해. 우린 젊은 신진기예 C등급 헌터 『붉은 맹세』. 그 이상도, 그 이하도 아니야. 정정당당하게, 정면승부해서 등급을 올리는 거야!"

"""""하앗!"""""

그리고 여느 때와 다름없이 길드 지부에 들어가, 여느 때와 다름없이 모두의 시선을 한 몸에 받고, 여느 때와 다름없이 정보 보드를 확인했는데.

"""""앗?"""""

그대로 움직임을 멈췄다.

'B급 요주의 정보. 아르반 제국이 브란델 왕국을 침공. 그 방면으로 향하는 자는 주의할 것.'

"""""허어어어어어어어어어~~~억!"""""

브란델 왕국. 그곳은 얼마 전에 들른 나라였다. 그리고…….

"마일, 네 모국이잖아…….."

"……네. 그리고 아르반 제국이랑 접한 남쪽은 아스컴령이 국경 근처에 있어요…….."

자신을 버렸고, 또 자신이 버린 영지. 이제 두 번 다시 얽힐 일이 없을 거라며 뒤로했던 나라. 이미 자신과는 무관한 나라.

하지만 마일의 낯빛이 어두웠다.

"따라와!"

레나는 그렇게 말한 후, 모두를 데리고 창구로 향했다.

"제국 침공에 대해 상세히 알고 싶은데."

레나가 문자 접수원 아가씨가 웃으면서 대답했다.

"일반 정보는 무료, 자세한 정보는 소금화 1닢입니다만…….."

"자세한 쪽으로 부탁해."

"그럼 저쪽으로 가실까요? 웨리스, 부탁해!"

접수원 아가씨는 설명 담당으로 보이는 여직원을 불러서, 개별실로 가도록 지시를 내렸다. ……당연하리라. 많은 사람이 주변에 있는 창구에서 유료 정보를 말할 리가 없다.

"그럼 상황을 설명 드리겠습니다."

개별실에서 요금인 소금화 1닢을 선불로 받은 후, 웨리스라는 이름의 여직원이 상세한 정보를 알려주었다.

그녀의 말에 의하면 며칠 전 아르반 제국이 북쪽의 브란델 왕국에 선전포고를 내리고 돌연 침공하여 현재는 국경과 접한 왕국 쪽 영지에서 한창 전쟁 중인 모양이었다. 아스컴령은 국경과 접한 것은 아니지만, 그 영지가 함락되면 다음은 아스컴령의 차례다.

"제국은 아직 본격적으로 전면 전쟁에 들어갈 생각은 없는 듯해요. 이건 침공 중인 군사의 병력, 병참 물자, 다른 군의 배치 상황 등으로 본 전문가의 분석이어서, 틀림없다고 보장할 수는 없지만……. 아마도 후에 본격적으로 침공할 때에 대비한 공격 시작점으로, 지리적으로 우위인 장소를 선점하기 위한 『영지 빼앗기』가 목적인 것으로 보입니다. 왕국 측은 물론 머리끝까지 화가 났겠지만, 제국과는 국력에 차이가 있고, 또 전쟁 준비가 제대로 되어 있지도 않을 테니 지금부터 벼락치기로 준비를 시작하거나 긁어모은 병력을 순차 투입하는 것도 우책이지요. 아마도 국경과 가까운 벽지는 일단 버리고, 꼼꼼하게 준비한 후에 반격하는 작전으로 나오지 않을까 하고……. 물론 대의는 왕국 측에 있지만,

아무래도 제국 측은 영주가 부재중인 아스컴령의 정당한 후계자를 날조해서 그 요청에 따라 출격했다는 식으로 주장한다는 것 같아요. 물론 그런 걸 믿을 나라야 없지만 뭐, 일단 명분은 세워져 있다는 거죠."

"……어째서 그렇게 자세히 알고 있는 거야!"

놀라웠다. 소금화 한 닢은 싼 값이었다.

"그, 그 정보는 도대체 어디서……."

레나에 이어 메비스도 놀라서 목소리를 높였다.

하지만 웨리스인가 뭔가 하는 그 여직원은 짓궂은 미소를 지으며 대답했다.

"그건, 비밀입니다!"

'욧큥!'(만화 『아이돌천사 요우코소 요우코』에 나오는 주인공의 애칭)

침울해하면서도 반사적으로 혼자 짚고 넘어가지 않을 수 없는 마일. 죄 많은 소녀였다…….

여직원은 설명을 끝낸 후 방에서 나가고 '붉은 맹세' 멤버들만 남았다. 정보료로 소금화 한 닢을 지불했기 때문에 방에 좀 더 있어도 괜찮다는 승낙을 받았던 것이다.

"아무래도 제국의 목적지는 아스컴령인 것 같네. ……이제, 어떻게 할 거야?"

마일에게 묻는 레나.

"어, 어떻게도 안 할 건데요? 이미 저랑은 상관없는 나라, 상관없는 영지니까요. 저는 C등급 헌터 파티 『붉은 맹세』의 마법검사, 마일이라고요!"

마일은 태연함을 가장했지만, 바들바들 떨리는 몸과 창백해진 얼굴 그리고 잔뜩 굳은 표정은 그 말과 대조적이었다.

"하지만 마일이 나고 자란 곳이잖아? 아는 사람, 신세 진 사람들이 있는 것 아니야?"

"…………."

"명목상이라고는 하지만 마일의 영지고, 마일의 영민들 아니야?"

"…………."

메비스와 폴린의 말에 마일은 고개를 푹 숙인 채 입을 다물었다.

"그럼 내가 의뢰할게."

"네?"

갑작스러운 레나의 말에 의미를 알 수 없어 되묻는 마일.

"어차피 네 개인적인 일에 우리를 끌어들일 수 없다는 식으로 생각하고 있겠지? 너니까. 그러니 내가 『붉은 맹세』에 자유 의뢰로 일을 맡기겠어. 아스컴 자작령으로 가서 일을 저질러 달라고!"

"엥……."

자유 의뢰. 그것은 헌터 길드를 통하지 않고 의뢰인과 헌터가 직접 교섭해서 일을 의뢰하는 것을 말한다. 이점은 길드에 수수료를 내지 않아도 된다는 것. 길드가 난색을 표하는 의뢰 내용이어도 문제되지 않는다는 것.

그리고 단점은 길드의 공적 포인트를 받을 수 없다는 것. 의뢰인, 받은 헌터 중 누군가, 혹은 양쪽이 거짓말을 했거나 계약조건 미수행, 즉 보수를 지급하지 않거나 성과 허위 신고 등에 대해서 아무런 보장도 받지 못한다는 것. 또 의뢰인과 헌터가 진짜 본인이 맞는지도 보장할 수 없다는 것 등이 있었다.

간단히 말해서, 호위 의뢰를 받은 자들이 사실은 헌터 자격이 없는 도적 본인이었다거나 하는 일도 얼마든지 일어날 수 있었다.

모르는 상대, 신용이 없는 상대와 하기에는 너무 위험한 자유 의뢰 계약이었지만, 서로를 잘 아는 사이라든지 신뢰할 수 있는 상대라면 아무 문제 없다.

"C등급 헌터 파티 『붉은 맹세』에게, 내가 자유 의뢰로 계약을 부탁할게. 의뢰 내용은 『아스컴 자작령으로 가서, 내 친구와 관련된 사람들을 구하는 것』. 의뢰비는 은화 1닢. 받아줄 수 있을까? 파티 리더 씨?"

"기꺼이 받아드리지요, 아리따운 의뢰인 아가씨……."

"켁……."

자기가 시작한 '소꿉놀이'였으면서, 메비스가 진지한 얼굴로 받아주자 얼굴을 붉히는 레나. 허세를 부리려 해도 아직 수행이 한참 부족한 레나였다.

"그, 그런……."

눈물을 글썽이는 마일에게 폴린이 다정하게 말했다.

"우리는 지금껏 수없이 마일의 도움을 받았어. 그중에는 나와 내 가족의 개인적인 일, 메비스 씨의 개인적인 일 등도 다 포함되어 있었지. 그리고 만약 그런 일이 없었다고 해도 우리가 이 의뢰를 받아들일 거라는 사실은 역시 달라지지 않아. 왜냐하면……."

그리고 마일을 제외한 세 사람의 목소리가 합쳐졌다.

""""이 몸에 붉은 피가 흐르고 있는 한, 우리의 우정은 불멸이야!""""

레나에게 매달려 엉엉 우는 마일과 왜 항상 자신한테는 안기지 않느냐며 어깨를 떨구는 메비스, 그리고 그 모습을 보면서 어깨를 움츠리는 폴린이었다…….

힘내, 마리에트!

예전, 아우구스트 학원의 장학금 특기생으로 입학하려고 마일에게 가정교사를 의뢰했던 중견 상회주의 딸 마리에트.

입학시험에서 바로 일을 저지르고 화려하게 학원 데뷔를 해버린 마리에트는 과연 어떻게 지내고 있을까.

그것이 궁금해진 마일은 쉬는 날 은밀히 조사에 들어갔다.

"저기~, 아우구스트 학원 학생이시죠?"

교복 차림의 세 소녀는 모르는 사람이 갑자기 말을 걸어서 깜짝 놀랐지만 그래도 상대가 자신들 또래에 귀엽고 약간 어리바리한 느낌이 드는 소녀라는 점, 3대 1로 자신들이 머릿수가 더 많다는 점 때문에 별로 경계심을 품지는 않았다.

게다가 교복을 보면 바로 알 수 있기 때문에 굳이 아우구스트 학원 학생이라는 걸 감출 이유도 없었다.

"네, 그런데요······."

가정교육을 잘 받았는지 아니면 마일이 더 나이가 많을 거라고 생각했는지, 일단은 예의 바르게 대답하는 소녀들.

"실은 학원에 관한 일로 좀 묻고 싶은 게 있는데······. 아, 저, 수상한 사람 아니예요! 제가 지금은 헌터 일을 하고 있지만 예전에 다른 나라에서 학원을 다녔어서, 그런 게 좀 그립고 그래서……. 이야기를 들려주실 수 있다면 저쪽 가게에서 먹을 거랑 마실 것을 제가 다 쏠게요!"

"""엥……."""

소녀들이 동요했다.

마일이 손가락으로 가리킨 곳은 설탕이 듬뿍 들어간 과자와 케이크, 비싼 과일로 만든 주스 등을 파는, 어린 여자애들에게 인기 많고 비싼 가게였다.

소녀들이 다니는 학원은 귀족과 상인의 자녀가 다니는 곳이기는 하지만, 왕도에 딱 두 개 있는 학원 중에서 수준이 낮은 쪽, 그러니까 왕족과 상급 귀족과 거상의 자녀가 다니는 곳이 아니라 하급 귀족의 셋째 아들 이하와 딸, 그리고 중견 상가의 자녀가 다니는 곳이었다. 그 학원에 다니는 학생은 용돈이 넉넉하지 않은 사람도 많았다.

마일은 휴일에 거리를 어슬렁거리는 아우구스트 학원 학생들을 관찰하다가 돈에 별로 여유가 없어 보이는 그룹을 골라 말을 걸었던 것이다.

모르는 소녀가 갑자기 말을 걸고 이중적인 의미로 '너무나 구미가 당기는 이야기'를 제안하니 소녀들은 뻣뻣하게 경계……, 하지 않았다.

그래봐야 '어중간하게 「괜찮은」 아가씨'였다.

좀 더 하층, 그러니까 표준적인 평민이라면 경계했겠지. 그리고 그보다 더, 즉 거상이나 상급 귀족 아가씨였다면 나름대로 교육과 몸을 지키는 기술을 주입받았고, 자신들의 가치를 자각하고 있기 때문에 마찬가지로 경계심이 높으리라. 그 중간이 제일 경계심이 약한 층이었다.

그리고 마일의 외모.

열 살인 자신들보다 한두 살 정도 많아 보이고 왠지 안심이 되는, 보고 있으면 마음이 차분해지고 외모도 어딘지 어리바리한 소녀. 도저히 나쁜 사람 같지 않았다.

재빨리 서로 눈빛을 주고받는 소녀들. 그리고…….

"""기꺼이!!"""

경비 체제 같은 자세한 이야기만 아니면 학원에 대해 남이 알아도 별로 곤란하지 않다. 그리고 소녀들은 개인정보 보호는커녕 비밀 보전, 규정 준수와 같은 개념조차 전혀 없었던 것이다.

"……그래서, 『일곱 개의 이름을 가진 고양이』, 흰 꼬리가 제 방에 눌러앉게 된 거예요!"

"""아하하하하!"""

소녀들은 이미 한 사람당 다섯 접시의 서양과자와 세 잔의 주스를 해치운 상태였다. 그리고 마일의 학원 생활 에피소드를 들으며 박장대소…….

"그런데 왜 제가 계속 말하고 있는 거죠오오오오옷?!"

"""아……."""

그제야 상황이 조금 이상하게 돌아가고 있음을 알아차린 마일이었다…….

처음 만난 상대에게 대뜸 이것저것 캐물으면 좀 그렇지 않은가 싶어서 소녀들이 마음 편히 이야기를 들려줄 수 있도록 조금 각색해서 자기소개 등을 했던 것이다.

그러는 사이에 이야기가 탄력이 붙어, 소녀들이 약한 과목은 어떻게 공부해야 하는지, 마법실기에 대해서도 여러 가지로 알려주고 조언해주고, 애클랜드 학원 이야기를 들려주는 사이에 어느샌가 마일만 계속 떠드는 형국이 되었다.

"……그, 그럼 이번에는 저희 학원 이야기를……."

테이블 위에 산처럼 쌓인 접시와 컵을 본 소녀들이 이마에 땀을 비실비실 흘리며 그렇게 말해서, 이제야 겨우 아우구스트 학원에 대해 물을 수 있게 되었다.

그리고 이런저런 이야기를 들은 마일은 마침내 본론을 꺼냈다.

"저기, 그런데 아우구스트 학원에 마리에트 씨라는 분이 계시다던데……."

"""마리에트 님을 아세요, 마일 씨?!"""

"아, 아, 그게, 이름만……."

세 사람이 무섭게 달려들자 살짝 기겁하는 마일.

"아아, 학원의 수호자, 마리에트 님……."

"오오, 성녀, 마리에트 님……."

"여신 마리에트 님……."

그리고 세 사람이 들려준 다양한 전설.

상급생에게 시비가 걸린 초급생을 구해주는 마리에트 님.

교사의 잘못을 바로잡는 마리에트 님.

죽은 자를 소생시키는 마리에트 님.

'……잠깐만! 잠깐잠깐잠깐잠깐잠깐잠까아아아안~~!'
처음 둘은 괜찮다.
그런데 세 번째는 뭐냐고, 세 번째는!!
마일은 아연실색했다. 그렇다, 늘 있는 그것이다.
아연, 샐러드유 세트!

*　　*

그다음 주 평일.
아우구스트 학원의 정문 근처에, 추억의 애클랜드 학원 교복을
입고 광학 마법으로 모습을 감춘 마일의 모습이 있었다.
……아니, 모습을 감추었는데 '모습이 있었다'고 하는 것도 좀
이상하지만, 아무튼 있었다.
애클랜드 학원 교복을 입은 이유는 만에 하나 광학 마법이 깨
져서 모습이 노출되더라도 귀족 자녀가 다니는 학원에 갑자기 무
장한 헌터가 출현하는 것보다는, 이 학원 사람은 아니지만 누가
봐도 어느 나라 교육기관의 학생처럼 하고 있어야 무난하게 넘어
갈 거라고 생각했기 때문이다.
같은 또래에 다른 나라 학생이라면 초대받았다거나 누군가의
친구이거나 교환학생이라고 생각할 수 있기 때문에, 드문 일이라

도 다들 소란 떨지 않을 것이었다.

그래서 마일은 당당히 정문을 지나 학원 안으로 들어갔다.

'으음, 정문으로 들어가서 인도인을 오른쪽으로, ……가 아니라, 핸들을 오른쪽으로…….'(일본 게임 잡지에 나온 유명한 오타. '핸들'을 '인도인'으로 잘못 쓴 사건)

속으로 혼잣말을 하는 와중에도 소소한 말장난을 잊지 않는 마일.

'초급생 교실이 이 건물인가?'

지난 주, 세 소녀에게 들은 대로 움직였다. 그리고 찾아낸 '초급 벚꽃반'이라고 적힌 문패가 걸린 교실.

'…………'

참고로 그 앞 교실은 '초급 아기고양이반'이었다.

'통일성이 없네……. 애클랜드 학원처럼 성적순으로 반을 나눈 게 아닌 것 같으니까, 알파벳(문자) 순서나 숫자순으로 하면 꼭 순위가 매겨진 것처럼 보여서 의도적으로 이런 이름을 붙인 걸까? ……하지만 그럼 그렇다고 이해는 할 수 있겠는데 왜 이렇게 귀여운 이름으로…….'

꼭 유치원 같다고 생각하는 마일.

그리고 아직 학생들이 다 모이지 않아 활짝 열려 있는 문을 지나 교실에 들어섰다.

'마리에트는……, 앗, 찾았다!'

앞쪽 자리에 오도카니 앉아 있는 마리에트.

'오랜만인데 건강해 보이네. 그리고 여전히, 귀여워…….'

마일은 헤벌쭉 칠칠치 못한 웃음을 흘렸다.

그리고 교사가 들어와서 수업이…….

'엥?'

왜 그런지 마리에트가 자리에서 일어나 교단으로 향했다. 그리고 마리에트가 앉아 있던 자리에 교사가 앉더니…….

"그럼 수업을 시작하겠습니다!"

'허어어어어어어어어어억!!'

마리에트가 수학 수업을 시작하자 교사는 다른 학생들과 함께 노트를 펼쳤다.

'뭐, 뭐야, 이게에에에에에!'

지구에서는 아주 먼 옛날부터 수학이 상당히 발달해 있었다. 그러니 이 세계에서도 나름대로 발달했으리라.

하지만 그건 '최상위권 인간들 사이에서의 이야기'였으며, 정보 전달 방법과 교육 기관 등이 정비되어 있지 않았기 때문에 학자가 아닌 일반인들이 모두 방정식을 풀 수 있는 건 아닐 터였다. 그리고 10~13살 아이를 상대하는 교사가 학자 수준일 리 없었다. 그래서 다른 교과목과 함께 가르치는, 셈을 좀 더 잘하는 수준인 사람이 교사를 맡았던 것이리라.

'혹시 내가 며칠 동안 수학 진도를 너무 많이 뺐나?'

삐질, 이마 위로 땀이 흐르는 마일.

'다음은 전투 실기 수업인가······.'

마일은 모습을 감춘 채, 야외로 이동하는 학생들을 따라 나갔다.

그리고 시작된 훈련은······.

'허억! 초급생인데 목검이 아니라 벌써 칼날이 있는 철제 모의 검을 쓴단 말이야?!'

그렇다, 그리고 베기 직전에 멈추는 게 아니라 진짜 대결을 벌이는 학생들. 아무리 그래도 머리나 급소는 공격 금지 같았지만.

'하지만 이러면 부상자가 속출할 텐데······.'

마일이 그런 생각을 하기 무섭게 한 학생이 옆구리에 몹시 강한 일격을 받았다. 갈빗대가 부러진 게 확실해 보였다. 그리고······.

"부탁드립니다."

교사가 그렇게 말하며 마리에트를 향해 고개 숙였다.

"네!『부러진 뼈여, 원래 상태로! 체내에서 모아 소재를 사용하여 복구되어라! 찢어진 살, 망가진 조직, 원상복구를, 힐!』"

그러자 웅크리고 있던 부상자가 언제 그랬느냐는 표정으로 자리에서 일어났다. 아무래도 이런 것에 익숙한지 다들 별로 놀라지도 않았다.

"정말 마리에트 님 덕분에 살았어. 처음부터 다치는 걸 신경 쓰지 않고 모의검으로 혼신의 힘을 다해 싸우니까 모두 실력이 느는 속도가 예년에 비해 차원이 달라. 진검승부에 가까운 상태로 훈련할 수 있는 게, 이 정도로 효과적일 줄이야······."

무려 교사가 '님'을 붙여 말했다.

'평민인데, 마리에트는······. 그리고 선생님은 귀족 같은데······.'

그 후로도 동급생, 상급생, 그리고 교사들까지 경이로운 눈으로 마리에트의 활약을 지켜보았다. 휴식시간에는 다른 반 아이들과 상급생들이 찾아와서 마리에트의 곁을 떠나지 않았다.

힘들 것 같긴 하지만 즐거워 보이고 씩씩한 마리에트의 모습에 마일은 한시름 덜었다.

슬슬 돌아갈까, 하고 생각해서 휴식시간에 맞추어 출구로 향하는 마일.

'마지막으로 마리에트의 얼굴을 가까이에서 자세히 보고 가자. 우우, 변함없이 귀엽고 보고 있으면 힐링이 된다아아…….'

그렇게 생각하며 마리에트의 코앞까지 가서 물끄러미 바라보았는데…….

"수상한 자!"

그렇게 외친 마리에트가 아무것도 없는 허공에 오른손을 쑥 내밀었다.

"꺄아아아아악!"

""""""""우아아아아아아아악!""""""""

아무것도 없어야 할 공간이 흔들리더니 그곳에 사람의 형상이 나타났다.

깜짝 놀라 혼비백산하는 반 아이들. 여자 중 일부는 공포에 휩싸인 나머지 주저앉고 말았다.

"이, 이이이…….."

"……선생님?"

""""""""선생니이임?""""""""

이제는 그야말로 엉망진창이었다. 그렇다, 늘 그러하듯이…….

"……그럼 제가 걱정이 되어서 어떻게 지내고 있는지 살피러 오신 거예요?"

"아하하, 뭐……. 그러니까 부탁이야, 경비 아저씨 부르지 마!"

"그거야 뭐, 괜찮지만……."

기쁜 얼굴로 쓴웃음 짓는 마리에트.

"마, 마리에트 님, 아까 그『선생님』이라는 게 무슨 말인가요?"

뒤에 있던 같은 반 소녀가 물었다.

"아아, 이분은 제가 이 학원에 입학할 때 도와주신 가정교사로, 저에게 많은 것을 가르쳐주셨어요."

"에에엥, 마리에트 님을 가, 가르쳐요? 그렇다는 건 그분은 마리에트 님보다……."

"……………………………."

교실이 정적에 휩싸였다.

그리고 다시 질문이 날아들었다. 이번에는 마일 쪽으로.

"아, 마일 씨! 저번에 이것저것 가르쳐 주셔서 정말 감사했어요! 덕분에 약했던 산수도 어떻게든 해결되었고, 마법도 뭔가, 벽을 하나 넘은 기분이에요! ……그런데, 여기는 왜?"

마일이 목소리가 들린 쪽으로 돌아보자, 그곳에는 지난주에 이야기를 나누었던 세 소녀가.

아무래도 휴식시간이라 다른 반에서 찾아온 모양이었다. 마리에트가 목적인지, 아니면 다른 친한 친구와 대화를 나누기 위해서인지…….

"……오잉?"

끼기기기긱……

소녀들 쪽으로 돌아갔던 마리에트의 얼굴이, 마치 뻑뻑한 소리가 들리는 것만 같은 움직임으로 다시 마일 쪽으로 돌아왔다.

"뭐죠……. 어째서, 저는 말도 없이 몰래 훔쳐보기만 하려고 했으면서, 다른 사람한테는 말도 걸고 이것저것 가르쳐주신 건가요! 이게 어떻게 된 거예욧! 네? 어떻게 된 거냐고요오오오오오오옷!"

마일의 멱살을 붙잡고 마구 흔드는 마리에트.

""""""""""허어어어어어어어억!!"""""""""

늘 온화하고 우아하고 항상 미소를 잃지 않는 마리에트 님의 처음 보는 격앙된 모습.

믿을 수 없었다. 반 아이들은 경악한 얼굴로 마리에트를 바라보았다.

아니, 그것보다도 마리에트 님에게 이것저것 가르쳐주었다는 이 수수께끼의 소녀.

이 소녀의 도움을 받는다면 혹시 자신도…….

모두가 그런 생각을 하는 것은 당연했다.

"서, 선생님! 제 가정교사가 되어주시지 않을래요?!"

"아니, 저요! 꼭 저에게 가르침을! 돈은 얼마든지 드릴게요!"

"아니, 나! 나한테 하나하나 친절하게……."

"바보야, 이 사람을 고용하는 건 당연히 나지!"

"아아아아, 이럴까 봐 모습을 감춘 거였는데! 마리에트, 나에 대해 발설 금지야! 말하면 절대 안 돼! 그럼 이만!"

그렇게 말하고는 창문으로 달려가 밖으로 뛰어내리는 마일.

"""""""""허어어어어어어억!!"""""""""

당황한 모두가 창문으로 뛰어가 밖을 내려다보자.

……그곳에는 아무도 없고 다만 휘잉, 하고 바람만 불 뿐이었다.

그 후 모두의 염원에도 불구하고 마리에트가 '선생님'에 대해 말하는 날은 오지 않았다.

세 소녀 역시 '선생님'의 신원에 대해서는 '다른 나라 학원 출신'이라는 것밖에 몰랐고, '발설 금지'라고 마일이 떠날 때 남긴 말을 들었기 때문에 그 사실도 밝히지 않았다.

그리고 모두가 우러러보지만 그것이 오히려 해가 되어 '대등한 사이인 친구'가 없었던 마리에트에게 '사매'로 세 명의 사이좋은 친구가 생긴 것은 그로부터 얼마 지나지 않아서였다.

작가 후기

여러분, 오랜만에 인사드립니다. FUNA예요.
드디어 7권입니다. 1권을 발간한 지 약 2년이 지났네요.

이번에는 정체불명의 조직이 파릴을 유괴!
고양이 귀 소녀를 납치하는 바람에 마일의 분노가 하늘을 찌르고!
냉철하게 생각하는 레나, 그리고 머리끝까지 화난 마일. 이 세계의 수수께끼 중 일부가 밝혀지는, 고양이 귀 소녀 유괴 편. 그리고 리트리아 편, 도적 편까지. 모두 즐겁게 봐주시길 바라며.

그리고 띠지를 보고 이미 짐작하셨겠지만…….
애니화가 결정되었습니다! 현재 기획 진행 중에 있어요!
아니, 물론 발표된 후에 엎어진 작품도 지금까지 있었으니까.
아직 방심은 금물이다! 너무 기대하면 안 된다!
그렇게 생각하면서도 역시 기대가 되고 마는, '애니화'라는 단어의 달콤한 울림…….
'소설가가 되자'에 연재되는 55만 개의 작품 중에서 서적화로 이어진 수백 작품. 그 중에서 만화화된 수십 작품. 그리고 그 중에서 애니화가 된 극소수의 작품.

꿈 꿔보긴 했지만 설마 정말로 이런 날이 올 줄은…….

서적화 따위 덧없는 꿈. 그렇게 생각하면서 소설 투고 웹사이트 '소설가가 되자'에 데뷔작『노후에 대비해 이세계에서 8만 닢의 금화를 모읍니다』제1화를 올린 것이 2년 4개월 전.

두 번째 작품인『포션빨로 연명합니다!』를 완결하고, 같은 날에 본 작품『저, 능력은 평균치로 해달라고 말했잖아요!』를 연재하기 시작해서 연재 시작 8일 후에 서적화 이야기가 나온 것이 2년 2개월 전.

첫 서적인『평균치』1권이 출간된 것이 1년 10개월 전.

그리고 지금, 애니화 기획을 시작한다는 연락이…….

정말 순식간에 지나간 2년.

……아니, 매일 깨어 있는 시간은 대부분 컴퓨터 앞에 있었으니까 하루하루는 길었어도 지금 돌이켜 생각해보면 기억에 남는 에피소드가 거의 없을 뿐…….

서적화, 만화화, 그리고 애니화까지 계속 박차를 가해서 그야말로 '되자 드림'을 이루며 달려온 느낌인데요, 앞으로도 조금만 더 꿈을 꾸게 해주세요.

독자 여러분과 함께 즐거운 이세계의 꿈을, 마일 일행과 함께…….

앞으로『저, 능력은 평균치로 해달라고 말했잖아요!』제7권에 이어서 코믹스 3권, 그리고 코단샤 K라노벨북스에서『포션빨로 연명합니다!』와『노후에 대비해 이세계에서 8만 닢의 금화를 모읍니다』 책 3권, 두 작품의 코믹스 2권이 속속 출간될 예정입니다.

그야말로 제트 스트림 어택!

『평균치』와 함께 코단샤의 두 시리즈도 잘 부탁드립니다.

『평균치』의 만화 연재는 웹코믹스지 『코믹 어스 스타』, 『포션』과 『노금』('노후에 대비해~'의 약칭입니다)은 웹코믹스지 『수요일의 시리우스』에서 호평 연재 중입니다.

소설판, 만화 모두 잘 부탁드립니다.

마지막으로 담당 편집자님, 일러스트레이터 아카타 이츠키 님, 책 디자이너 야마카미 요이치 님, 교정교열 및 인쇄, 제본, 유통, 서점 등에 종사하시는 관계자 여러분, 감상과 지적, 제안, 충고, 아이디어 등을 아낌없이 주시는 '소설가가 되자' 감상란의 여러분, 그리고 무엇보다도 이 작품을 읽어주신 모든 분께 진심으로 감사드립니다.

8권에서 다시 만날 수 있기를.

그리고 '붉은 맹세'의 꿈과 저의 야망, 또 애니화의 성공을 목표로 앞으로도 계속 함께 동행해주시기를…….

자, 여러분, 다함께 살짝쿵 외쳐볼까요.

""""""또 한 발자국, 야망에 가까워졌다…….""""""

FUNA

저,

능력은
평균치로 해달라고

말했잖아요!

애니화 기획!
축하&감사드립니다

두근두근 설레고 기대되네요!

협의 결과, 핀업은 구 스쿨미즈로 가게 되었기 때문에 여기서

기념?으로 새 스쿨미즈도……

아카타
아츠키

저, 능력은 평균치로 해달라고 말했잖아요! 7

2018년 7월 25일 1판 1쇄 인쇄
2018년 8월 1일 1판 1쇄 발행

저   자 FUNA
일 러 스 트 아카타 이츠키
옮 긴 이 조민정
발 행 인 유재옥
본 부 장 조병권
담당편집자 조찬희
편   집 김다솜 김민지 권오범 박찬솔 이문영 정영길 조찬희
라이츠담당 박선희 오유진
디 지 털 박지혜 최민성
발 행 처 ㈜소미미디어
등   록 제2015-000008호
주   소 서울시 마포구 토정로222, 403호 (신수동, 한국출판콘텐츠센터)
판   매 ㈜소미미디어
마 케 팅 한민지
전   화 편집부 (070)4164-3962, 3963 기획실 (02)567-3388
            판매 및 마케팅 (070)4165-6888, Fax (02)322-7665

ISBN 979-11-6190-676-8 04830
ISBN 979-11-5710-478-9 (세트)